回南雀
著

秉性

THE SELFISH GENE

上海文化出版社

The Selfish Gene

他抽着烟,一言不发,视线往下,落在我胸口的紫色胸花上。

那是一小簇葡萄风信子,上岛时乐队每个人都被分到一束,而宴会厅的贵客佩戴的都是金色麦穗的胸花。

『你的笑容比阳光更灿烂。』

The Selfish Gene

Contents 目录

第一章 秉性下等	001	第六章 碎片记忆	075
第二章 一笔勾销	017	第七章 密道探险	095
第三章 季柠，别再来了	029	第八章 打火机	109
第四章 付出代价	048	第九章 签语饼干	121
第五章 不止一只耗子	062	第十章 小黑之死	134

Contents 目录

第十一章
完美的画布　156

第十二章
白兔与蛇　174

第十三章
赌场风云　186

第十四章
再遇旧友　203

第十五章
樱花　215

第十六章
积雪初融　232

第十七章
格格不入　243

第十八章
菠萝之殇　251

第十九章
小丑云　265

第二十章
开拓新路　275

番外　0417　282

第 一 章
秉性下等

走廊上寂静无声，除了我，再无旁人。左右望去具是死气沉沉的黑，一眼瞧不见底。

冰纹一点点顺着地板向我蔓延，呼出的气都冒着白雾，眼前有一扇米黄色的木门，透过门上的玻璃小窗，可以看到里边被夕阳渲染成暖黄的教室。

与我身处的黑暗截然不同，那里看起来温暖又明亮，最中间的位置，坐着两个身穿校服的少年。

背对着我的少年身形纤瘦，正对着的人却有着结实的臂膀，青筋虬结，鼓起的肌肉线条流畅优美，充满了力量感。顺着手臂往上，那人的头发剃得非常短，看起来又硬又扎，却也格外利落，眉毛浓黑修长，显得眼窝尤为深邃。

分明是一样的校服，一样的年纪，一个连背影都透着少年的单薄，一个却已经有了"男人"的雏形。

冉……青庄……

双唇徒劳地开合，声音卡在喉咙里，没有发出一丝一毫。

这个名字就像一个禁忌，连在睡梦中也没有办法好好说出口。

我望着他，看他满脸温柔。明明只是隔着一道门，却觉得我们好似身处两个世界。

忽然，像是感觉到了第三者的窥视，上一秒还温柔的冉青庄猛然转开双眼，冰冷犀利的目光直直射向这边，好似发现猎物的猛兽，凶恶机敏的神情吓得我忙不迭往后退去。

下一秒，脚下的冰轰然破碎，我整个人坠进黑暗。

"47号季柠，47号季柠，请到1号诊室就诊。"

睁开双眼，心脏剧烈跳动着，仿佛下一刻就要跃出胸膛。

骤然从瞌睡中惊醒，我神志还有些模糊，在原地缓了会儿，直到广播开始叫第二遍名字，我才急急起身，进了不远处的1号诊室。

诊室里坐着位上了年纪的大夫，鼻梁上架着金边眼镜，瞧着十分和蔼。他是崇海市数一数二的脑外科医生，也是我的主治医师，姓吴。

"小季啊，最近还头疼吗？"他边说话，边从我递过去的袋子里抽出两张CT片，插进诊台旁的观片灯里，仔细观察起来。

"有时候会疼，十几秒就会停，不是很难熬。"我坐在他对面，一点点回忆这段日子以来的健康变化，"就是……我发现自己记忆力变差了，从前的很多事情我都记不清了。"

好比昨天，我突然怎么也想不起来自己以前就读的高中叫什么名字。明明在嘴边，就是说不出口，急得翻箱倒柜找了好久的毕业照，找到半夜想起来，照片在老家，我根本没带到崇海来。

吴大夫捏着支笔，在我的片子上比画了一圈，道："肿瘤没有继续变大，这是好事，但鉴于它位置太危险，还是随时有'爆炸'的风险。你想好了吗？是保守治疗，还是做手术？"

这不是我第一次来找他，半个月前，他就清楚详细地将两条路给我指明——保守治疗，虽然不知道我什么时候会死，但起码还能有质量地活不少日子；手术治疗，虽然可以博一博生的希望，但有很大概率我连手术台都下不来。

"如果保守治疗，我最多还能活多久？"盯着 CT 片上那块不祥的圆形阴影，我问。

吴大夫沉吟片刻，道："最多半年。"

半年，说不定可以撑到小妹高考完……我还能趁这段时间多赚点钱，把她大学的费用给挣了，这样就算我不在了，我妈也不会太为钱发愁。

"那就半年吧，够了。"我说。

吴大夫点点头："你的健忘和头疼，应该都是肿瘤引起的。源头无法根除，我也只能给你开些止痛药。越到后头你的病症会越严重，多锻炼，保持心情舒畅，或许可以缓解一二。"

谢过对方，将 CT 片收进袋里，我捧着病历离开诊室。下一位病人在家人的陪伴下迫不及待地挤了进去，身形消瘦，脸色苍白，模样憔悴得吓人。

不自觉地代入自身，心里有些犯怵，我不知道自己以后是不是也会变成这样。

刚回到出租屋，方洛苏的电话就来了，提醒我晚上别忘了时间。

我顺势看了眼角落里摆放的大提琴，道："晚上六点，码头集合，记着呢。"

方洛苏和我同属一个交响乐团，都是大提琴手。她脑子活，认识的人多且杂，有时候团里没演出，她会自己接点私活，给酒会伴奏，在结婚宴上助兴。若是要的人多，她有时候也会拉着我，让我跟着一块儿赚外快。

"你和南弦说了吗？"我问。

南弦是我的大学同学，正宗崇海人，大学毕业后他回了崇海，我则因为工作地在崇海正好和他一块儿。他向来是老好人的性格，见我只身在异乡，便经常组织聚会，找我吃饭，约我爬山。有时他也会来听我们团的演奏会，一来二去，与方洛苏看对了眼，成就好事。

严格说来，我还算他们的媒人。

南弦毕业后没有进哪家乐团，而是在一家少儿机构担任大提琴老师。他性格温良，方洛苏明艳爽朗，两人十分般配，感情也一直很好。曾经，我以为爱情走到最后就该是他们这般模样。

直到两周前，我发现方洛苏出轨了。

那天我不小心丢了个手机上的小玩意儿，我妹送的，不是什么贵重的东西，但因为有些纪念价值，我在发觉遗失的第一时间就开始回想可能遗落的地点，最后想到了剧场更衣室。

为了确认挂饰是不是掉在了更衣室，我都快到家了，又掉头回了剧场。

走廊上铺着厚实的地毯，踩上去一点声也没有，更衣室的门泄开一条缝，从里头传出暧昧的声响。

即将握住门把的手触电一样收回，我惊疑不定地瞪着那道缝，只是几声，就觉得里头的女声有些熟悉。

"老辛，这次……怎么也该轮到我了吧？"女人的声音被撞得七零八落的，尾音带着钩。

我不是剧场保安，谁在里头寻求刺激都跟我无关，我本该转身就走，少惹麻烦。但就因为想确认里面的女人到底是不是方洛苏，我不仅没走，还屏住呼吸，偷偷听了下去。

"放心，新首席必定是你。"男人粗喘着，声音猥琐。

得了男人的承诺，女人似乎心情很好，撒着娇一样"嗯"了一声。

"就知道你对我好……"

我从没听过方洛苏这样的声音，震惊中夹杂着恶心，胃部忽然一阵翻搅，我几乎是落荒而逃地扶着墙往外跑去。

直到呼吸到外头的新鲜空气，那股反胃感才一点点退去。

乐团前首席大提琴手不久前出于一些个人原因离职了，对于新首席人选的猜测，团里呼声最高的几人里，就有我和方洛苏。

我知道方洛苏一直很有野心，想要首席的位置，但我没想到她为了这份野心竟能做到这种地步。

挂饰是不可能再去找了，我回了家，一夜辗转，第二天精神不济地去上班。正在调弦，方洛苏笑着来到我面前，手掌摊开，一颗小小的黄色柠檬坠饰垂落在我面前。

"你昨天落在更衣室了，我看见了就给你收了起来。"她说。

她看上去毫不心虚。

垂下眼，我握住挂饰，将它塞进裤兜："谢谢。"

方洛苏："不客气。"

她转身欲走。

"其实，我昨天回去找过。恭喜你了，新首席。"

我一记重磅炸弹投下，炸得方洛苏措手不及。到现在我还记得她转身看向我时，那副惊慌到脸上血色尽失的模样。

我给了她选择——我去告诉南弦，或者她自己去。她选择了后者。

然而如今已是两周过去，她始终没有行动。我不确定她是在故意拖时间，还是确实对南弦难以启齿，又或者两者都有。

"你再给我点时间。"方洛苏电话里的声音有些滞涩，"这种事，没那么好开口。我爱南弦，不想看他痛苦……"

我打断她："我再给你一周时间。"

从前听她秀恩爱，我总是替他们高兴，现在却只觉得讽刺，甚至不堪入耳。

方洛苏话语一顿，气弱道："我知道了。"

人稍不注意就会行差踏错。任何的偏差，都会像指尖奏错的不和谐音符一样，瞬间将"人生"这首曲子毁于一旦。

从出生开始，我们就应该谨慎地做每一个选择。自小我妈就是这么教我的，给出的反面例子也异常具有说服力——我爸，季学光。

我八岁那年，我爸在我妈怀二胎的时候在外头找了个小三，常常假借加班之名去与小三私会。我妈总是挺着肚子等他到深夜，当他养家辛苦，那段日子还给他炖了不少补汤。

日子没过多久，他就突遭天谴，一个激动，死在了小三那里。

何其荒唐，何等大耻。

我妈连追悼会都没开，直接将人烧了，骨灰全倒进了海里。

后来她就开始信教，总说些因果循环的话，并且在我和妹妹的教育上逐渐极端，严厉到苛刻，不允许我们犯一点错误，似乎是要以此来杜绝我们骨子里的不良基因作祟。

我没有跟着她入教，但这些年被她在耳边念叨，思想或多或少同化了一些，别的不信，"报应"这种东西却还是信的。做错了事就会受到报应，不是不报，时候未到。

所以，要在事情没有发展到"更糟糕"前，尽可能地纠正它，改善它。

到了晚上六点，我穿着演出服，背着自己的大提琴准时来到港口码头。

我到的时候方洛苏已经到了，她正在和码头上的其他人说话。她看到我，主动靠过来，自然地与我介绍这支临时组建的小型管弦乐队的其他成员。我和他们一一握手，做了简单的自我介绍。很快，负责接送我们的船员也到了。

虽然他们个个都穿得挺正式,西装加衬衫,但胳膊上、脖子上裸露的大面积文身,还有脸上各种眉钉、唇钉、鼻钉,还是透露出这些人的不寻常。

"人齐了吗?齐了就走吧,别误了时间。"不寻常的年轻船员清点着人数,确认人齐了,带我们上了停在一旁的一艘白色游艇。

游艇十分宽敞,内部装饰豪华,在海面上疾驰时,几乎感觉不到什么颠簸,也没有难闻的柴油味。

"今天要去的是那个传说中的'狮王岛'吗?会不会有什么电影经典场景,逼良为娼啊,军火交易啊,赌徒砍手啊什么的?"怀抱小提琴的女孩瞥了眼合拢的舱门,小声问方洛苏。

"你真的是电影看太多了,哪有那么夸张?"方洛苏道,"岛上是有座赌场,但在东边,我们今天不去那里。金家的人都住在另一边的古堡里,我去了几次,没遇见杀人放火,也没遭遇什么神秘事件。就跟普通有钱人家差不多。"

"普通有钱人可不会手底下养这么多马仔……"女孩意有所指地扫了眼船头的方向。

金家?

我擦拭眼镜片的动作一停,问:"今晚举办宴会的是合联集团那个金家?"

我并非崇海人,但也对金家久闻大名。上大学那会儿,南弦就总爱跟我们分享自己道听途说来的金家秘闻。

崇海金家,明面上经营着崇海最大的挂牌赌场——合联娱乐城。但一直有传闻他们私底下做着不干不净的买卖,在远离崇海的小岛上打造了一座奢靡的城堡,犹如木中白蚁,从内部一点点掏空着这个城市。

在崇海当地普通老百姓眼里,金家简直就是"神秘邪恶"的代名词,连跟随他们的人,都会被冠以"走狗"这样带着鄙夷的称号。

"放心，没事的，今天是金夫人的生日宴，很多大人物也会到场，不会有什么危险的。"方洛苏看出我的担忧，安抚道。

自从知道她出轨辛经理后，我对她所有的话都半信半疑，加上上船之后我的右眼就一直跳个不停，就算得她保证我也始终没办法心安。

好在游艇最终顺利靠岸，经过严密的安检，我们一行人来到了城堡的宴会厅。

排练了两遍，宴会在八点准时举行，每位客人看起来都体面又……普通，就和那些来剧场听音乐的绅士淑女一样，丝毫看不出是动动手指就能搅得各个领域不得安宁的大人物。

比起剧场的演奏，这边的演奏只是充当背景音，没几个人认真聆听，久了我也有点走神，开始好奇地东张西望起来。

宴会在金家的城堡里举行。据说这座古堡已经有百年历史，具体是哪朝哪代留下的，我进来时也没仔细听，就听到带路的工作人员说了一句："至今还完好保留着当年的原貌，包括地牢……"

地牢是无幸参观了，但从宴会厅也可以看出，的确保留得相当完好，甚至可以从富丽堂皇的装饰中窥见旧时王族的奢靡生活。

狭长的宴会厅，一侧坐落着数扇巨大的拱形落地窗，一侧则嵌满和拱形落地窗形状一模一样的镜子，天花板更是贴满能倒映出清晰影像的黄铜。当全部水晶灯打开，灯火映照在黄铜上、镜子上，整个宴会厅都会变得金碧辉煌，璀璨得犹如水晶宫殿。

正当我惊叹着这座宴会厅的豪华精美时，入口处厚重的大门再次敞开。

所有人不自觉地看向那头，看清来人后，不少人举着酒杯开始往他们的方向移动。

瞧这阵仗，应该是今晚的主角到场了。

演奏的舞台比地面高上些许,因此能毫无阻碍地看到入口处的情况。

领头的应该是金氏夫妇,男的温文尔雅,有股书卷气,虽说五十多岁了,脸上却并不显老态;女的一头长卷发,比男的还要显年轻一些,瞧着至多四十岁的样子,很漂亮。

紧随其后的是个二十岁出头的年轻人,长相俊雅秀气,结合了金氏夫妇容貌上的优点,只是脸上隐隐透着股不耐烦,蹙着眉,显得不太好亲近。他手上牵着个七八岁的小胖子,与他五官颇为相似,一看就是他弟弟。

我记得南弦说过,金家有两位公子,大公子什么名忘了,这小公子的名字特别讨喜,就叫金元宝。

再后面,并肩进来两个男人,一人是眉骨上打了银环的光头,还有一人……

还有一人……身材高大,眉目硬朗,相较旁人的衣着整齐得体,他在西服里只穿了件白背心,显得有些流气。头发很短,看起来又硬又扎,脾气不是很好的样子。

他环视一圈场内,很快又退了出去,眉间微微蹙起,似乎是不太喜欢人多的场合。

眼见他消失在门口,我一下站起身,顾不得自己还在演奏就要追出去。可没等我完全站起,剧烈而突然的头痛又迫使我坐了回去。

早不发病晚不发病,这时候竟然发病了?

我撑着额头,痛到手心迅速出了冷汗。

眼前闪过一幕幕凌乱的记忆碎片,麦色的手臂,凸起的骨节,充满爆发力的肌肉……

以及那句冰冷到骨子里的:"我不想再见到你,季柠。"

原本已经模糊的面容,因为突然的重逢又逐渐清晰起来。

"……柠?"

"……季柠,你没事吧?"方洛苏察觉我的异样,停下演奏凑过来询问我的情况。

我的脑袋还有些晕乎,但已经不怎么疼了。"我没事,就是有些肚子痛。我去下洗手间,马上回来。"

放下琴弓,不等方洛苏反应,我起身就朝宴会厅的入口快步而去。

老季因为背叛了家庭,不忠于婚姻,遭了报应,死得难看。我……也是因为做了错事,才会受到老天这样的惩罚。所以我并不觉得自己冤枉,也不怨天尤人,反倒有种"终于还是来了"的解脱感。

从小,我妈就对我管得很严,后来我爸死了,全家都靠她一个人撑着,她对我就管得更严,期望也更高。

大提琴我是四岁时开始学的,那会儿我爸还在,家庭条件尚可,培养一下艺术细胞也没什么。可后来我家就剩我妈一根顶梁柱了,家庭收入锐减,本不该再学这种砸钱的乐器,我妈却不许。

有男人时这个家什么样,没男人时这个家还得是什么样。虽然她从来不说,但我能明白她的倔。她就是要让旁人都看看,她白秀英就算男人死了,一个人也能把我们培养成材。

我妈很辛苦,我妈不容易。为了让她省心,读书、练琴,我从不用她操心;照顾妹妹、包揽家务,我也不觉得为难,因为这都是我应该做的。只要能减轻我妈的负担,为这个家做些什么,任何事我都愿意去尝试。

也因此,当我知道学校有一个大学保送名额,这个名额还可以额外得到一笔优秀毕业生奖学金时,我才会那么高兴。

我想要争取这个名额,做梦都想。

但有时候,事情并不尽如人意。虽然我的学习成绩很好,可学校选人并非只看重成绩。

那会儿除了我,另一个最有希望获得保送名额的候选人是林笙,无论长相、家世,还是成绩,他都隐隐压我一头。而且和只顾埋头学习、不懂人情世故的我不同,他在学校人缘很好,老师们也都喜欢他。

某些人汲汲营营想得到的,辛苦维持的,另一些人轻轻松松就能拥有。从没有哪一刻让我那样深刻地明白一个道理——原来人和人的差距可以那么小,又那么大。

再不做点什么,我就要输了。可我怎么能输呢?

他明明什么都有了,为什么还要来抢我需要的?

不甘的情绪那样鲜明,灼烧着心肺,以至于如今回忆起来我自己都有点惊讶,自己会那般在意。

然后,遭报应的事就来了。

我忘了那天为什么放学了还没有回家,可能是在学校练琴吧。当我走过长长的走廊,停在一扇教室门前时,透过门上的玻璃窗,我看到了教室里的林笙和冉青庄。

两人在里面肆意谈论着昨晚隔壁技校发生的一场意外,完全没有意识到我的到来。

"想不到你翻墙还挺利索。"冉青庄笑道。

"你点火也挺利索。"林笙手里夹着烟,往冉青庄的方向凑了凑。

冉青庄微微垂首,将自己嘴里那支烟的烟头递过去。林笙熟练地俯身吸了一口,随后直起身,缓缓吐出一团白雾。

"这是警告。"冉青庄沉声道,"如果他们再产出'垃圾',不用他们自己动手,会有人替他们清理。"

我有些震惊,但并非因为他们此刻在教室抽烟的行为,而是因为他们的对话。

昨天隔壁学校的校长室发生了一场小型火灾。有人半夜顺着雨水管爬上四楼，砸碎窗户，在校长室中央倒了一堆垃圾，并放火点燃。

保安发现时，火已经自行熄灭，但浓烟充斥了整间屋子，甚至由损坏的窗户飘到了室外。据说，站在学校外都能清晰地看到那缕不祥的黑烟。

说什么的都有。有说是他们技校自己的学生做的，有说是校长的私仇，也有说是我们学校的人做的。

我一直更倾向于第一种说法，可没想到犯下这起"纵火案"的，竟然是冉青庄与林笙。我本可以就当无事发生，选择默默走开，可我没有。

我告发了他们。

这事闹得挺大，一个是大有前途的三好学生，一个是无父无母，整天惹是生非的坏小子，几乎所有的矛头都指向了冉青庄。

是他带坏了林笙，他是毒瘤，他应该被拔除。

最后，冉青庄被迫退学，不知去向，林笙则被父母送出了国，再没回来。我成了此事唯一的受益者，顺利获得保送名额，进入了一流学府的音乐系就读。而我妈因为那笔丰厚的奖学金，多年来也终于得以喘上一口气，暂时远离生活的重压，不再那么为钱发愁。

虽然再给我一次机会，我或许还是会那样做，但现在想来，那可能是老天给我的一场考验。它将两条路摆在我面前，我选择了错误的那条，成了一个可耻的告密者，所以活该疾病缠身，命不久矣。

这是我的报应。

我用了不光彩的手段获胜，改变了两个人原本光明的前途。我享受了本不属于自己的一切，整整八年。现在，该是还回去的时候了。

在最后的日子里，在今天能够遇见冉青庄，一定是老天给我的另一个启示！如果我可以在死前得到他的宽恕，上天便能减免我的罪。

快步走在回廊上，外头不知何时下起了雨，混合云层中耀眼的闪电，预示着不久后一场雷暴的到来。

雨滴打在庭院中硕大的芭蕉叶上，嗒嗒直响，与远处悠扬的华丽舞曲形成鲜明对比。两种声音交汇，钻入耳道，恍惚间给人一种神奇的割裂感，好像同时身处不同的次元。

"幺哥，今天看来客人是离不了岛了，马上风浪就大了。"

"前阵子刚出事，不要掉以轻心。"

"知道了！"

我一个人瞎走，也没人拦我，不知不觉走到了一处方形回廊上。从二楼望下去，下方正好是一座种满植被的庭院。

透过昏暗的光线，可以看到斜下方的屋檐下立着几个身穿黑西装的男人，有一搭没一搭地聊着天，说话间烟雾缭绕，全在抽烟。

我在二楼，加上植被与雨幕的遮掩，他们没发现我。

半眯起眼，我想看得更分明些，却怎样也没有办法看清里面是不是有冉青庄。

"幺哥，你怎么不在里面待着啊？多好的机会，别人求都求不来呢。"

那个被称为"幺哥"的人有些冷淡地回道："太吵。"

"幺哥这是淡泊名利，不像那条烂蛇，一天到晚就想在大公子面前表现自己，防我们跟防贼一样。兄弟间讲究的是义气，他倒好，跟官斗一样，怀疑这个怀疑那个的。他要是哪一天翻车，我一定点炮庆祝！"

"加我一个，早看那个光头佬不顺眼了。"

"他阿妈生他真不如生个卤蛋！"

"去！我爱卤蛋，不许你这么说它！"

他们几个越骂越来劲，将那"卤蛋"的祖宗十八代都要骂遍。可能是嫌太难听,那么哥将唇边烟蒂往脚下一丢,终于说了句:"行了,别说了。"

烟雾散去,那人眉眼逐渐清晰,比年少时更为深邃,也更硬挺,身量很高,起码有一米九……

是冉青庄没错。

"走吧,去外头转转。"男人说完,转身就要走。

不行,不能再让他走掉!

甚至忘了可以先出声叫住对方,我慌乱地急急朝身后楼梯冲了下去。只是一层楼,我从没有觉得这十几米的楼梯竟是这样长。

所幸等我冲到楼下时,他们几个也没有走远。

长廊的一端,我剧烈喘息着,没有再追,只是冲他的背影喊出他的名字。

"冉青庄!"

走在中间的男人一下停住脚步,以双手插兜的姿势回过头,眯眼朝我的方向看来。

距离近了,我才发现他的脖子上有串黑色文身,四个数字——0417。

南弦说过,合联集团的人,上到高层,下到马仔,每个人身上都有一串专属的数字文身,这是他们社团成员的标志。

所以……冉青庄真的成了金家的走狗。

为什么?他明明说过不会再走他爸的老路……

不知是紧张还是刚刚追得太急,我这会儿膝盖都在颤抖。

他朝我看了好一会儿,视线缓慢地在我脸上、身上不断描摹,看得我很不自在。最后,可能是终于认出我了,他和身边人说了句什么,独自向我走过来,其他人则很快离去。

"真晦气啊,"将一根烟叼进嘴中,他低头"啪"地点起火,停在距离我两米左右的地方,说话间从口鼻喷出一股白烟,"遇到你这家伙。"

呛人的烟味朝我飘来,迎面扑在眼镜上,像起了一层雾。

说话可真够难听的。

抿抿唇,好似没察觉到他的不善,我脸上堆起假笑道:"好巧,没想到会在这里遇到你。你……你在这儿工作吗?"

他抽着烟,一言不发,视线往下,落在我胸口的紫色胸花上。那是一小簇葡萄风信子,上岛时乐队每个人都被分到一束,而宴会厅的贵客佩戴的都是金色麦穗的胸花。

"我是……我是和朋友一起来的……"我摸摸那束胸花,道,"就在宴会厅里,做派对演奏……"

"你到底想说什么?"冉青庄歪着脑袋,不耐烦地打断我。

怔怔地注视着他,我有些被他问住了。

雨越下越大,走廊上的壁灯模仿着烛火的跃动,在冉青庄脸上投下忽明忽暗的光影。

"我……我就想跟你说声……对不起。"我不确定自己的歉意是否有好好传递过去,雨声太大了,而我的声音又太小了。

他久久地看着我,手上夹着烟,举在唇边。

雨打进廊里,将我的半边身体都打得微微潮湿,眼镜片上也沾了细小的水珠。

"有病。"略有些嫌恶地丢下两个字,冉青庄倒退两步,接着转过身,大步朝前走去。

他根本不屑搭理我……

视线被雨水扭曲,冉青庄的身影渐渐模糊。也不知道哪里来的胆子,在呆愣了两秒后,我撒腿追了上去,从后头一把拽住了他的手腕。

冉青庄低下头,看了眼自己的手,冷声道:"放手。"

我不受控制地瑟缩了一下,但还是紧紧抓着他,没松手。

"你能不能原谅我?"

能不能宽恕我,赦免我的罪过,让我没有遗憾,安心地死去?

冉青庄下颌绷紧了,抬眸直直与我对视,没有说话,但恐怖的表情已经预示一切——再不松手,他就要揍我了。

"这样,你把你的手机号给我。我们,等你心情好些再联系……"我一手仍拽着他不放,另一只手摸进裤子口袋里,想拿出手机来。不想刚掏出手机来,身体便被一股力道粗暴地挥开。

我整个人狠狠撞到一边的白墙上,手机滑脱出去,摔在了不远处的地上。

肩膀一阵钻心地疼痛,我捂着伤处,无措地抬头去看冉青庄。

好像弹去什么脏东西似的,他理了理衣袖,随后看也不看我一眼便朝走廊另一端走去。

等再也看不到他的身影了,我才像上了油的老旧机芯,从静止状态重新艰难地运转起来。

自地上捡起手机查看,不出所料,屏幕从左上角一直裂到了右下角,中间跟鹿角一样分了两道小岔,好在碎得不算严重,凑合还能用。

"我就是有病啊……"

叹一口气,手心一点点拭去屏幕上的水渍,我站在昏暗的走廊上,小声嘟哝道。

第 二 章
一笔勾销

由于突然的暴雨,所有人都滞留在了狮王岛上。所幸岛上紧邻着赌场就有家五星级酒店,客人并不愁没地方住。宴会一结束,金家便派人用豪车将他们一个个接走了。

我们这些"外来人员"则没那么好运,只是随意地被分配到了古堡边上的工人楼里暂住。

工人楼是专给在古堡里干活的工人们住的,设施莫说五星级酒店,就是连个招待所都不如,半夜上厕所还得打着手电走十几米,到走廊尽头的公共洗手间。

负责安顿我们的工人小可说,这层楼的走廊灯坏了有些日子了,报修了许久,一直也没人来修,反正就住一晚,让我们克服一下。

住宿条件不怎么样,好在都是单人间,不需要挤大通铺,这大概算得上不幸中的万幸了。

昏暗的房间内,我将大提琴倚在角落,随后推开阳台门看了眼外头的天气。

阳台非常小,大概也就够站两个人,一个个阶梯似的突在外立面上,相邻也很近。

雨还在下，但似乎有转小的趋势，可能不用等天亮就会停。

夜晚的小岛格外安静，不远处的古堡已然陷入沉睡，唯有地面上始终亮着路灯，可以看到每隔一段时间就有穿着塑胶雨衣的人巡逻。

小可领我们进工人楼前特地叮嘱了，让我们晚上不要瞎溜达，这边离主屋近，安保也严密，瞎走的话很容易被当成不明人员处置。

他说这话时，大家不约而同地静默下来，谁也没勇气问他口中的"处置"是什么意思。

左边传来开门的响动，我循声望去，就见方洛苏裹着件毛线外套从屋里踏出来，手里拿着包烟。

她没想到我也在外头，愣了愣，冲我颔首打了个招呼。

"你身体没事吧？"说着，她熟练地从烟盒里抽出烟和打火机，低头点燃。

在今晚之前，我从来不知道她竟然抽烟。

"没事。"又看一眼灰蒙蒙的天空，我转身打算回屋，"抽完就早点睡吧，外头凉。"

手刚握上门把，就听方洛苏的声音再次响起。

"你是不是觉得……我挺贱？"

我愣了一下，盯着门把，没出声。

"真的……真的只有那一次。"方洛苏颤抖着道，"季柠，算我求你了，别告诉南弦。我把首席的位置让给你，我以后再也不争了。"

握着门把的手指紧了紧，我不可思议地看向方洛苏："你觉得我做这些，是为了首席的位置？"

方洛苏红着眼眶，指间夹着快要燃尽的烟，被我问住了。

"我……我不是那个意思……"她仓皇否认。

我叹了口气，有些疲惫地摘下眼镜，揉了揉鼻梁道："南弦有权利知道这一切，我是他的朋友，我不能当作什么也没发生过……"

"我怀孕了。"

揉捏鼻梁的动作一顿,我诧异地看向方洛苏,怀疑自己听错了。

方洛苏颤抖地抽了口烟,冲我露出一抹难看的笑:"放心,是南弦的,我们一直有要孩子的打算。我知道一切都是我的错,我真的不会再错了,季柠,你信我。南弦如果知道了我和辛经理的事,一定会和我离婚的,季柠,你忍心这个孩子生下来就没有完整的家庭吗?"

我盯着她苍白的面容,忽然觉得有些好笑。这事太好笑了。兜兜转转到最后,我竟然成了这件事中至关重要的一环。我的选择不仅关系到南弦,还关系到一个未出生的无辜生命。

方洛苏这招以退为进、以柔克刚着实下作,但不得不说,对我起效了。

一个完整的家庭,一对恩爱的父母,对一个孩子有多重要,于此我实在太有发言权。

无数个我妈为了钱四处奔波、累得回来倒头就睡的夜晚,我都希望我爸还活着。哪怕他是个人渣,哪怕他满嘴谎言,活着好歹能出一份力,我们也可以活得不那么辛苦。

只要我闭嘴,当什么都不知道,大家就能阖家欢乐,皆大欢喜……

这不是一时就能决定的事情,我没有答复方洛苏,一声不响地进了屋。十分钟后,隔壁传来关门声,方洛苏也进屋了。

风吹得阳台门哐哐直响,吵得我难以入眠。加上可能是晚上见着冉青庄的关系,脑海里翻来覆去都是高中时那点事,越想越睡不着。

大提琴和别的乐器一样,想学好就得勤学苦练,奈何我们家那楼隔音奇差,出一点声都不行。装消音器倒也能练,但到底没有听着声练准确。

为了不造成邻里纠纷,有时候我就背着琴等放学了在无人的教室里练。一来二去，老师也知道了，便请示学校，特地拨给我一间空教室，专门让我练琴用。

而我同冉青庄的相识，也要从这间空教室说起。

那是高二的某一天，老师突然将我叫到办公室，说要和我商量件事。

我惴惴不安，还以为出了什么大事，结果听了半天才明白，是高二有个学生因为校外打架被学校处分，学校罚他一学期留校打扫，结果不知哪个老师突然想起了我，一拍脑袋，觉得我俩比较合拍，便谏言年级主任，要我做该学生的监督员。监督对方完成打扫任务，顺便辅导对方学习，提高对方的成绩。

学校帮我良多，这不是什么过分的要求，我没多想便答应下来，心道也不会比辅导小妹学习更难了。

于是那天下午放学后，我一如既往地前往空教室练琴，一推开教室门，便见到了翘着椅子腿，百无聊赖地转笔玩的冉青庄。

我走到他面前，客客气气地做着自我介绍："你好，我是季柠。有什么不懂的问题你可以问我，我会尽力为你解答。"

冉青庄扫了我一眼，放下椅子腿，两手交叠往桌上一趴，闷声道："你练你的琴，我睡我的觉，别烦我。"

一开始，他的态度便极不配合。他虽说每天都会按时到空教室报到，却从不和我交流，也不做作业，就只是睡觉。

老师也好像对他放任自流，秉持着一种只要他不惹事就谢天谢地的态度，从不过问我的辅导情况。

我一般会留到七点再走，而当我琴弓一收，冉青庄便也伸着懒腰起来，背着书包先我一步离开。

起先我也纳闷，不明白他做样子给谁看，后来才知道是做给他奶奶看的。

老人家可能也明白冉青庄不太好管,知道学校找人每天放学给孙子辅导作业就特别高兴,有一次下雨来学校送伞,拉着我的手谢了我许久。

后来冉青庄退学,我还去他家找过他,发现他奶奶已经过世,而他不知所终。

屋外忽然传来一声古怪的轻响,就像是有什么东西打在了阳台门上,一下将我的思绪从旧日回忆中拉回了现实。

我没有开灯,戴上眼镜,穿了拖鞋下床查看。

阳台木门轻轻向内打开,外头的雨不知什么时候已经停了,腥咸的海风卷着发丝,并从楼下带来一些嘈杂的声音。

这么晚了,楼下怎么这么吵?

刚想探头下去看个分明,才踏出一步,口鼻便被一旁探出的大掌牢牢捂住,脖子上传来冰凉的触感。

烟草的味道混合着雨后空气的腥味蹿入鼻腔,我睁大双眼,惊惧之下一个音节都发不出来,身体僵硬到连呼吸都要暂停。

月黑风高,暴风雪山庄模式,孤岛杀人事件?

脑海里短短几秒闪过许多东西,乱七八糟,莫名其妙。

"别出声。"对方将我推进屋里,抵在墙角,压着嗓子道。

这声音……

我一下抬起头,借着外头的微弱光线,与对方四目相对。

冉青庄估计也没想到这么巧能遇到我,眼里闪过一丝错愕,脖子上的匕首稍稍移开了些。

这才十二小时都没过,我们就在一个奇怪的场合再次相遇了。可他为什么会三更半夜出现在我的阳台上?越想越觉得我可恨,来杀人灭口吗?

不等我想更多,外头由远及近地传来了拍门的声音,像是有人查房。

捂着口鼻的力道骤然加重,冉青庄盯着房门的方向,神情有些焦灼。

"开门开门!"

"别睡了,快开门!"

门外的声音越来越近了,冉青庄身上的肌肉一点点紧绷起来,仿佛一头进入了警戒状态的豹子,随时准备跃起攻击。

那些人是追着冉青庄来的。我才起了这个念头,冉青庄便松开对我的桎梏,拉扯着将我一把推到了餐桌边。

我摔在凳子上,还没反应过来。

"帮我。"他神情中透着紧张,语气却很冷静,"今晚过后,我们之间的事一笔勾销。"

我的大脑被这一连串的突发状况塞满了,一时运作不佳,不能很清晰地明了他的意思。

"开门!"这时,查房的人也正好到了门外。

隔着衣服,能感觉到冉青庄的匕首正顶着我的侧腰,仿佛一种警示,让我不要乱说话。

"快开门!再不开门撞门了啊!"

拍门的声音更大了,冉青庄无声地朝门的方向抬了抬下巴,示意我回答。

我咽了口唾沫,扬声询问:"什么事?"

屋外那人重重地拍了下门,道:"进来看一下,你快点开门!"

"不……不行。"

"快给老子开……"

外头一静,忽然换了个男声,更沙哑,也更冰冷:"把门撞开。"

"幺……幺哥?"晃眼的手电灯光从门口直射进来,在我和冉青庄的面孔上定格。

我微侧过脸,避开那束强光。

"拿开。"冉青庄仍是按着我的双手,语调却陡然森冷起来,面向门外来人。

手电晃了两晃,惊慌失措地移开。

"对不住,幺哥……"

话还没说完,便被一旁人打断。

"你在这里做什么?"对方嗓音嘶哑冰冷,粗听会产生一种蛇类吐着芯子爬过枯树叶的错觉,正是方才命令直接破门的那位。

我稍稍看过去一眼,借着微弱的手电光,认出声音的主人就是跟在金大公子身后,与冉青庄并肩进了宴会厅的那个光头。

"我在这里做什么?"冉青庄低低笑起来,"这是我的老同学,当然是来叙旧啊!"

我下意识地挣了挣胳膊,被冉青庄不动声色地按了下去,而且扣得更紧,腕骨都在隐隐作痛。

光头明显地一顿,随后用一种意外又揶揄的语气道:"这么多年,我都不知道你还上过学。老幺,行啊!"

两人关系莫测,似乎并不对路,短短几句话,给我听出了剑拔弩张之感。

"该知道的我都会让蛇哥知道,不该知道的,蛇哥也不需要惦记。这么晚来查房,是出什么事了?"冉青庄岔开话题。

"哦,没什么,看到只耗子,可能是想溜进主屋,以防万一,我搜一下。"光头倚在门边,没有想走的意思,"不用管我,你继续。"

这怎么继续?先不论我与冉青庄并非熟识的关系,本就没有什么可以"继续"的事务。

"入夜后除巡逻人员,任何人不得随意走动,规矩就是规矩,明天你自己去跟大公子交代。"

巨大的关门声将我从梦游状态拉回现实,屋内重归寂静,唯余我和冉青庄两人。

危机解除,身侧的男人等了片刻,确定不会有人去而复返,起身对着合拢的房门长长地吐了口气。

方才剑拔弩张的情景,使我连呼吸都快忘了,这会儿人终于走了,我一激动,喘得就有些急。气流涌入干燥的气道,产生无法抑制的痒意,一张嘴,连续的咳嗽声在逼仄寂静的空间内显得尤为突出。

冉青庄像是才想起有我这么号人,往我这边看过来。

我瑟缩了下,努力将咳嗽声压低,却越想压越压不住,断断续续地咳了许久。

兴许是被我咳得有些心烦,冉青庄蹙了蹙眉,表情显得有些不耐烦。

我更紧地捂住自己的嘴,感到指尖染上一点湿凉。

"今天的事不准说出去。"直到我不咳了,冉青庄才开始说话。

他收回匕首,长腿一跨。

"再过一小时我就走,你自便。"

我摸索着去找手机,看了眼时间,已经是凌晨三点半。

手机莹白的光下,冉青庄的侧脸显得越发坚毅莫测。

内心有许多疑问,观察他片刻,我忍不住出声问道:"……你为什么会在这里?"

我不敢太大声,又因为刚才一直咳嗽,声音显得有些低哑。

冉青庄闻言一顿,看向我道:"我说了,今晚过后,我们之间的事一笔勾销。我为什么在这里,我在做什么,都和你无关。"

我抿了抿唇,怕他看不清,替他打了手电。他没有道谢,甚至没再往我这边看一眼。

手电光下,他的身形越发清晰,大大小小的伤痕数都数不过来,有些像是刀伤,有些小一些的,呈烟花放射状,我不知道,但看起来像是枪伤。

这么多年,他到底经历了什么?

"你的手指怎么了?"先前初遇,事发突然,我也没闲心注意,这会儿手电照到冉青庄的手上,才发觉对方左手的小拇指不自然地扭曲着,就像……骨折后没能好好养伤,最后长歪了。

他没说话,权当我不存在。

我视线定在他脖子上那串黑色文身上,手指蜷缩着,攥紧身下的床单。

"为什么你会变成这样的人?"

明明,你应该成为更好的人。是因为我吗?因为我告发了你和林笙,害你退学,你才会活成现在这个样子?

是我吗?

都是因为我。

"你记不记得你问过我,以后想成为什么样的人?我说只要能养活自己,养活家人就够了,你还笑我没有理想。"我梦呓一般,只觉得那些话有自己的主张,不经过大脑便脱口而出。

冉青庄突兀地停止动作,表情由冷漠转为一种戒备:"够了,别说了。"

"你说你以后绝不会走你爸爸的老路……"

"闭嘴。"

"你不要做制造罪恶的人,你要做惩治罪恶的人,要成为警……"

最后一个字尚未出口,冉青庄便似一头矫捷的豹,扑过来一把掐住我的咽喉,匕首钉进我脑袋旁的枕头里。

手机落到地上,打出一束直冲天花板的光。

我出不了声,从气道里泄出怪异的音节,指尖不住地抠挖着他的胳膊,试图让他卸力。

"我说了,今晚之后一笔勾销,但如果你又惹我不痛快,我随时随地可以让你死得无声无息。"他俯低身体,威胁意味浓重地道,"这里每年都有不少人坠崖溺水,多你一个不多。"

少我一个也不少。

脖子上的手并非完全阻断我的呼吸,除了稍稍有些压迫感,只是在他吐出某些关键词的时候,会有意地加重力道。他好像在告诉我,他可以扭断我的脖子,就跟扭开一瓶可乐一样轻松。

我忙不迭地点头,表示自己一定不再惹他不快。

"还有四十五分钟,你每多说一个字,我就在你身上开一个洞。"冉青庄先是抽回插进枕头里的匕首,第二步才是慢慢松开我的脖子。

冰冷的刀刃划过我的锁骨,短暂地停在心脏的位置。说不清是由于害怕还是冷,我打了个大大的寒战。冉青庄嗤笑一声,满意地收回了匕首。

他双手抱臂站到角落,之后的四十五分钟再也没有和我说过话。宛如一具没有呼吸的死物,一座不会说话的雕像,第一次走进这间房的人,甚至第一眼都不会注意到他的存在。

冉青庄什么时候走的我也不知道,睁开眼已是天光大亮,房间内并不见他的踪影。

房门不断被人拍打着,我忍着头疼过去开门。方洛苏站在门口,说外头浪小了,我们下午就能回去。

"知道了。"我正要关门,就见方洛苏欲言又止,"怎么了?"

她盯着我的脖子,面色古怪:"昨晚,那些人没拿你怎么样吧?我以为他们都是一样的,查完房就好了。他们是不是打你了?"

我摸摸脖子,知道她是看到冉青庄留下的痕迹了,并不想解释,只是淡淡地说了句"不是打的",便关上了门。

我勉强整理好衣着,捡起地上的手机一看,屏幕果然裂得更厉害了。

黑屏反光下,能模糊地看到脖子上有个红印子,应该是被掐而留下来的。

本来以为风浪停了,我们一行人也能走了。谁想金家大公子突然说要留我们吃一顿午餐,以表昨夜惊扰大伙儿的歉意。

一行人你看看我,我看看你,最终没有一个人敢站出来拒绝,便就这么留了下来。

午餐在古堡的其中一间餐厅内举行,在座的除了金大公子,还有他的弟弟。昨夜那个光头也在,就立在一旁,跟壁花似的,不说话,光看着我们用餐。

左右不见冉青庄,我多少有些失落。

"你在找人吗?"

勺子一抖,落下几滴汤汁在桌布上。

我抬头看向对方,有些紧张地道:"没……"

金辰屿握着一把牛排刀,殷红的唇绽开一抹漂亮的笑,道:"听说,你和老幺很熟。"

我一愣,没有即刻回答。

对方似乎是误会了,解释道:"就是冉青庄。他是合联集团干部中年纪最小的,我父亲叫他老幺,其他人便也这么叫了。"

怪不得都叫他"幺哥",原来是这个意思。

"嗯……我和他,认识好多年了,挺熟的。"我斟酌着开口,"对了,怎么……没见他?"

昨晚光头好像说过，冉青庄入夜还到处走，坏了规矩，让他自己去找大公子交代。

我总有种不好的预感，这个"交代"不是什么好事。

金辰屿用雪白的餐巾拭去唇边牛排的血渍，语气好似只是在谈论今天的天气一般随意。

"做错了事，自然是要受罚的。"

第 三 章

季柠，别再来了

手一颤，勺子落到地上。金大公子的表情没有问题，语气也没有问题，可两相结合起来，就叫人顿觉毛骨悚然。

"抱歉……"

我慌忙弯腰去捡，桌子下，与一双好奇的大眼睛对个正着。

金家的小公子金元宝不知什么时候竟然钻到了餐桌下头，这会儿到了我脚边，还替我捡起了银勺。

"谢谢。"我愣怔着冲他道谢，接过勺子。

"我昨晚见过你，就在那个台子上。"金元宝七八岁的样子，长得圆头圆脑，不说话时瞧着倒也机灵，一说话就有股憨劲，总觉得不太聪明。

"嗯……我是大提琴手。"我说。

"大提琴？"他看了眼靠墙摆放的一排乐器，忽然眯着眼笑起来，"我喜欢大提琴。"

他的笑纯真稚嫩，不含一点功利性，要说之前看他模样还有些像他父亲和兄长的地方，那这一笑，就半分相像的地方也没有了。

"元宝，你怎么吃个饭都不好好吃？快回来。"这时，金辰屿也发现自己的弟弟不见了,语气里多了点无奈。

金元宝撇撇嘴,根本不听他的,矮着身从我这头的餐桌蹿出去,很快就跑得没了影。

金辰屿蹙了蹙眉,一个眼神给到身旁的女佣,不用言语,对方便明了他的意思,快步追着小少爷而去。

等见不着女佣的身影了,金辰屿才收回目光,对着桌上众人略带歉意地道:"不好意思,让大家见笑了。"

方洛苏连忙摆手:"没有没有,小孩子嘛,坐不住也是正常的。"

其余人纷纷附和,全是让他不要放在心上。

我举起水杯象征性地轻抿一口,心神早就不知飞到了哪里。

这狮王岛好比龙潭虎穴,金辰屿又如鬼似蜮,餐厅虽敞亮,佳肴亦美味,我却如坐针毡,味同嚼蜡。

不知道冉青庄怎么样了,会不会有生命危险?

我应该做些什么才能帮到他呢?

他变成现在这副样子,多少有我的责任,我不能坐视不理。

"大家也吃得差不多了,我这就叫人送你们去码头。"金辰屿手指微抬,一直做壁花状的光头便自动上前,听候差遣。

也不知金大公子与对方说了什么,光头点了点头,很快就出去了。我这才发现那光头的后脑勺上还文了条弯弯曲曲的花斑蛇,看一眼都觉得恶心。

众人起身,拿上各自的乐器,纷纷上前感谢金大公子的热情款待。

"希望我们还有机会见面。"轮到我,金辰屿伸出手,一副友好模样。

伸手不打笑脸人,纵使心中万般恶寒,我还是握住了那只手。很冷,触感不是很好,也就两秒我便松开了。

这时,餐厅大门自外被人推开,一个高大的身影大步走来,停在了金辰屿身边。

"车已经准备好了，随时可以走。"冉青庄的视线淡淡地掠过我的面庞，未做任何停留。

他的脸色十分苍白，眉间下意识地蹙起，像是在忍受某种痛苦。

裸露在衣服外的身体没有什么异样，但衣服下的部位，就不知道遭了怎样的酷刑了。

金辰屿没有开玩笑，冉青庄真的受罚了。

像是被一只巨掌捏住了心脏，我有一瞬间无法呼吸。

金辰屿看看我，又去看冉青庄，突然开怀大笑起来："哎呀，原来你们真是老相识啊！"

说着他往冉青庄背上拍了两下，也不如何地重，就见冉青庄站立不稳似的向前晃了晃，脸色更难看了。

"你没事吧？"我连忙去扶冉青庄，被他避让着挥开了手。

"怎么？吵架了啊？不是我说你，你这性子一般人可受不了。"金辰屿不知为何心情似乎好了许多，揽着冉青庄的肩，也不管其他人便往门外走去。

剩下的人面面相觑，不知道什么情况，也只好跟在后头。

方洛苏与我落在最后。我背着大提琴，透过人群看着最前头的冉青庄，方洛苏看着我。

"那人你认识吗，季柠？"她问。

"认识，是我……高中时的朋友。"我收回视线，盯着地面道。

"那是近几年金大公子身边的红人，合联集团的新贵。"方洛苏压低声音道，"你……工作是一回事，来往是另一回事，你最好别和他走得太近。他们这种人，和我们不一样。"

这是身为朋友的忠告，是好意，我该领她的情。但我又无来由地觉得她讲话刺耳，不太好听。

冉青庄也不比我多一条胳膊，更不比我少一条腿，怎么就和我不一样呢?

"我有自己的打算。"匆匆丢下一句,我加快步伐越过众人,到了冉青庄与金辰屿身后。

"这几日你好好养一养,公司的事先不用急。"金辰屿亲昵地说道。

冉青庄点点头,并不言语。

"我也是做给底下的人看,你可不能记恨我。"金辰屿说着,侧首往后睨了我一眼。

两相对视,心头重重落下一拍,对方上挑的眼尾使他像极了一只吃饱喝足、琢磨着怎么使坏的狐狸,叫我下意识地生出防备心。脚下一迟疑,便被后头的人一个不察撞上来。

"抱歉,抱歉。"对方连连道歉。

我摇摇头,让对方先行。

大门外停着好几辆七座商务车,我随着冉青庄上了打头的那辆,坐定了往车窗外看去,就见金辰屿仍站在原地,脸上挂着和善的微笑,冲我们挥手道别。

多疑的小狐狸……

到这会儿我也有些想明白了,他根本不是有心留我们吃饭,他就是想试探我,试探我和冉青庄是不是真的相熟。如果冉青庄昨夜进的不是我的房间,刚才怕是要露馅儿。

只是入夜行走都要这样重罚,如果被人知道他就是那只"耗子"……我打了个激灵,不敢再想下去。

冉青庄坐在副驾驶的位置,双手交叠,闭目养神,一路都没有说话。等到了码头,他率先下车,一件件去接其他人的乐器,方便他们下车。

我的乐器有些大,一早放在了后备厢里,我见冉青庄开了后车盖,正要帮我把大提琴拿出来,忙上前抢先一步将琴盒背到肩上。

"不用了,我自己来。"我总觉得他身上有伤,怕加重他的伤势,便不想麻烦他。

冉青庄瞥了眼自己抓空的手,哂笑道:"怎么?怕我弄坏你的琴?"

我一时茫然,不知道他怎么会生出这样的误会。

"我不是……"

他没有想听我解释的意思,打断我,看着别处道:"季柠,别再来了。"说完这话,便越过我去往别处。

我盯着他的背影,总觉得他说这话,并非出于嫌弃。

众人排着队,一个接一个上了游艇。

我走在最后,回头望向岸边,就见冉青庄燃着一支烟,双目黑沉沉地注视着这边。

不等我上船,他呼出一口白雾,头也不回地转身离去。

回到崇海,分明也就离开了一个晚上,我却有种重回人世之感。

与乐队众人一一道别,我拖着满身疲惫回到家里,刚一进门,就接到了我妈的电话。

一听,是小妹打来的。

我妈管我们管得严,小妹未满十八岁,连手机都不允许拥有。因此她有事找我,多是借别人的手机。

她打来电话,是想就大学的选择询问我的意见。她想来崇海读书,妈妈却不放心她小小年纪离家那样远。

"远一点怕什么,你不是也在崇海吗?哥,你帮我劝劝妈妈,让她同意我考崇海舞蹈学院吧,好不好?"

小妹自幼学舞,一直以来的梦想便是成为一名优秀的芭蕾舞演员。崇海舞蹈学院在国内舞蹈学院里数一数二,她想考到这里也不让人意外。

禁不住她软磨硬泡,我让她将电话给妈妈,承诺试着说一说。

一阵窸窣过后,换我妈接电话,一开口便是:"你觉得崇海好?"

"菱歌想考,就让她试一试吧。"

"你们既然都在崇海,那我也跟去得了。"

我有些哭笑不得:"我们都长大了,您不用一直跟着的……"

"我不放心。"

本来还想说更多,但转念一想,我妈做的决定从来就没更改过,我说再多,不过是浪费口舌,也就不再劝了。

这个话题终结,无须再议,白女士关心起我的近况。

"你最近如何?"

我的病已成定局,我也不想让亲人多受煎熬,便打算能瞒一时是一时,到万不得已时再说也不迟。

"挺好。"少有地,我对她说了谎。

又聊了几句,我妈打算挂电话了,我却不知怎的,嘴比脑子快地叫住了她。

她静静地等在那头,没有出声询问,也没有挂断,似乎是知道我接下来要说的话至关重要。

"如果……我曾经做了一件错事,导致了非常严重的后果,现在我终于有机会弥补,只是可能需要付出很大的代价。那么,我应该不惜一切去弥补的,对吗?"

"是很严重的错事吗?"

"嗯。"

对面静默几秒,道:"是我没有教好你。"

握住手机的五指不自觉地紧了紧,我垂下眼,内心被巨大的羞耻感席卷。

"对不起。"

我妈叹了口气,道:"你记了这么多年,一定不是小事。如果它让你灵魂不安,你就必须去抚平它。人都是要为做错的事付出代价的,越是逃避,最后的代价就越大。你有承担错误的勇气,无论如何我都会为你感到骄傲。"

不知道为什么,听完我妈的一番话,忐忑焦躁的内心忽然就平静下来,好像终于在一片迷雾中找到了正确的出路。

"但是,"对面话锋一转,严厉起来,"不能再犯错了,明白吗?"

我的生命已经进入倒计时,最后的六个月,想来也不会再犯什么错了。

"好,我一定不再犯错。"我答应她。

小时候,当我妈觉得我没能更好地达到她的期望时,她就会打我。

打手练不了琴,打腿走不了路,所以她一般都是打我的背。

她会让我跪在地上,抱着椅子,露出背部,用皮带抽打我,直到她满意为止。

小妹看到我挨打,总会哭着来护我,拦着我妈不准她动手。可她不知道,妈妈每次打我,都是怒到极致,对我失望透顶才会打的。那不再是平日里的她,没有什么理智可言,越是拦着,就越是打得狠。

后来我预感到我妈要打我了,就会让小妹去外头待会儿,等完事了再开门放她进来。

有一次我妈打我打得有点狠。她气急了没来得及找到皮带,用扫帚柄抽了我两下。到第三下时,扫帚柄没断,扫帚头整个飞了出去。也是这一飞,让她觉得可能有点过了,她没再继续,将扫帚残躯往地上一掷,摔着门回了自个儿屋。

这一般预示着，当晚她是不会出来了。当第二天太阳升起的时候，她就会恢复正常，不再歇斯底里，不再怒气冲冲。她会消化掉所有的负面情绪，当作什么也没有发生过。

我记得虽然只有两下，但特别特别疼，疼到我的肩膀立马就不太能动了，连给小妹开门都有些勉强。

小妹那会儿只有十岁不到，瘦瘦小小的，力气却很大，是推药油的一把好手。

"哥，为什么妈妈这么讨厌我们？"

为了不影响我们的成长，也为了彻底摆脱我爸的阴影，自他离世，这个家便再也不允许出现有关"父亲"的话题。因此小妹始终不知道老季是怎么死的，他又是个怎样的存在。

我大部分时间都觉得这样挺好，给小妹留个好念想，让她觉得自己的爸爸是个正直的人，幻想对方是个救苦救难的大英雄，这些都挺好。但极少数的时间，当小妹向我表达对母亲的不满时，我又会觉得她可怜。

她不知道妈妈为什么会变成这样，也不知道是谁使妈妈变成这样。她甚至不知道，妈妈并非讨厌我们，她只是讨厌从我们身上看到另一个男人的影子。

"严厉和讨厌是有本质区别的，妈妈对我们严厉，都是为我们好。"我艰难地抬起胳膊，摸着小妹的脑袋道，"她只是不想我们……走歪。"

我的话显然无法令她信服，她蹙着眉又问："可是老师说，打人是不对的。她为我们好可以讲道理，为什么一定要打人？"

我有些被她问住了，当时还是高中生的我找不到更好的理由，只能用千篇一律的借口搪塞。

"等你长大了就会懂了。"我说。

第二天我带伤到学校，老师、同学，没有一个人看出来我身上有伤。

我一整天安静地坐在座位上，忍受着后背传来的阵阵不适，到放学，如常背着琴前往空教室练琴。

"你今天的琴声怎么怪怪的？"

那是从我成为监督员，冉青庄成为被监督者后，他第一次主动与我说话。

我一下停住动作，没回话，只是疑惑地看向他。

他自交叠的臂膀中抬起头，脸上毫无困倦之貌，上下打量我一番，猜测道："你被人打了？"

我性格不算太好，练琴和学习占去了我太多的时间，让我无心再去社交，因此没什么朋友，在学校里总是独来独往。

一整天，老师、同学没有一个人看出来我身上有伤，冉青庄却从我的琴音里听出我被人打了。

这耳朵，不学音乐可惜了。

"没有。"毕竟是家丑，我下意识地就想否认。

冉青庄明显不信，继续猜："是不是隔壁技校那些小混混？"

我们学校在当地算是不错的高中，历史悠久，师资强大，毕业生遍布海内外知名大学。在我们学校边上，还有个学校，不算太好的中职技校，校内混日子的多，认真学习的少。

两所学校屹立在那儿好多年了，也不知是哪一届结下的"世仇"，到我毕业，两家仍是水火不容的状态，估摸着还要这样下去许久。

他们觉得我们假清高，我们觉得他们真低级，彼此看不顺眼，两校的学生经常发生摩擦，一言不合就打架。而冉青庄可以说是我校高中部的主力军了，他从入学以来，打过的架有十七八场，八成都是和隔壁技校打的。

他好像天生与那些人犯冲，见着了就别想太平地从眼前过。老师实在拿他没办法,便想着能不能将他与隔壁学生的放学时间错开,从根本上有效地阻止冲突发生。

此事本来有些难办,但因为有我,也就正正好好,皆大欢喜。这便是他在此被我"监督"的真正缘由。

"不是!"我怕他以为是隔壁学校的学生打的我,闹出什么乌龙,赶忙如实以告。

"是……是我妈。我这次数学考得不是很好,她有点生气,就打了我……"我放下琴弓,用指腹轻轻扣着琴弦,低头小声道。

冉青庄略有些意外:"你妈打的?"以椅子的两条后腿作为支撑,他向后微微倾斜,语气骤松道,"哦,那没事了。"

被他这一打岔,我也无心练琴,干脆把琴放好,拿出作业开始写。

余光里,冉青庄的那把椅子一直晃晃悠悠的,就没消停过。

"如果可以,我也希望我妈能打我一顿,但我从来没有见过她。"

笔尖顿在纸上,我侧头狐疑地看向冉青庄。见他翘着椅子腿,双手枕在脑后,耷拉着眼皮,一副无精打采的样子,我忍不住问:"她去了哪里?"

"没去哪里。"他也不看我,望着前方黑板,用彼此都能听到的音量道,"我奶奶说,应该是我爸在外面认识的哪个不三不四的女人生下了我,又不想养我,就丢给我爸,自己跑了。我爸也不想养我,就把我丢给了我奶奶。"

如此突然地得知他的身世,叫我一时有些错愕。

"啊……那你……那你好歹有爸爸,我爸爸在我八岁那年就过世了。"这种氛围我没经历过,总觉得应该要说些什么,又不知道到底要说什么。笨嘴拙舌之下,我说了最不该说的。

不老实的椅子刹那间静止下来,冉青庄终于将视线落到我身上。

"我爸在我十二岁那年……被人开枪打死了。"他似笑非笑地说完,从桌肚里抓出书包,背到肩上,往教室外走去,"我也没比你多享受几年父爱。"

"啊……"我傻在那里。

他走后,我懊恼地一头撞在桌子上,不小心扯到背上的伤,疼得龇牙咧嘴。

"唉,不怪我没朋友……"

晚上演出完毕,我正与团内其他成员在更衣室里换衣服,小提琴手胡雯忽然着急忙慌地推开门闯进来,吓得一众人赶紧遮住自己的重点部位。

"胡雯,你干吗啊?"

胡雯一手撑在更衣柜上,气喘吁吁地道:"不好了,小方的老公……和……和辛经理打起来了!"

她进来时,我正在穿衣服,一听出事了,也顾不上好好穿,直接一套,领子都没翻,拔腿往辛经理的办公室跑去。

远远看到一群人挤在楼道里,我拨开人群,挤到门口,就见方洛苏失魂落魄地傻在门口,身后办公室门紧闭着,时不时传出一两声辛经理的惨叫。

南弦虽然是个学音乐的文人,但到底也是个男人,辛经理被他这么打下去,难保不打出毛病来。

"你先回避一下吧。"我扯开方洛苏就要去开门,手刚握上门把,就被方洛苏从旁猛地一推,毫无防备地撞到了墙上。

大脑在一瞬间剧烈疼痛起来,我只能勉强倚着墙站立,视线都有些模糊。

"是不是你?是不是你告诉了南弦?"方洛苏厉声质问道,"我都说不跟你争了,你要首席我也愿意给你,你为什么还要这么做?"

"你先冷静一下。"她现在怀着孕,不宜太过激动。

"你总是……总是这样,一副清风亮节,没有任何污点的样子。你装什么呢?你不想当首席吗?不想当为什么不去和辛经理说直接把首席让给我?我知道你看不起我,觉得我下贱。"方洛苏泪流满面,用食指指着我道,"你也好不到哪儿去!你活得累不累?你虚伪!"

原来她一直是这么看我的。

剧痛很快过去,我却仍然觉得恍惚。

"我……"

办公室门倏地被人推开,长相白净斯文的男子面无表情地站在门后,垂落的双手血迹斑斑,衣襟也被扯出了口子。

他的身后,辛经理倒在地上,有气无力地呻吟,叫着"救命",看起来暂时死不了。

"南弦!"方洛苏想要上前,却被南弦直接无视,冷漠地推到了一边。

对方直接到我面前,厉声问道:"你是不是早就知道?"

前因后果不提,种种打算暂缓,我的确是早就知道,这无可狡辩。

"……对不起。"我垂下视线,不敢与他对视。

南弦怒极反笑,冲我比了个大拇指道:"很好,你可以。季柠,你很可以!"

他转身朝楼梯口走去,拥挤的人群自动向两侧分开,为他让出一条道来。

方洛苏跟了两步,回头看了我一眼,最终叫着南弦的名字追了过去。

我倚着墙,缓了许久,直到胡雯到我面前,询问我情况。

"你没事吧?"

"没事。"摇摇头,看一眼办公室内的辛经理,我建议道,"叫辆救护车吧。"

事后我怎么打南弦的电话，始终都是正在通话中，应该是被他拉黑了。

我只好给他和方洛苏分别发去信息，希望他们能像成年人一样好好交流，不要冲动。

信息发出去没两分钟就来了电话，我一喜，以为是他们夫妇俩其中一个打来的，拿起一看，却是个未知来电。

我失落地接起电话："喂？请问哪位？"

对方自报家门，称是金家的大管家，姓冯。

"是这样，上次的演奏十分精彩，小少爷很喜欢。金先生与夫人一致认为小少爷的教育需要您这样的人才，因此遣我来问一问，您有没有意向跳槽？"冯管家侃侃而谈，"我们在狮王岛给您安排了一份更好的工作。无论是薪资待遇，还是福利补贴，绝对是您所能找到的……最好的。"

昏昏沉沉地醒来，一坐起身，就觉得胃很不舒服。巨大的恶心感汹涌而来，拖鞋也没穿，我掀开被子便冲到洗手间，抱着马桶狂吐起来。

吐到脱力，将胃里最后一丝酸水都吐尽了，我坐在地上休息了几分钟，之后才磨磨蹭蹭地起身洗漱。

恶心呕吐是药物副作用所致，也不是每天吐，服药至今也就吐过三四回，概率说不清楚，可能和那几天的身体状况有关。

打理完自己，换好衣服，最后看了眼打扫得干干净净的房屋，我背好大提琴，拖着行李箱出了门。

坐电梯时，正好遇到邻居大爷牵着自己的狗出门遛弯。

狗是黑色的长毛狗，在地上行走时，一不注意还以为是拖把成精。

我与对方没见过几次面,小区里迎面遇到往往也就点个头,最多再问一句"吃了吗"。微笑着点过头后,我便安静地退到电梯角落,以免等会儿有人上来挡着人家。

"出差啊?"可能觉得两个人站电梯里不说话有点尴尬,大爷看我带着行李,好奇地主动搭话。

我低头看了眼自己白色的巨大行李箱,道:"对,出长差。"

"还是你们年轻人辛苦。不过赚钱的同时也要多保重身体啊,你看起来脸色不太好。"

我一怔,忍住去摸自己脸的冲动,干笑着点头道:"是,可能这两天没休息好。"

电梯一路下行,很快到达一楼,大爷牵着狗先我步出轿厢。我拖着行李落在后头,没走两步,发现前面那小黑狗在回头看我。

好可爱。

记得以前高中附近小巷子多,饭店多,野狗野猫也多。

通常来说,都是猫独来独往,狗和狗聚在一起。但学校附近有只小黑狗不同,它总喜欢和一只狸花猫待在一块儿。两只时常形影不离,靠着卖萌打滚,哄得学生给它们买香肠,骗吃骗喝好多年。

学校附近别的小猫小狗还有很多,但都没有这对组合令人印象深刻。不知道它们后来怎么样了,有没有分开,是不是还活着,会不会……被好心人收养了?

一如上周前往狮王岛的流程,到了码头,很快金家的船员便找到我,确认好身份后,对方带我上了船。

海上颠簸近一小时,游艇终于靠岸。可能是早上吐过的关系,胃还没缓过来,上次明明没有反应,这次却坐得有些晕船。

到见金辰屿时,我的脸色还是很糟糕。糟糕到甚至他和我说了两句话后就不好意思再说，忙催着人带我去休息。

"季老师，你不要见外，就把这里当你自己家，把我和元宝当你的弟弟。"他揽着我的肩，一路到了大门口，身后跟着两个人，分别帮我拿行李和大提琴。

用我这个坏掉的脑子也能想明白，他不过在说客气话，当不得真。

"我一定会尽心教导小少爷，对得起金先生给我的这份工资。"他予我以场面话，我以场面话还之。

金家的橄榄枝，也算递得正好。一来团里乱糟糟的，辛经理虽不是被我打伤，但多少和我有关系，对方背景比我硬，再待下去也没有意思；二来我正愁没办法接近冉青庄，如今上了岛，同在一处工作，抬头不见低头见，总有机会接触；三来……金家给的工资很高，冯管家说我不可能找到更好的了，确实也是如此。

"我父母比较忙，有什么事你就和我说，但如果找不到我的话，也可以和冯叔说，或者……和冉青庄说，反正你们熟。"金辰屿笑着拍了拍我的肩，将我送上了车。

他分明也不过二十岁出头的年纪，言语间却别有一种老江湖的调调，什么都喜欢拐弯抹角，什么都喜欢试探猜忌，和他说两句话，比和别人说一天话都累。

狮王岛一共分两个区域，东边是赌场和豪华五星级酒店，西边则是金家人活动居住的场所。这里的"金家人"，包括但不限于金辰屿他们一家四口。

距离古堡五百米，是一栋白色的老旧方楼，供工人们使用，也就是我上次来住的地方。离得稍远一些，两千米左右，还有一栋新一点、现代一点的红楼，供集团内部人员使用。我如今要住的，便是这栋红楼。

车还没停稳，便见楼前小跑着过来一名染着黄头发的年轻人，穿着件涂鸦款的黑色卫衣，长得很稚气，瞧着可能连二十岁都不到。

他替我拉开车门，随后立在车边中气十足地做着自我介绍："您辛苦了，我是被派来带您熟悉环境的菠萝仔，您叫我菠萝就好！"

我怔然看着他，有些被他的气势震慑到："啊，你好，菠……菠萝……"

对方兴许看出我的勉强，挠了挠头道："算了，要不然您叫我阿桥吧，我本名叫陈桥。"

我大大地松了口气，这次很顺畅地叫出了他的名字。

陈桥拖着我的行李，背着我的大提琴，领我进了红楼。我想自己拿，被他严词拒绝了，那表情，好像不让他拿就是看不起他似的。

这些混江湖的，真是难懂。

"这栋楼就跟公司宿舍楼一样，有的人家离得远，就会住在这边，但也不是所有人都住。很多人都在崇海有房，嫌岛上太无聊。"电梯上行过程中，陈桥尽职地与我介绍这边的情况。

"楼里有食堂，也可以打电话让他们送上门，味道不错。这栋楼一共十八层，下面一半是小弟们的住处，都是合宿上下铺，上面一半随机分配给公司的高层，供他们上岛时居住。"

"因为老大您跟我们幺哥的关系，所以就给您直接安排在幺哥那里了，他那套房是个套间，两个卧室呢……"

我打断他："你叫我什么？"

他眨了眨眼，无辜地道："老大？"

我被这两个字砸得不轻，震惊过后，又觉得好笑。

"别这么叫我。"这岛上看来是有些无聊，我和冉青庄那点事竟然这么快就传开了，"叫我季柠就好。"

"哦哦，好的，柠哥！"陈桥飞速改了口。

用密码开了门,陈桥让我先进,自己则在后边关门。

可能也就是个暂居点的关系,偌大的客厅内除了散落的一些健身器材,并没有什么别的个人物品。

将我的行李拖到其中一间房后,陈桥给我讲解了房内部分电器的使用方法,又帮我录入了门锁指纹。一切都交代完了,他刚要走,被我叫住了。

"等等,冉青庄……在岛上吗?"

陈桥扶着门,讪讪地笑了笑道:"不好意思啊,柠哥,我这个级别的还没法知道幺哥的行程。"

是我唐突,考虑不周了。

"没事了,你走吧。"

陈桥应了声,带上门离去。

卧室与我在崇海租的房差不多大,干净整洁,窗外景色很好,放眼望去郁郁葱葱。

整理得差不多的时候,我听到外头门锁响动,知道是冉青庄回来了,顿时紧张起来。

我屏息听着屋外的动静,迟疑着不知道该不该这会儿出去。

纠结了可能有十分钟,我往衣服上擦了擦汗湿的掌心,推开门快步走出。

冉青庄掀衣服的动作一顿,看了看我,很快又接着动作脱去上衣,脖子上用皮绳穿过的一枚银戒指跟着晃了两晃。

上回太黑,看不太真切,这回大白天的,他身上的累累伤痕越发触目惊心。

我住进来这么大的事,他应该一早就知道了,不然也不会这么镇定。只是，知不知道是一回事，高不高兴就是另一回事了。

将衣服丢到沙发上，他揉着脖颈，直直往我这边走来。

我不自觉地咽了口唾沫，站在原地一动不敢动。

到了面前，他垂着眼，一副居高临下的样子，睨着比他矮许多的我道："别挡道。"

我这才发现自己挡住了他去浴室的路，忙往边上挪了一大步。

"抱歉。"

位置变换的关系，我得以看到他的背。他的背上还有未消退的青紫痕迹，像是被棍棒打的。我猜，这应该就是上次他坏了规矩的责罚了。

忽然，冉青庄停下脚步，我以为他是不悦我放肆的目光，他却问了一个毫不相干的问题："你为什么要接受这份工作？"

原因很多，但我觉得他可能没兴趣听，也不会理解。于是我挑了最无懈可击，也最简单直白的说。

"因为给的钱多。"

闻言，冉青庄当即发出一声冷嗤。"因为钱多。"他重复着，转过身，眼里含冰道，"你真是为了钱什么都能做啊！"

可能本来面对他就心虚，我总觉得他话里有话，不光是在讲眼前的事。

"……我很需要钱。"

冉青庄道："你的事，我没兴趣知道。"

我抿了抿唇，不再说话。

"井水不犯河水，只要你老实听话，不说不该说的，我们就能和平共处。记住，别挡我的道。"说完，他回身继续往浴室走去。

我追了他几步，急急表明自己的立场："你放心，我不会乱说的。我……我可以帮你，就像上次那样替你打掩护。你有什么需求，都可以和我说的。"

冉青庄走进浴室,也不理我,好像完全没听到我的话。

浴室里很快传出水声。盯着紧闭的玻璃门,我叹了口气,转身看到沙发上散落的衣服,过去一件件抖开,重新叠放整齐,这才起身回自己的房间。

第 四 章
付出代价

我的大提琴课被安排在每天下午，金元宝小少爷上完英语课之后。

他这年纪学琴其实有些晚了，但金家让他学琴，想来也不是奔着学成音乐家去的。学得怎么样是其次，陶冶情操、培养艺术鉴赏力才是主要的。

起初一小时，金小少爷对大提琴兴趣正浓，我教得尽心，他学得高兴。可随着时间推移，重复的动作多了，他便不耐烦起来。

学琴并非一蹴而就之事，一开始的新鲜感消失后，就必须靠着勤勉与汗水支撑，热爱与毅力维系，才能很好地坚持下去。小少爷显然既没有毅力，也缺乏热爱，拉大提琴并不是他非坚持不可的事情。

在他撒泼耍赖手疼肚子饿要吃小点心后，我不得不停止今天的教学，让冯管家给他呈上点心和牛奶，暂作休息。

可能也知道自己做法不对，他有心讨好我，特地将点心盘里最大、最漂亮的一块蛋糕给了我，还主动与我聊天，似乎想拉近彼此的关系。

也是到这会儿我才知道，他长这么大竟从来没有离过岛，甚至也没去过学校，所有教育都在这座城堡里进行。

"爸爸说，出去会被怪兽抓走。哥哥像我这么大的时候就被怪兽抓走过，到现在肩膀上还有个好大的疤呢。"金元宝晃荡着双脚，吃着小饼干，含糊地道。

"怪兽？"这事我好像听南弦说过，金辰屿七八岁的时候遭仇家绑架，虽然后来被救回来了，但金家损失惨重，死了不少人，金大公子也受了重伤，在医院住了许久。

大儿子曾遭遇不测，在小儿子身上谨慎点，也就不难理解了。

"多亏了铮叔，要不是他救了哥哥，哥哥就要被怪兽吃掉了。"怕我听不懂，他又补充一句，"铮叔就是老幺的爸爸。"

端起茶杯的动作微微一顿，我怕自己理解错了，特地问了一句："老幺……就是高高的，头发短短的，这里有文身的那个吗？"我指了指自己脖子的位置。

"对啊，就是他。铮叔是我爸爸的好兄弟，他为了救哥哥死掉了。哥哥说，老幺以后也是我们的好兄弟。"金元宝噘了噘嘴，一脸惆怅，"但他都不和我玩，我不喜欢他。"

冉青庄的爸爸为了救金辰屿死了？

我好像有些明白冉青庄为什么会出现在这里，又为什么年纪轻轻就能成为合联集团的高层人员了。

铮叔是冉青庄的父亲，他早年便依附于金家，与当时合联集团的"教父"金斐盛称兄道弟混江湖。后来金斐盛可能风头太过，遭到仇家报复，让人绑去了儿子。

中间如何不知，想必是经过一番激烈营救，最终铮叔为了救金辰屿不幸身死，冉青庄自此成了孤儿。

冉青庄一定是靠着这层关系受到金斐盛另眼相看，金辰屿也因此才会扶植他成为亲信。

如此看来，因为我的关系他才走了歪道，这个猜测基本坐实了。

如果我没举报他和林笙，他不会被退学，他毕业后能去考警校，能成为他想成为的人，根本不会再和金家有关联。

是我害了他，真的是我害了他……

没滋没味地陪金小少爷吃完点心，他突然就困起来，一个劲地打哈欠。冯管家不等小少爷吩咐，便让女佣带他回去睡觉。

我头一天上班，琴弦还没拉热乎就下班了，多少有些不安。

冯管家可能看出来了，宽慰我道："季老师不用负担太重，一切以小少爷高兴为主。他喜欢，您就教他，他不想学了，您安心休息就好。"

果真是大户人家，花巨资请家教，不为学有所成，只为开心乐意。

"季老师刚上岛，这两天可以让人带你多走走，熟悉下环境。"

冯管家说完，亲自送我出了门。

一个多小时前送我过来的黑色商务车仍停在老位置，陈桥正在车里打瞌睡。我敲了车窗，他慌里慌张地惊醒，嘴角还带着哈喇子。

"柠哥，这么快就好啦？"他下车帮我将琴塞进后备厢，掏出手机看了眼道："不是说要到五点吗？这才三点。"

"小少爷困了，去睡了。"我道。

想到冯管家的话，上了车后，我询问陈桥是否能充当向导，带我游览下狮王岛。他拍着胸脯答应下来，叫我放心，他一定做好向导工作，让我乐而忘返。

第一个景点，便是岛上最高处的一座灯塔。

灯塔高耸在陡峭的山崖上，从山崖上望下去是一片青翠山林，这个高度，登上灯塔想必可以望得更远，巡视整座岛屿，甚至周边海域也不是什么难事。

"到晚上,灯塔上的探照灯就会亮起。柠哥,你看到那些人了吗?他们会拿望远镜一遍遍地检查海面和岛上,确保不会有耗子上来。"陈桥指着灯塔上站岗的两个人道。

我当然不会傻傻地以为他口中的"耗子"是生物学上的意思。光头也曾称冉青庄为"耗子",这应该是那些在夜晚乱窜、目的不明、试图躲避岛上巡逻的人的代称。

我忍不住问:"如果发现耗子,会怎么样?"

陈桥双手环胸,认真思索片刻,道:"应该会抓起来沉海吧。"

我心中一凛,顿觉这个景点索然无味。

"开玩笑啦,柠哥,你表情好严肃啊。"陈桥忽地哈哈大笑,"我瞎说的。我也不知道,我文上这串数字才一年,还没有见过谁不要命地偷偷摸摸上岛过。"说着,他背过身,提起上衣,冲我露出腰间的四个黑色数字。

1113,和冉青庄的0417并不一样。

我裹着外套,迎着海风,往灯塔边上的一座小教堂走去。

"你这个是什么意思?你们每个人的文身都是自己选的数字吗?"

陈桥放下衣摆,追上我道:"对啊,自己瞎选,反正也没人管。我的是自己生日啦,其他人有的是幸运数字,有的是家人生日,还有的是结婚纪念日,反正什么样的都有。"

陈桥说,一开始他们其实并没有需要文身的硬性规矩,只是金斐盛虎口有个数字"8"的文身,其他人为了拍老大马屁,便都去效仿,在自己身上文上数字。一传十,十传百,到后面就成了他们组织约定俗成的一项传统,也成了一种标志。

"冉青庄脖子上的数字是什么意思?"

陈桥惊讶地道:"幺哥没跟你说过吗?"

我将手轻轻按在教堂的木门上,闻言用尽可能自然的语气道:"他不太和我说这些。"

"也是啦，又不是什么大事，不说就不说吧。"陈桥道，"那个好像是他加入公司的日期。"

是他成为"老幺"，成为曾经最痛恨不屑的那类人的……日期。

教堂不是很大，统共也就六排座椅，可能太久没人来了，空气中弥漫着一股灰尘的味道。

陈桥打了两个喷嚏，受不了地推开了耶稣像旁边的一扇小窗。

气流立即穿过小窗往门外涌去，峡谷效应下，发丝被狂风吹乱，我眯着眼看向窗外，发现这里正对大海，外头是油画般的湛蓝海面。

"远远看着像不像墙上挂着一幅画？'这幅画'很有名的，是岛上的网红打卡点呢。"陈桥介绍道。

能在死前看到这么美的风景，可能是老天对我诚心悔过的奖赏吧。

我对着小窗拍了张照，打算集齐九张发个微信动态。

看完了西边的主要景观，陈桥本来还想带我去东边的赌场长长见识，但我看天色已晚，就约着下次。

陈桥也不勉强，下山后便驱车将我送回了红楼。

我一进门，发现冉青庄已经在家，正在客厅健身。

他并不关心是谁进来了，也没抬头，始终心无旁骛地做着俯卧撑。身上的黑色背心已经湿透，汗水不断地从他的毛孔中渗出，随着肌肉纹理缓慢行走，最终因地心引力砸向地板。

"啪！"——好像都能听到声音。

怕打扰到他，我放轻动作，蹑手蹑脚地背着琴进到卧室，将大提琴放好后，又以同样小心的姿态开门出来，去到浴室。

这套房只有一间浴室，所以我是和冉青庄共用的。他的洗漱用品放左边，我的就放右边。

我搓着肥皂，仔细洗完手，忽然瞥见洗手台左边摆放着一枚戒指。是昨天才看到过的，冉青庄用皮绳穿着戴在身上的银戒指。

我知道我不该碰，但鬼使神差地，当我回过神时，那枚戒指已经在我手里了。

银色的戒身微微泛黑，看起来有些年头了，表面有一圈复杂的花纹，内圈……

我缓缓转到内圈，两个嵌刻进戒身的字母映入眼帘——L.S。

林笙。

照理说，他该受到与冉青庄一样的待遇，甚至……对他我应该比对冉青庄更愧疚才对，毕竟我那样下作是为了抢夺他的名额。

但我没有办法……

怔怔地抬手按在心口。

没有办法什么？脑海里像是有一团恼人的雾，牢牢遮住正确答案，怎么驱赶都不散。

"你在做什么？"

背后突然出现的声音吓了我一大跳，我手一抖，戒指落进洗手盆，骨碌碌滑向下水口。

洗手盆是最原始的那种用橡皮塞的款式，平时不蓄水时，便将塞子放到一边，要蓄水了再塞上，也没有防漏网。戒指要是掉下去了，就再难找回。

我徒劳地伸手去捞，反应还是慢了一步，戒指落进下水口，转眼没了踪影。

我傻在那里，心里正乱作一团，冉青庄扯着我的后领把我粗暴地推到一边，急切地将手指探进下水口，似乎是想确认戒指有没有卡在水管里。

但他注定失望，戒指早就顺着水管掉下去，除非砸开洗手盆，破开管道,不然绝无可能找到。

他掏了一阵,也认清了现实,颓然地用双手撑在洗手台两侧,垂着脸,让人看不清他的表情。

"我……我这就联系维修工,让他把管道砸开。所有损失我来赔偿,你先不要急。"

我慌忙去掏口袋里的手机,陈桥给过我大楼维修工的联系方式,我记着的,马上打给对方,很快就能把戒指取出来了……

"季柠,你到底要做什么?"在我翻找电话号码的时候,冉青庄忽然叹了一口气,用着堪称平静的语气问道。

我握住手机,一下愣住,不知道要怎么回答,又有点害怕,总觉得他现在这个状态很像暴风雨来临前的宁静,恐怕随时随地就会爆发,把我撕成碎片。

"对不起,我……我真的不是故意的……"我诚恳地向他道歉,指尖犹犹豫豫,颤抖着想要碰触他的胳膊。

然而还没碰上,暴风雨就来了。

手机甩出去老远,冉青庄反扣住我的胳膊,五指抓住我的头发,用着不容反抗的力道将我揿在了洗手台上。

"你到底要做什么?"冉青庄又问了一遍,语气截然不同,显然已经怒到了极点。

脸孔被挤压变形,我本能地挣扎,却无法撼动冉青庄哪怕一丝一毫。

"就连他唯一留给我的东西,你也要毁掉吗?"冉青庄咬牙切齿地说着,抓着我的头发,迫使我仰起头。

这样一来,镜子里如实映照出了两人的模样。

我因为疼痛与恐惧,脸色苍白到没有一丝血色,眼镜也歪斜着,狼狈地挂在脸上。冉青庄面孔微微狰狞，脖子上青筋浮现，两腮紧绷着，眼里黑沉一片，好似暗夜里结成厚冰的海面，除了冷，刺骨的冷，便再也没有别的。

感觉到他扣住我胳膊的力道在一点点加重，仿佛正琢磨着、犹豫着，要如何干净利落地扭断这条惹祸的手臂，替自己珍爱的戒指报仇雪恨。

疼痛感加剧，我慌了神，开始一个劲地求饶："不要！对不起，对不起……是我不好。我不该乱动你的东西，对不起……求你，求你不要弄断我的手……"

我的确说过希望尽可能地弥补冉青庄，无论付出任何代价。但真的到了这种"付出代价"的时刻，我还是无法自控地感到恐惧、痛苦，进而讨价还价。

"你可以……可以打我。"就像以前每次犯错，妈妈惩罚我那样，我与他打着商量，"但请不要……不要弄坏我的手，那样我就没办法……拉大提琴了。"

声音逐渐染上鼻音，眼里盈满泪光，我祈求着冉青庄能手下留情，就差痛哭流涕。

透过镜子，我看到对方冷酷的眼神。他粗喘着，极力压制自己的怒火，有几个瞬间，他的脸都好像因为内心撕扯的两股情绪而扭曲变形。

一抬眼，他看到了镜中的自己。

就像在镜子里看到了完全陌生的东西，愣怔地，他松开对我的压制，闭了闭眼，双眸里汹涌的情绪就像天晴后的洪水迅速退去，留下的只是断壁残垣、一片狼藉。

他摸了摸自己脖颈上的数字文身，退到墙边，再开口时，声音已经恢复平静，甚至……更平静了，宛如一潭死水，没有半点波澜。

"别哭了。"他靠着墙，摸了摸裤子口袋，似乎想要摸烟，摸了半天却什么也没摸到。

我从洗手台上小心撑起身,保持着动物受惊后的敏锐,视线始终在他身上,生怕错开一秒,就被他扑过来开膛破肚。

"我……我这就去联系维修工,帮你把戒指取出来。"我用指关节揩去眼底要落未落的泪花,重新戴好眼镜,见手机摔在冉青庄脚边,也不敢去捡,准备亲自下楼跑一趟。

"不用了。"

我扶住门框,惊诧地回头。

冉青庄缓缓俯身,从地上捡起我的手机,看了一眼屏幕,抬手抛给我。

我手忙脚乱地接住,就听他道:"你弄丢我的戒指,我弄坏你的手机,扯平了。这么多年,这戒指也该扔了。"

说完,他直起身,擦过我大步进了自己的卧室,大力关上门后,久久都没再出来。

我怕他晚上饿着,去食堂打了饭放在餐桌上,第二天起来一看,原封未动。

好像从重遇开始,他就在极力与我撇清关系。那晚帮他打掩护,他说至此一笔勾销,现在弄丢了他的戒指,他又说扯平了。

仿佛我是某种沾到即死的病毒,他生怕一个不慎被我讹上,死得难看。

手机彻底坏了,连开机都没法开。我虽然不是那种一小时都离不开手机的人,但现代社会没手机终归是不方便,而且我也怕妈妈和小妹有事找不到我。

问陈桥岛上有没有地方买手机,他想了想,说东边的赌场周边,连着酒店有一排精品店,卖衣服、卖首饰的都有,可以去看看。

于是这天下班，陈桥便直接载我去了岛东的合联娱乐城。

娱乐城是赌场与酒店的统称，处于同一座巨大的华丽欧式建筑内，有一百多张赌台、四百多间客房，二十四小时营业，全年无休。无论是来旅游的还是来赌钱的，住宿、娱乐两不误，都很方便。

除了酒店与赌场的入口，一楼全都是卖各种奢侈品的精品店，贴着橱窗走一圈，里面的陈列贵得让人咋舌。

"真的有人买吗？"我问陈桥。

"有啊，赢钱的人。"陈桥笑道，"反正不管谁赢钱谁输钱，赚钱的都是我们。"

精品店里只有一家是卖电子产品的，我要了台他们店里最便宜的手机，付完钱本来都打算回去了，结果路过一家首饰店，见到橱窗里的一枚戒指时，我又不走了。

我盯着那枚细细的白金戒指半天不出声，看了有三四分钟，看得陈桥都疑惑起来，问："柠哥，你这是……想买？"

我又看了那戒指一阵，越看越喜欢，轻轻"嗯"了一声，往店里走去。

"外面那枚男士戒指，多少钱？"我问。

销售员迎过来，往门口看了眼，报了个数。

也还好，就一个月的工资。买了戒指，还有五个月工资呢。等我死了，之前存着打算买车的钱就都给我妈，这五个月工资给小妹。她在大学省着点花，应该也够了。

销售员从柜台里拿出枚一模一样的给我，推销说这是他们家的经典款，很多情侣都会拿来当婚戒。

她一定以为我这是要结婚。

"就要这个，麻烦帮我包起来。"看了看，觉得很满意，我将卡递给对方。

对方问:"一对吗?"

我摇摇头:"一枚就够了,给我男款的。"

销售员没有再多说什么,显示了绝佳的职业素养,确认好尺码,便拿着卡去给我开单了。

"柠哥,你给么哥买戒指啊?"陈桥凑过来,看了眼那枚明显比我的手指粗一圈的戒指道。

合上红丝绒的戒指盒,我轻轻点了点头,没有向陈桥解释太多。

买完戒指,时间已经有些晚了,陈桥提议干脆在酒店餐厅吃顿晚餐再回去,我却心疼今天花出去的巨款,想着回去吃食堂。

"别走啊柠哥,去尝尝味道嘛!不要慌,可以报销的。"看出我的犹豫,陈桥搭着我的肩,硬是把我往酒店方向带去。

由于西餐上菜有些慢,吃完晚餐八点多了。陈桥看一眼时间,说出一句:"来都来了,不如去赌场转转。柠哥,你看怎么样?"

不怎么样。

"赌"这种东西始终不是正道,是万万碰不得的,不能因为我快死了就放松警惕。

人性不可高估,多少惨剧便是因一时掉以轻心所致。对恶的、坏的东西,连一丝一毫的好奇心都不该起。

我正要推拒,便听陈桥接着道:"正好么哥今天在赌场帮忙,我们一道去找他,然后接他回红楼呗?"

这理由实在正当,我倒不好说什么了。

于是,二十五年来,我第一次踏进了一家赌场。

能容纳一百多张赌台的场地必定不会小,我有想过它规模很大,但我没想到它竟装修得这样奢华。

整个场子只能用金碧辉煌来形容。地上铺着厚厚的地毯,天花板上满是描金的壁画,巨大的水晶灯垂吊着,将整座大厅照得犹如白昼。

荷官全是年轻漂亮的男女,不少男赌客身边还坐着一名打扮艳丽、穿着礼服的女孩,陈桥说那是"Lucky Girl"(幸运女孩),就像吉祥物一样,专门陪在客人身边,给对方增加运气。如果客人赢钱了,女孩也能分到不菲的小费;如果客人输钱了,就会怪女孩运气不佳,一分钱都不会给女孩。

说着话,一名 Lucky Girl 朝我和陈桥走了过来。

"小菠萝,我要你从外面给我买的东西你买到没有啊?"对方大概与陈桥差不多大,脸上还残留着未退去的婴儿肥,一双眼睛尤为出彩,大而有神,嘴很小,微微翘着,不说话的时候就像在嘟嘴。

"买好啦,面膜和漫画都齐了,明天就给你送去。"陈桥显然与对方相熟。

"还是小菠萝你最好了!"对方搂着陈桥的胳膊,一副亲昵姿态,顾盼间视线落到我身上,娇滴滴地道,"小菠萝,这个人是谁啊?我以前怎么没见过?"

她说着一双手柔弱无骨般就要往我身上攀爬:"你要不要玩啊?我可以当你的幸运女郎哟,我今晚手气很好的。"

"我……"

我还没说什么,陈桥扯着她的长裙肩带火急火燎地将人扯开了。

"阿咪,你疯啦,这是幺哥的朋友,你别对什么男人都勾搭好不好?"陈桥一脸受不了的表情。

"幺哥的朋友?他就是那个……"那个什么,阿咪没说下去,颇为尴尬地笑笑道,"不好意思啊,我无意的,您大人有大量,不要同我这小孩子计较。啊,那边有人叫我了,我先走了啊。"说完,提着裙摆健步如飞地跑走了。

"这么大的人了，怎么总是毛毛躁躁的？"陈桥难得一副成熟口吻，与我打着招呼道，"柠哥，你别介意啊。我跟她差不多时间上岛的，算是同期，所以比较熟。她人很好的，就是性格太活泼了点。"

"没关系，小事罢了。"我笑着道。

我和陈桥在赌场里边逛边找冉青庄的身影，陈桥可能觉得来了不玩一把未免可惜，就说他可以去给我换筹码，问我要不要试试，被我婉拒了。

赌场里人流如织，声音嘈杂，也不知哪里出了问题，耳边突然就满是尖叫声、咒骂声，然后人群便乱了起来。

我被推推挤挤，与陈桥走散，回过神时，已站在一张巨大的德州扑克桌前。

桌子上站着一名秃头的中年男性，胡子拉碴，精神萎靡，衣着也十分凌乱。

他挥舞着手上只剩半截的香槟酒瓶，脸上表情尽是疯狂："不准过来，不准过来！这些都是我的，都是我的，谁也不能跟我抢！谁也不能跟我抢！"他说着，不断弯腰捡拾桌上的筹码，将两个西装口袋都塞得鼓鼓囊囊。

就在桌子下面，一名荷官软倒在地，捂着胳膊，神情惊惶痛苦，从指缝里流出鲜血，显是被中年男子刺伤了。

方才人群躁动，就是想要远离这里，我被人流突然推到近前，立时引起了男人的注意。

他警觉地瞪着我，将尖锐的玻璃对准我道："你别想抢我的钱！"

我举起双手，以向他表明自己的无害，道："我没有想抢你的钱。先生，你冷静点，什么事都可以解决，不用搞成这样的……"

"解决不了！我输了几百万啊，回不了头了。"男人毫无征兆地痛哭起来,"我没有脸见家人了,本来还想着来翻身,结果彻底玩完。我活着还有什么意思?还有什么意思?!都是金家害了我,都是你们这些吃人不吐骨头的吸血鬼害人!我做鬼都不会放过你们!"

他越说越悲怆,说到最后,竟跟着了魔一样,将酒瓶对准自己,想要引颈自戕。

周围一阵喧哗,我上前一步,慌忙阻止:"不要!"

这时,一道矫健的身影如黑豹般轻松跃上桌面,从后头一把勒住男人的脖颈,再以迅雷不及掩耳之势制住对方抓着酒瓶的那只手,轻轻一掰,男人发出一声惨叫,酒瓶随即落地。

冉青庄神情冷厉,没有因对方的惨叫有半分手软,迫使对方趴下后,顶着对方腰眼,跟座山似的压得男人不住痛吟。

好狠,好快。

刚刚跨出去的一步吓得又收了回来,我不自觉地咽了咽口水,有些后怕地将手背到身后。

好险,昨天我的手也差一点这么断了……

第 五 章
不止一只耗子

四周迅速拥上一群黑衣大汉，从冉青庄手中接过了对中年男人的控制权。

男人胡乱叫唤着，被越拖越远。

"你知不知道刚才有多危险？"冉青庄跃下桌面，蹙眉往我这边走来。

"我……"我是被挤到前面的，不是硬要出头。我也只是好心想要劝一劝他，没想到他会这么激动。如果知道这里有危险我就不来了，谁又能未卜先知？

本来还不错的心情一下子落到谷底。

要和他分说这些，当然也是可以的，只是他必定会认为我是在狡辩，结局注定是两个人都不痛快。

他讨厌我，所以无论我做什么、说什么都是错的。

"……对不起。"想明白了，我也不打算跟他争了，痛快地道了歉。

冉青庄闻言并未展颜，反倒眉头蹙得更紧，像是被我这一手搞得猝不及防，一时满肚子骂我的话不知如何发泄。

"幺哥，没事吧？"

"嘀，哥你动作太快了，'嗖'一下就不见了！"

我们说话间，从不远处匆匆跑来好几个小青年，面孔都有些眼熟，像是之前金夫人生日宴，我在冉青庄身边看到的那几个马仔。

"柠哥，柠哥你还好吧？没受伤吧？"从另一边，陈桥也终于找了过来。

众人会合，几个小弟一见陈桥，纷纷跟他打招呼，问他怎么在这儿。

"我陪柠哥来找么哥的。"陈桥见小弟们愣愣的，好似都没反应过来，恨铁不成钢地"啧"了一声，提醒道，"看什么看啊，叫人啊，这是柠哥！"

小弟们该是之前就听过传言，经陈桥轻轻点拨，都回过味来，立马排成一排，双手贴住裤缝，恭恭敬敬地朝我鞠躬。

"柠哥好！"

我缩了下脖子，耳朵都像是被他们震得有点嗡嗡作响。再看冉青庄，分明是不乐意的，但出于某种只有他自己知道的原因，也只好心不甘情不愿地默许小弟们认我做大哥。

"别叫我'柠哥'，叫季柠就好。"与对陈桥一样，我没有接受小弟们对我的称呼。

"快点打扫干净，把碎玻璃都收拾了，别再伤到人。"一名四十多岁，留着利落短发，穿着纤尘不染的白色西服套装的高挑女性，身后跟着几个保镖、助理模样的人，推开人群走过来。

小弟们见到她，嘴里叫着"华姐"，自动从冉青庄身边散开。

华姐没理他们，径直走到冉青庄面前，笑道："今天多亏了你。"

"应该的，华姐。"冉青庄道。

华姐颇为赞赏地点点头，视线往我这边一扫，挑起细长的眉尾，问："这位是？"

冉青庄一个眼刀杀过来："还不叫人？"

我恍惚间仿佛回到了小时候,过年时父母带我去亲戚家串门,一大帮亲戚,这个是奶奶,那个是舅舅,辈分都不能乱,不知道怎么叫,愣在那里,还会受到父母的斥责。

"华姐好!"我赶忙学着他们的样,乖乖叫人。

陈桥像是经常来这边,跟很多人都熟,与华姐也不生分,凑过去一通叽里咕噜地耳语。说完了,华姐看我的眼神就变了,变得非常慈爱。

"哦,原来你就是小幺的朋友啊。"她上来就掐我的脸,我一下有些蒙,都没来得及躲。"这小脸真滑,听说你是拉大提琴的,怪不得这气质都和别人不一样。"

"哦……嗯……"我脸都被她扯得变形,也不敢随便乱动,就只能支支吾吾地冲她讪笑。

"性子真好。"她笑着拍拍我的脸,从长裤口袋里掏出枚金色的筹码塞到我手里,道,"乖,第一回见,我也没准备见面礼,这个筹码你拿着,去玩吧。小幺,你过来一下,我有话跟你说。"说完,如来时一般,带着一群人又风风火火地走了。

我握着那筹码犹如烫手山芋,便以眼神寻求冉青庄的帮助,他看我一眼,轻飘飘地留下一句话:"给你你就拿着。我去做下交接,你们在外面等我。"随后便和小弟们一起走了。

"刚刚那个是赌场的负责人,金先生的左膀右臂,区华。我们都叫她华姐。"陈桥等人都走光了,开始给我补课,"人很爽快,只要不惹她生气就一切好办。"

受伤的荷官走了,那张赌台暂停营业,地上的玻璃碴被清理干净,赌场重新恢复秩序。此时进门的客人恐怕怎样也想不到,只是十分钟前,这里差点就酿成一桩血案。

"那个人会怎么处理?"瞧着手上的筹码,我问。

"伤了人,还闹这么大动静,华姐不会放过他的。"陈桥看我盯着筹码,以为我是不知道怎么处理这玩意儿,建议道,"金色筹码要五千块呢,你要是想玩我就带你去玩一局,反正现在幺哥的事还没办好。不想玩的话,我就去给你换成现金,怎么样?"

我将筹码收进裤兜,摇摇头道:"不用了,就这样留作纪念也挺好。"

陈桥一副不明白我这是什么操作的表情,但到底顾念我"柠哥"的身份,没有再行谏言。

我们在车上等了大概半小时,冉青庄就处理完事务出来了。

到了晚上,狮王岛的东边与西边是完全不同的两种氛围。由东到西,视野越是开阔,周边越是昏暗,到最后,打了远光灯都看不清前面有什么。

一路都是陈桥在说话,说刚才赌场里的事,说某个兄弟的事,说最近的天气。冉青庄会不时回他两句,但大多时候都很安静。从头到尾,我们两个都没有对话。

到了红楼,各自回家,陈桥在五楼就下电梯了,我和冉青庄继续上行。进了门,冉青庄将外套脱在沙发上,去厨房打开冰箱,开了罐冰啤。

像是渴极了,他仰头狂饮起来,喉结不住滚动,溢出的酒液顺着脖颈滑落,差一点就要落进背心里,他打了个酒嗝,粗犷地拭去脖颈上的液体,同时徒手捏扁了喝空的酒罐。

"你看什么?"他不爽地拧眉问我,我这才发现自己已经站在厨房门口看了他良久。

"我……"摸到上衣口袋里的戒指盒,我抿了抿唇,大着胆子走向他,"今天那个人,他本来可以不用走到这一步的。只要有人拉他一把,劝他一句,说不定一切都可挽回。"

所有的大错在微小时便有征兆,聚沙成塔,积少成多,慢慢地,也就到了再难回转的地步。

冉青庄定定地看着我,黝黑的瞳仁没有一丝情绪表达:"怎么,大晚上的你这是要给我上思想教育课吗?"

"这毕竟不是条正道。"

说的是今晚的事,又不是今晚的事。我们心知肚明,只是没人戳穿。

他将啤酒罐往垃圾桶里一掷,道:"既然走上这条路,无论何种结局他都得受着,没资格喊冤,也没有什么冤不冤枉的。"说着,他似乎准备结束对话,回自己的卧室去。

我也只是试着一劝,早已有心理准备,因此不算意外。

当他经过我身边时,我一把拉住他的胳膊,道:"我有东西给你。"

他回头看了眼我的手,还没言语,我就自觉地松开了。

"什么?"还算好,他没看都不看就拒绝。

我垂着眼,有些紧张地从口袋里掏出戒指盒,打开呈到他面前。

"赔给你的。"

冉青庄半晌没出声,默默地将戒指盒接了过去。

我好像一个被判了死刑的囚犯,戴了头套,被逼着上了绞刑架,脑袋已乖乖伸进套圈里,只等最后那一下。偏偏那一下,比什么都难等,比什么都磨人。

时间一点点地过去,耳边都是"嘀嗒嘀嗒"秒针行走过表盘的声音。

仿佛等了一辈子,等到若虫在地底生存十数年后终于钻出地面,又破壳而出。

然后,终于,在夏蝉嘹亮的鸣叫声中,我的死期也来了。

"季柠,你是不是真的脑子有问题?"冉青庄一脚把我踹下绞刑架,让我死得很干脆,很安详。

他嗤笑着,从戒指盒里取出那枚白金戒指,道:"是,这戒指看着是比我那个破银戒指好多了，也贵多了。但你怎么会觉得，你送了，我就会要呢？我连那破戒指都不要了，你觉得我会要你这冒牌货？

"不要总是做些莫名其妙的事试图拉近我们的关系，我说了，桥归桥，路归路，你是不是一点都没听进去？你要是真的想弥补我，求我原谅，那好，你明天就辞职，永远离开这座岛，从我面前消失。"

他将戒指塞回戒指盒，随手朝我一抛："这东西，你自己留着吧。"

我直挺挺地站着，任戒指盒砸在身上，又滚到了地上。

冉青庄转身离去，回了卧室，厨房里独留我一人。

周遭再次寂静下来。这里本就安静，这会儿更像是天上地下只剩下我一个人般，连呼吸都觉得吵闹。

早知道他不会收的，但我总是不死心……想试试。

我捡起地上的红盒吹了吹灰尘，将它收进了床头的柜子里。

我留着有什么用啊？还不如退了。但要退也很麻烦，得麻烦陈桥，他或许会因此生出怀疑。算了，还是不退了，留着当遗产吧，到时候随便小妹、妈妈怎么处理。小妹要是想送给未来的老公，那也不是不可以。

第二天在睡梦中便听到外头大门开关的声音，想来是冉青庄一大清早出门了。

我起来后，试着去敲他的门，他果然不在。

我联系了大楼的维修工，说自己的戒指掉管道里了，让他带着工具过来一趟。

维修工上门查看一番，说由于洗手盆是立柱式的，管道藏在柱子里，要想查看管道，就必须先移开洗手台。

说到这里，他犯了难："管道都是做了存水弯的，戒指应该还在，但我就怕把盆移开的时候扯着管道让戒指滑下去了。"

我将锤子递给他："砸吧。"

维修工一听我下令，接过锤子三两下就把洗手台砸废了。

陶瓷立柱内，管道打着S弯，维修工拿手电一照，弯肚里果真有个黑黑的影。

之后的操作就很简单了，把管子剪开，取出戒指，完事。

不等我提赔钱的事，维修工便收拾好家伙，说下午就给我换个新盆，让我不用担心。

如此倒也正好，省得我还要跟冉青庄解释为什么洗手台破了个大洞。

送走维修工后，我将那枚不见天日多时的银戒指拿进卧室，取出抽屉里的戒指盒，将它与白金戒指叠在一块儿，我重新将盒子小心摆放好，关上了抽屉。

等冉青庄回来就还给他吧，希望他能开心一些，别老板着脸。

观星要数晴天最好，赏竹当数细雨时。观落日，则天气不好太晴，也不好太阴。最好天边有些细碎的浮云，随着落日西沉，一点点变幻出由红到紫的霞彩。

这样的傍晚，最适合拉巴赫的曲子。

辉煌过后的萧瑟，喧闹退去的孤独，仿佛量身定制的场景。当窗外的余晖洒进教室，洒在琴身上时，琴弦都像在喜悦地震颤。

如果它能说话，一定会随我高喊："巴赫是最好的！"

"你将来是打算当音乐家吗？"

美妙的乐曲中，突然插入一道低沉慵懒的嗓音，意外地并不突兀，反倒与大提琴的声音十分契合。

我睁开双眼，看向不远处撑着脑袋的冉青庄，道："没想过，应该会考音乐学院吧。你呢？"

琴声并未就此中断,继续响着,冉青庄陷入沉思,可能有一两分钟没有回我。

我没有太多与人相处的经验,总是很怕自己说错话惹他生气。他这样长时间静默,尤为让人不安。一分神,音准就出了问题,偏了一些,原本流畅的乐曲中冒出不和谐的音符。

我很快调整过来,但心境还是受到影响,再不能好好享受这难得的落日美景。

"我想考警校。"

冉青庄望着窗外,大半边身体都被夕阳染成金橙色。

"我知道,我考不上。最终我必定无法通过背景调查,他们不会让一个帮派成员的儿子进入警队,但我还是想试试。

"我奶奶总说我很像我爸,但我不想像他。我绝不会像他一样,成为这个社会的蛀虫。"

左手的动作逐渐跟不上另一只手,琴音一点点走样,终致曲不成调。我蹙着眉,只能懊丧地放下琴弓,终止练习。

与冉青庄高远的志向比起来,我的理想或许只能用"浅薄"来形容。

学大提琴是父母的主意,坚持下来是因不忍我妈伤心,想考音乐学院……是顺势而为。这样想来,这一路竟没有哪样是出自我内心的渴望。

我其实不太理解冉青庄这种明知会失败还是想去尝试的心理,我不懂他的执着,也不懂他的坚持。

"我不要做制造罪恶的人,我要做惩治罪恶的人。"冉青庄转过脸,唇角微微勾着,是少有的笑模样,"是不是觉得我很傻?"说着他轻笑起来,像是被自己逗笑。

"没有!"我紧了紧握着琴弓的手,用力摇了摇头,一时说不出什么漂亮话,只能笨拙地保证,"你一定能考上,一定能……成为你想成为的那类人。"

冉青庄一愣,笑得更厉害了。我被他笑得茫然不已,抠着琴弦胡思乱想,怀疑自己又说错话了。

笑够了,也不看我,冉青庄拿起桌上的语文书,随便翻开一页阅读起来。

"借你吉言吧。"他说。

虽然我不懂他的执着,也不懂他的坚持,我们并不在一条"道"上,但这并不意味着他的道就错了。

千万大道,有些道虽崎岖难行,有千难万险,可只要在正道上,就总能修成正果。

手机铃声持续地响着,将我从睡梦中吵醒。

我挣扎着起身,摸过手机一看,发现竟然是方洛苏的来电。

"喂?"我按下接通键,因为刚醒,嗓音还带着浓重的沙哑。

那头传来方洛苏重重的一声叹息。来岛上这些日子,我想着她和南弦都是成年人了,应该是可以好好解决感情问题的,便没有再掺和他们的事。她如今突然来电,还这副样子,倒让我有些心慌了。

"怎么了?出什么事了?"我问。

"我和南弦离婚了。"方洛苏答。

南弦是个眼里容不得沙子的人,这并不让人意外。

"孩子呢,怎么办?"

方洛苏笑起来,不是那种愉悦、欢喜的笑,而是带着点无奈,带着点揶揄。

"你怎么这么好骗?根本没什么孩子,我骗你呢。你逼得那么紧,我只能用这种阴招了。"

万万没想到她连这种谎也撒,我有些震惊,又感到一丝被欺骗的愤怒。

她听我不说话,可能也知道我生气,笑道:"我本来也不是什么好女人,很意外吗?我打电话来,主要是想和你道歉。那天我说的气话你不要往心里去,你是个很好很好的人,我不及你,是我虚伪。我不仅虚伪,我还虚荣。

"我和辛经理的事是他老婆告诉的南弦,是我误会了你。这件事如今尽人皆知,辛经理停职回家,我也被辞退了。现在办好离婚了,我打算之后就回老家发展,再也不来崇海了。"

我统共也就剩几个月时间了,看来这通电话要成为我们最后一次联系。

人之将死,其言也善。我都快死了,还跟她计较那么多做什么?况且我们之间本就没有什么深仇大恨。

想明白了,我也就不气了,道:"换个地方重新开始也挺好。崇海节奏太快,让人都变浮躁了。"

方洛苏淡淡地"嗯"了声,道:"以后有机会再联系。"

她话虽这么说,但我和她都知道,我们是不会再联系了。

一阵沉默后,我们默契地选择结束对话,挂电话前,方洛苏像是忽然想到有事还没交代,叫住我道:"对了,南弦那边你不用担心,我和他解释过了。但他这个人你知道的,生气的时候横,气消了又尿,可能需要点时间才能面对你。"

那他自我消化的时间可要快一些,不然我不保证他能见到活着的我。

与方洛苏讲完电话,我起床准备洗漱,进到浴室,先看了眼脏衣篓。我没见有脏衣服,知道冉青庄还没回来。

他已经有一周不见踪影,据陈桥说好像是跟着金先生离岛去了外地，也不知道什么时候回来。

我一边刷着牙，一边回想梦里的场景。

那样的落日，很长一段时间好像再没见过。

我始终不知道那天冉青庄为什么心情那样好，突然要与我谈论未来。但总觉得从那天起，我和他之间就不一样了。就像游戏里靠着刷好感度，把陌生人从"萍水相逢"刷到了"泛泛之交"。我和他也成了虽然交情不深，却可以称为"朋友"的关系。

也因此，我后来的所作所为越发显得龌龊与不堪。

元宝小少爷正是活泼好动的年纪，每日学琴一小时已是极限，剩下的时间不是在吃东西就是在犯困，少数不饿也不想睡觉的时候，便拉着我陪他玩猫捉老鼠的游戏。

城堡里几乎是五步一岗，但因着小少爷的身份，没人敢拦他。

他满屋子乱跑，有时候我都要被他转晕，在宛若迷宫的城堡里迷路。

"小少爷？小少爷？"穿过宴会厅，我彻底失去了金元宝的踪迹，只能一边叫着他的名字，一边漫无目的地往前走。

走着走着，忽然听到有人声从前方一扇半掩的门内传出。

"这件事再办不好，你就不要出现在我面前了！"

是金辰屿的声音，听着十分恼火。

"给我去查，消息是从哪里走漏的。"

脚下的厚地毯吸去了全部的足音，我走近了一些，对方却全然没有察觉。

"应该是赌场，那里人多嘴杂，是最容易传递消息的地方……"另一道嘶哑的男声道，"恐怕岛上不止一只耗子。"

我一下驻足，没有再靠近。

这声音我也认得，是那个光头。

我从陈桥那里知道，光头叫孔檀，外号"蝰蛇"，冉青庄来之前，他是合联集团内年轻一辈中最受金斐盛看重的。可等冉青庄来了，无论心智还是心性，他都被冉青庄压一头。金斐盛对冉青庄青睐有加，迅速将其提拔到与孔檀平起平坐的位置。

这便导致两人一直都不对付。近两年金斐盛渐渐放权给儿子，两人也就开始帮着金辰屿做事，表面上兄友弟恭，背地里明争暗斗。

前阵子金家生意上出了点纰漏，什么生意陈桥这级别的不知道，我也没想知道，但因为这点纰漏，孔檀就觉得一定是出了内鬼，严查了好一阵。冉青庄那支的人更是受到了特殊待遇，岛上人心惶惶，都对孔檀敢怒不敢言。

"老师，我在这儿呢！"身后骤然传来稚嫩的童音，吓得我头皮都麻了。

"谁？"孔檀一把推开房门，见到是我，眯了眯眼，道，"你怎么会在这里？"

我捂着胸口，心脏几乎要从嗓子眼里跳出来："我……我在找小少爷。"

金元宝从后头跑过来，扯住我的衣袖，大半个身体藏在我身后，用着胆怯又不太友好的语气道："我和老师在玩猫捉老鼠呢，不关你的事。"

孔檀一挑眉："小少爷？"

金辰屿这时从他身后转出来，脸上不见恼怒，只有令人熟悉的、像面具一样的笑容。

"元宝，你怎么跑到这里来了？"

他招招手，小少爷便扑到他怀里。

"不是和你说过，这里是不能随便进的吗？"

小少爷仰起头，不是很服气："这里是我家，哪里我不能进？"

金辰屿宠溺地摸了摸他的脑袋，好像拿这个弟弟一点办法也没有。

"你可以进，但你不能带别人进啊！你怎么知道那个人是不是坏人呢？"他说着，抬头看向我，唇边的弧度更明显了几分，"你说是不是啊，季老师？"

我不自觉地往后退了一步，浑身发冷，感觉自己好像成了一只被丢进猛兽区的兔子——怎么蹦跶，死都是早晚的事。

"对不起，我不知道这里是不能来的。刚刚过来的时候，没人拦着我……"我一指身后来路。

"季老师不用紧张，你当然不是坏人了。你是老幺的人，四舍五入，也是我们的人。"金辰屿轻轻推着我的背，语气和善得叫人毛骨悚然。

他和我一边说着话，一边往外走。等离开那片不知名的"机要禁地"，送我们回到教学室，金辰屿说自己还有事，就不陪我们了，带着孔檀走了。

他一走，我立马脱力般地一屁股坐到椅子上，这才发现背上的衣料早已被冷汗浸湿。

第 六 章
碎片记忆

　　那之后,我就不再和小少爷玩猫捉老鼠的游戏了。怕猫没当好,自己反倒成了老鼠。

　　岛上的工作实在是很清闲,平日里大提琴课也就那一两小时,还要算上吃茶点的时间。周六休息一天,可以自由安排,待在岛上或者坐船回崇海都随意。

　　原本我计划着周六这天离岛去采购松香与琴弦,可等到吃过午饭要出门时,我突然收到了南弦的信息,说他上了狮王岛,正在合联娱乐城,希望能见我一面。

　　先前陈桥带我游览岛上风景时,我拍了许多照片发到微信朋友圈,还说这里空气好,很适合工作居住,估计南弦便是由此确定了我的所在。

　　休息日我也不太想麻烦陈桥开车载我,就自己坐岛上的穿梭巴士去了东面。

　　巴士停在合联娱乐城大门口,下车抬头便是赌场金灿灿的门头。

　　"你在哪里?"我拨通南弦的电话。

　　那头有些吵闹,能感觉到南弦一直在移动,说话也带着喘。

"我……我在大门口等你,你在哪儿?"

"我也在大门口。"

说完,听到手机里与身后同时传来了南弦的声音。

"季柠,我在这儿呢!"

我一回头,就见南弦笑容灿烂地站在门口台阶上朝我大力挥手。

收起电话,我朝他走过去。

十来天工夫,他像是瘦了一圈,原先清俊的两颊微微凹陷,显得疲倦而憔悴,所幸……精神看起来还是好的。

"你怎么上这儿来了?"在他面前站定,我问。

南弦不好意思地挠挠头发,道:"给你赔礼道歉来了呗。上次是我不好,我乱说话,错怪了你。你骂我吧,我绝不还嘴。"

我看着他,骂道:"白痴。"

南弦万分惭愧,垂下头,大有任我羞辱的架势,结果左等右等,迟迟等不来下一句,疑惑地抬头。

这件事里他受到的伤害远大于我,那天的误会也是情有可原,骂一句在理,再多就过了。

"这件事到此为止,别提了。"我岔开话题,问,"你来这里不会就是找我道歉的吧?"

南弦知道我原谅了他,自个儿在那儿红了眼眶,一拳捶在我肩上,带着浓重的鼻音道:"主要是找你,顺便放纵一下。"

他和方洛苏离婚,手续办得非常快,财产分割也很清晰。除了大提琴,方洛苏什么也没带走,车和夫妻共同存款都给了南弦,差不多就是净身出户了。

车被南弦低价卖给了朋友,无名指上的婚戒挂网上卖了,房子到期之后也打算退租换新的。所有和方洛苏有关的,他都要从生活里抹去。

"我要彻底忘了她,开始新生活。"南弦从裤兜里掏出个小袋子,在我面前单手掂了掂,道,"一起呗,分你一半?"

听动静,里面有十几二十个筹码。

"不必了,我看你玩就好。"我揉了揉被他捶痛的地方说道。

南弦将小袋子一甩,甩到肩上,另一只手拉着我往赌场里面走,道:"那你就做我的'幸运男孩'吧。我跟你讲,我还是第一次知道有'Lucky Girl'这种存在。枉我还是正宗崇海人,今天被她们围住的时候我都吓死了,还以为进了盘丝洞。"

他今天换好了筹码,一进赌场便被几个闲着的"幸运女孩"围住,晕头晕脑听了半天,耐不住缠,最后只得选了个有眼缘的小姑娘。

"我看她最多也就十九岁,一问才十八岁,就觉得挺可怜的,这么小就要到这种地方讨生活。要是输了我也不怪她,运气这种事,本来就说不清的。"南弦道,"喏,就是那个穿白裙子的。"

我一看,南弦选的这只"蜘蛛精"竟然是阿咪。

她盘着头发,穿着一条玛丽莲·梦露式的白裙,显得格外甜美清纯。

"呀,大哥好!"她也认出了我,先我一步打了招呼。

我张了张口,应也不是,不应也不是,瞬间有点尴尬。

南弦蹙着眉,表情莫测:"你们认识?不是,她刚是不是叫你'大哥'?"

我轻咳一声,道:"之前见过一面。她开玩笑的,你又不是不知道,小孩子总喜欢给人取外号。"

南弦闻言眉头皱得更紧,到了五官都变形的地步,显然不明白为什么我短短时间内就在岛上有了"大哥"的外号。

阿咪聪明伶俐,很快从我们的对话中察觉了什么,火速改口道:"哎呀,我瞎说的。哥,你们别介意。"不等南弦再问,她一把揽住对方胳膊,死命往赌台拖拽,"别浪费时间了,我这会儿运气好着呢,快点,我们去玩牌,我给你赢个大的。"

南弦被她拽得脚步踉跄，好几次差点左脚绊了右脚。

"行行行，你别拽我，我自己走……"

一个赌台又一个赌台，我陪着两人玩了一下午。也不知是阿咪果真运气好，还是有我这个"幸运男孩"的加持，南弦这样烂的牌技，最终也赢了不少钱。

除了应得的分成，南弦又多给阿咪一千，说是请她喝饮料。

阿咪一愣，接过钱塞进了自己的随身小包里，娇笑道："哥哥，你是不是喜欢我啊？要不我俩留个联系方式吧，我出岛了找你玩啊！"

南弦别说这会儿刚离婚，情伤未愈，就是放到以前，阿咪这种甜美可爱的少女也不是他喜欢的类型。

果然，南弦想也不想地拒绝了："别随便要男人手机号，不知道这世界其实很危险吗？多的是不怀好意的，小丫头，你长点心吧。"

阿咪垮下脸，噘嘴道："不给就不给嘛，干什么教训人？我知道你看不起我，但我也没办法啊，我老家还有三个弟弟妹妹要养，我妈身体不好，我爸死得早，我们家只有我了……"说到最后，已经哽咽起来，"等我存够了钱，我就离开这个鬼地方。"

南弦和我一下慌了神，我从兜里掏出纸巾递过去，南弦从裤兜掏出一张一百的纸币递过去。

阿咪抬头看了看我俩，眼珠子转了转，心安理得地将两样东西全都收了下来。

"谢谢。"她低头小心地擦了擦眼下的泪，吸了吸鼻子道，"那我去工作啦，下次记得还要点我哟！"说罢朝南弦飞了个媚眼，转身犹如一只欢快的小鹿般跑走了。

我与南弦并肩站着，望着她雀跃的背影，陷入沉思："你说她说的是真的吗？"

南弦同样迷茫:"谁知道呢?"

南弦赢了钱,晚上请我在赌场边上的高级餐厅里吃了顿海鲜大餐,还开了瓶四位数的红酒。结果因为我俩都不怎么能喝,剩了大半瓶。他不想浪费,硬生生灌下,买单时还清醒着,到走出餐厅时就不行了,说着话赖在我身上痛哭起来。

"我那么爱她……我那么爱她!三年一场梦啊!"他大喊着,下一秒更用力地抱紧我,"季柠,我对不起你,我对不起你!!"

不知道的还以为我俩有什么。

"幺哥,那不是柠……柠哥吗?"

我正绞尽脑汁想着要怎么把这醉鬼送回房间,不远处就走来一群人,看样子是要进赌场的,为首那人格外高大,穿一身黑色,再一看,是多日未见的冉青庄。

小弟们留在原地,看天看地看星星,就是不看这边。冉青庄独自朝我走来,眉心微微拧着,瞧着不太高兴的模样。

南弦下巴搁在我肩膀上,忽然打了个酒嗝。我立马感觉到颈侧一股热气,不自在地偏了偏头。由于重心变化,南弦不受控制地朝一边倒去,带着我也倒了下去。

我睁大眼,慌张地刚要惊呼出声,另一边胳膊便被人牢牢抓住,拽回了平衡点,身上沉重的人体也一下子轻了不少。

冉青庄见我站稳了,松开我的胳膊,替我扶住南弦,抬抬下巴道:"这谁?"

"我朋友,他……他刚刚失恋,心情不好,喝得就有点多。"

冉青庄闻言,从嗓子眼里挤出一声轻浅的冷嗤,虽然一句话也没说,但尽显了自己对南弦这种菜鸡装海量行为的嘲讽之情。

"住哪里的?上面吗?"冉青庄问。

他说的上面，应该指的就是酒店。

我点点头，去摸南弦的口袋，从他的外套口袋里摸出一张酒店房卡，还好他卡套没丢，上头有房间号。

冉青庄接过房卡，朝不远处的小弟喊了声。小弟们应声而来，冉青庄轻轻一推，将萎靡的南弦丢给他们，又将房卡拍在其中一人的胸口上，让他们尽快将人送回房间。

小弟们领命，不敢耽搁，呼啦啦架着南弦走了。

我本来不放心，想要跟过去，却被冉青庄叫住了。

他叫住我并不说话，只是往幽暗的角落走过去，我也就跟着走了过去。

"你什么时候回来的？"

我们走到一处建筑与绿植的夹角，立在一丛巨大的芭蕉下。

可能是早上下过雨的关系，泥土还有些湿润，空气中飘散着一股淡淡的放线菌的气味。

"啪"，他点燃一支烟，靠着墙，道："今天下午。"

"哦，"我点点头，又问，"你叫我什么事？"

他似乎有点不知道怎么开口，用拇指搔了搔鼻尖，与我对视片刻，道："起码在岛上，不要做惹人怀疑的事。"

我愣了愣，很快反应过来他是在说南弦，他觉得刚才南弦和我太惹人怀疑了。

"你跟别人说我们不太熟，或者说……我们一开始就不是那种铁关系，不就好了？也省得他们老是乱叫人。"最后一句，我说得格外小声。

冉青庄呼出口烟，没采纳我的意见："一个谎好圆，一个谎套一个谎，圆起来会很麻烦。"

"那……"

"不是说要赎罪吗?怎么,这点事都不愿意做?"他打断我,语气并没有明显的不快,语调也未见起伏,但我还是瞬间像被当头打了一棒,立时僵在了原地。

是啊,我来这里本来就是赎罪的,为什么这点事都不能配合?

我没有资格记恨他,也没资格跟他吵架,这些都是我欠他的。

我这样不行,我的觉悟还不够。

做了一些心理建设,再开口时,我已经找回上岛的初衷,乖乖应道:"知道了,我下次会注意的。"

良久,冉青庄看着我,像是在观察我是不是真的听进去了。

"嗯。"半晌,他直起身,道,"我叫人送你回去。"

冉青庄让人开车将我送了回去,车一路开在漆黑的道路上,我有些昏昏欲睡。

不知开了多久,车停了下来。

我疑惑地坐直身体,看了眼周围,还是很黑,除了远光灯,不见别的灯光。

"怎么回事,是车坏了吗?"

司机一言不发,开了车门直接跑没影了。

我一怔,也想下车,但刚摸到门把,车门就被人从外头一把拉开。

惊惧之下,什么话都来不及问出口,一条帕子便捂住了我的口鼻。

香甜的味道吸入肺腑,只是几秒,我的思维越来越迟缓,眼前逐渐转黑,之后的事就再也不知道了。

再睁开眼,我已经不在车里。身体残留着药性,还十分沉重,思维更是迟缓僵化,像是喝了酒微醺的状态。

双手被手铐束缚在身前,动一动脚,也是一样的待遇。

"你醒啦？"

恍惚着抬头，视线在发声处聚焦。

昏暗的小屋内，只头顶亮了盏惨白的小灯。灯光打在我面前宽大的木桌上，将上头摆放的各类工具渲染得愈加森冷恐怖。孔檀蜷起一条腿坐在桌子上，正把玩着一把尖锐的长锥。

茫然了好一阵，思绪渐渐回归，恐惧也油然而生。

"你……蛇哥，你这是做什么？"我意识到自己情况不妙，盯着他手里的长锥，不自觉地咽了口唾沫。

孔檀手一撑，跃下长桌，直接问："你和老幺是什么关系？"

对上他那双阴冷可怖的眼，我打心眼里感到战栗，颤抖着道："老……老朋友的关系。"

"你们不像。"我的回答并不能让孔檀信服，他来到我面前，说话时拇指在锥尖上不住摩挲着，脸上没有露出一丝一毫能让我探知的情绪。

我根本不知道他要做什么，他想做什么。

我只好尽可能地补充更多真实的信息，来取得他的信任。

"我们读书时关系要好，但他后来犯了错，我就……就把他告发了，害得他被退学。金夫人生日宴那天我们意外重逢，是我单方面纠缠他，他完全是被我缠烦了那天晚上才来见我的。后来……后来我就到了岛上工作，我们身处一个屋檐下，但他其实不怎么待见我，我只是他有需要时会倾诉的……旧友而已。"

除了一开始和最后，其他差不多都是真话，而这两点，想来他也无法印证。

孔檀闻言半晌没说话，似乎在逐字逐句地推敲我的发言，寻找其中的漏洞。

我紧张得浑身发冷，后脖颈到背脊却不正常地疯狂冒汗，短短几分钟就感到有汗珠顺着脊椎骨缓缓滑落，或没入裤腰，或浸湿衣衫。

"你把他告发了？"孔檀琢磨完了那么一大段，就关注到了这么一句。

他到底要做什么？为什么突然绑我？因为冉青庄吗？

我点头："是。"

孔檀有些意外，牙疼似的"咝"了一声，随即轻蔑地道："看不出冉青庄年轻时还能被人整。"

他拎了拎自己的迷彩裤，往我面前一蹲，仰头忽地朝我露出一抹笑来。

这个动作并没有让我感到多少善意，反而生出一种面对险恶蛇类的警惕。他现在停止威慑，不过是在使我放松警惕，如果我真的露出破绽，他绝对会昂起上身，展露毒牙，一口将我毙命。

"你看到冉青庄那根小指了吧？"他举起长锥，轻轻点在我的小指上，"是被我掰断的。"

因为他的话，也因为指尖上冰冷的触感，我像被烫到一样往回缩了缩手，抖得更厉害了。

孔檀相当满意自己造成的效果，从喉间溢出令人不适的低笑，长锥慢悠悠地追过来，抵在我的腕部。

"你这么漂亮的一双手，残了多可惜？"

我蜷缩着手指，紧紧握住，说话时上下牙齿都碰到了一起："我说的都是实话……"

孔檀摇摇头，站起身，语气有些失望地道："我认为不是。"

他走到工具桌前，放下长锥，开始细细挑选起来，最后捏起根细长的银针，转身走回我面前。

银针大约一毫米粗，十厘米长，不若长锥看着杀伤力那么大，但由孔檀捏着，一样令人胆寒。

"你……你这是要屈打成招吗？"

孔檀充耳不闻，握着我的手腕，不断收紧力道，命令道："伸手。"

我咬唇忍耐着断骨一般的疼痛，将拳头握得更紧。

孔檀抬眼看过来，手上力道加重，道："你不伸手指也行，那我就把你整只手都废了。"

不能再坐以待毙了。

我剧烈地挣扎起来，混乱中手铐打到孔檀的嘴角，将他的脸都打偏到一边。他下意识地松开对我的桎梏，我趁机站起来就想往门口跑，奈何双脚也被铐着，跑了几步便失去平衡倒到地上。

我像虫子一样在地上蠕动着，想尽办法逃命，但仍然逃不出孔檀的手掌心。

头发被人从身后粗暴地拽起，头皮传来撕裂一样的痛。

我痛呼着，抬高手臂想要去够头上的手，还没碰到便被拖着狠狠摔回椅子里。

椅子由金属制成，被固定在地上，尤为牢固，我摔得背脊一阵锐痛，它却纹丝不动。

孔檀嘴角挂着一点血迹，眼神阴鸷得可怕。

"本来还想对你客气点，没想到你敬酒不吃吃罚酒。"说着他抬手给了我一巴掌，打得我耳边嗡鸣不止，半天都听不到其他任何声音。

我闭了闭眼，一时失去所有反抗能力。

孔檀牵起我的手，捏住我右手食指，道："你知不知道，有种酷刑叫作'十指连心'？我会把针一根根刺进你的指甲缝里，用针尖搅动你的血肉，将你的指甲与肉完全分离。然后轻轻一撬，啪，你的指甲盖就飞了。"

他一边说着，一边下针。针尖戳进肉里，泛起鲜明而突出的痛，一下子盖过了脸上的火辣。

"……我说的都是实话，你到底要听什么？"我抽着气，从发根里渗出汗水，一颗颗地落进衣襟里。

岛上一向早晚温差大，冷风从四面八方吹拂进来，我身上像裹了件冰衣似的，止不住地打哆嗦。

血珠从伤口冒出来，顺着手指蜿蜒滑落。孔檀并未刺深，更没有如他方才所言掀飞我的指甲盖。针进了两三毫米便止住了，他就跟个听不懂人话的机器一样，一再地重复没有意义的问话。

"你和冉青庄是什么关系？"

"我说了，老朋友。"

"他是不是岛上的耗子？"

"我不知道你在说什么……"

"他有没有另外的身份？"

"没有，我真的不知道……求你了，放过我吧……"

有生以来我第一次感觉到绝望，就连确诊癌症那天我都没这么绝望。未知的恐惧远比既定的死亡更折磨人心。

我不知道会不会有人来救我，也不知道这种拷问何时才会结束，只知道要咬紧牙关撑下去，绝不能将生日宴那晚的事告诉孔檀。不然不仅冉青庄有危险，我更活不了，金家不会放过任何一个可疑的人。

"这才刚开始呢。"孔檀拔出针，换了根手指，威胁似的抵在指甲与肉之间，"再问你一遍，你和冉青庄是什么关系？"

我紧紧抿住唇，咬住内侧唇肉，闭上眼将脸转到一边，已经不打算再回答他的任何问题。

"还挺硬气。"

感觉到那针又要缓缓刺入，我不由自主地因恐惧从喉咙里发出一声呜咽。

"等等，你们不能进去！"

"你跟谁说话呢?!"

"滚开!"

屋外忽然喧闹起来,接连响起咒骂声。孔檀停下动作,像是被打断好事般不悦地"啧"了一声,将我的手松开了。

下一刻,房门猛地被人踹开,门板应声倒地,头顶的三角灯也受到牵连,摇来晃去。

摇曳的灯光中,冉青庄踩着门板走进来。

"孔檀,你什么意思?"他没有再假客气地叫孔檀"蛇哥",而是直呼其名。

孔檀举起双手做投降状,退到一边,笑道:"别生气,你知道的,这是惯例,你也经历过的。一切都是为了公司,为了金先生。我们不可能留一个可疑对象在小少爷身边。"

冉青庄闻言表情未有丝毫变化,沉沉地看了孔檀片刻,伸手道:"钥匙。"

孔檀脸上挂着笑,摸索一阵,从裤兜里掏出钥匙丢过去。

冉青庄接住了,往我这边走来。

由下往上,他先解开我的脚铐,再是手铐。当钥匙插进手铐锁眼时,他看到了我指尖的血,面色当即一凝,拿开手铐后便拉起我的手细看。

可能是冷到了,又或者是害怕,我的手都没了血色,微微颤抖着,在白炽灯下显得格外苍白,从指尖到掌心的血痕便也尤为刺目。

冉青庄抓着我的手,半天没动静,只能通过他喷吐在我手腕上灼热的气息,以及起伏剧烈的胸膛来判断,他情绪不太好。

"我没事的。"

我缩了缩手,他更用力地握住,正好与先前孔檀捏过的地方重合。这块皮肉虽然表面上看不出什么,但内里还是伤着了,从筋到肉的痛,要不是手还能动,我都怀疑骨头被孔檀捏裂了。这会儿被冉青庄不知轻重地一握,痛得我一下皱起脸,没忍住闷哼出声。

冉青庄松开手,盯着我的手腕陷入沉思。

他这个样子让我多少有些不安:"冉……"

一个字才出口,冉青庄毫无预兆地霍然起身,凶猛地扑向一旁的孔檀。

两人在狭小的空间内打起来,掀翻了桌子,很快引来外头的人。

"幺哥,都是兄弟,我们也是奉命行事,别打了!"

"幺哥,有话好说!"

我急得不行,偏又挤不进去,只能眼睁睁地看众人将他们死死架住,再远远分开。

冉青庄短短时间内已经从地上拾起一把匕首握在掌中,就像头被激怒的野兽,黑冷的眸子中一片肃杀,蠢蠢欲动着要将孔檀饮血啖肉。

孔檀身手并不如冉青庄,除了开头几下还有招架之力,后头连挨了好几拳,这会儿被人架着都龇牙咧嘴的,显然是伤得不轻。

"放开!"冉青庄五指一松,匕首掉到地上。他挣了一下,后头的人便不敢再架他。

他拍拍胳膊,拂去上头的灰尘,厉声对孔檀道:"你再敢动我的人,我不管谁下的令,绝对会让你十倍百倍地还回来。我忠于金先生,忠于大公子,但我对你的忍耐有限,你最好不要再挑战我的耐心。"

说完,他往我这边看过来,伸出手道:"过来。"

众人的视线便一下集中到我身上,其中以孔檀的叫人尤为心惊胆战,阴毒、险恶,令人防不胜防。

心脏狂跳着,我快步过去一把握住冉青庄的手,被他拉着离开了简易房。

到了外头才发现,此地四周全被树木包围,似乎在密林深处,门前只有一条向下的土路不知通往何方。人工开辟出的一大片空地上，除了关我的铁皮小屋，还零散地停着五六辆车。

我几乎贴在冉青庄的身上，紧握着他的手，一刻不肯松开。仿佛松开了，他就要把我再次丢在这恐怖之地。

冉青庄牵我到一辆打着火的吉普车旁，让我先上车，随后从另一边上了驾驶位。从后视镜里可以看到，冉青庄带来的人陆续上了后面的两辆车。

吉普车一动，后头的车很快也动起来，有序地往山下驶去。

一下车，陈桥就快步迎上来，满脸担忧。

"柠哥，你没事吧？"他上上下下打量我，没看到我手上的伤，但看到了我脸上的巴掌印，立时惊道，"打人不打脸，蛇哥疯啦，下手这么重？"

之后，他便一直自责，觉得是自己没有尽到贴身小弟的职责陪在我身边，才害我遭遇这些。他垮着脸皱着眉，看起来比我还伤痛。

无论从哪个角度讲，这事怪天怪地怪孔檀都怪不到他头上，况且我估计就算有他，孔檀也是不会客气的，大不了两个一起绑。

"没事，都是小伤。"我安慰他。

"去把车停了，有事明天再说。"冉青庄走过来，将车钥匙塞给陈桥。

"哦哦，好的。"陈桥乖乖接过钥匙，"那幺哥、柠哥你们今晚好好休息。"

直到踏进房间门，回到相对熟悉的环境，我的神经才算彻底松弛下来。

瘫软地一屁股坐到沙发上，我垂下脸，闭上眼，佝偻着身子静止在那里，只觉得今晚的一切都像个梦，一个光是回想就足以让人从心底生出恶寒的梦。

一阵翻找过后,冉青庄坐到我身边。

我睁开眼,就见他不知道从哪里找出个急救箱。

他将箱子放到茶几上,从里面取出一支酒精棉签,示意我伸手。

"前阵子我们的生意出了点问题,孔檀怀疑有人通风报信,最近一直在严查这件事。"

冰凉的棉签轻柔地落在我的指尖,伤口其实很小,血早就凝住了,也不再痛了,只是有些痒。

我控制不住地蜷缩了下手指,被冉青庄又掰开了。

"动什么?"他抬眼。

我眼睫一颤,底气不足地吐出一个字:"……疼。"

他垂下眼皮,然后动作就更轻,我更感觉痒了。

可能是看在我受伤的分上,总觉得他对我像是有了"温度",说话做事都不再冷冰冰的了。

静了片刻,我想起他的话,重拾话头道:"他……怀疑你?"

孔檀今晚虽然绑的是我,但问的每一个问题都和冉青庄有关,与其说是怀疑我,不如说是怀疑冉青庄。

"他不是怀疑我,他只是恶心我,毕竟你名义上是我的人。"冉青庄将棉签丢进垃圾桶,从急救箱里又取出纱布和创可贴,把我那根受伤的手指包了起来。"好了,这两天别沾水,应该不会留什么后遗症。"

虽然针戳进去的时候疼,但其实伤口也就针尖大。想来孔檀也知道要是真掀了我的指甲,就把冉青庄得罪狠了。而且那样我也没办法再教小少爷拉大提琴,金辰屿怕是要骂死他。

弯了弯处理完伤口的食指,除了弯曲的时候有点刺痛,问题不大。

冉青庄在急救箱里翻找一阵,拿出一支凝胶给我,叮嘱道:"还有这个,睡前记得涂脸上,明天就能消肿。"

我双手从他那里接过，好好道了谢。

冉青庄开始收拾急救箱，将东西一一归位。他的手和我的完全是两种风格，比我的黑，比我的大，骨节也更分明一些，用力时，手背上的筋和指骨便会凸显，是一双充满力量感的手。唯一美中不足的，可能就是左手小拇指的畸形了。

"他说，你的手是他弄的。"

冉青庄扣上箱子的动作一顿，显然转瞬便知晓我在说什么。

"嗯，是他弄的。这算是不成文的规定吧，对留在身边的人，金先生总是格外谨慎，要经过一系列的考核。大概是四年前，我加入合联集团刚满一年的时候，金先生对我各项考核都很满意，就让孔檀最后试我一下。"

就跟今天一样，冉青庄在毫无准备的情况下被绑进了小黑屋，并在那里度过了一夜。

孔檀对冉青庄并不像对我这样手下留情，可能是存了私心，也可能是被冉青庄的言语激怒，孔檀不仅生生掰断了冉青庄的手指，还让他在医院住了半个月。事后也就赔笑一句，称自己是为了金先生，为了大家，让他不要往心里去。

我被扎针都这么痛、这么害怕了，难以想象冉青庄那时候是怎么熬过来的。四年前他也就二十岁出头，那会儿我和南弦刚从学校出来，尚不知社会险恶，满脑袋都是对未来的憧憬。

拿到乐团的入职通知书那天，妈妈特地买了一个蛋糕为我庆祝，小妹则用自己的零花钱选购了只非常漂亮的琴盒赠我，南弦为尽地主之谊，替我出了前往崇海的机票钱。

我享受这一切的时候，冉青庄却被关在昏暗冰冷的简易房里，遭受孔檀的毒打刑讯。

曾经说绝不会走他父亲的老路，最后却仍然和他父亲进了同一个组织。子承父业,成了金家的狗。

而追本溯源,错不在孔檀,不在金斐盛,全都在我,是我害了他。

放在膝头的手一点点收紧,我哑声问:"你爸爸不是为了救金辰屿去世的吗?金家就这么对你?"

冉青庄朝我看过来,显得有些意外:"你知道的还挺多。"

我一愣,怕他以为我打探他隐私,又和我生气,忙解释起前因后果。

"我也是无意中听小少爷提起的……"

冉青庄听完后没发表什么意见,回答了我的问题:"我爸的确救了大公子,但那是他,我只是他的儿子。金先生能带我在身边,让我一个没资历、没根基的毛头小子晋升得这样快,已经是看在我爸的面子上了。"说完他拎着急救箱站起身,往厨房走去。

我也跟着起身,跟在他身后,看他将急救箱塞进了高处的一个橱柜里。

"孔檀一直逼问我和你的关系,我就跟他说以前你和我要好,但目前是我单方面地讨好你,你不过是被缠烦了才跟我做了……旧友。"说到最后一个字时,我心里不免忐忑,"你记一下,不要以后露出破绽。"

冉青庄光是听着,没有作答。

"其他的我什么都没说。"我又补充了一句。

扶着橱柜门,冉青庄背对着我,忽地重重地叹了口气。可能是今晚受惊太过,光是这口气就叹得我心都跟着颤了颤,我开始迅速回顾自己哪句话又说错了。

冉青庄关上橱柜门,转身面向我,有些难以理解:"都这样了你还不走?钱有这么重要吗?"

我留在岛上,之前的确有一部分原因是这里工资高、待遇好,但在经历了今晚的事后,脑子没问题的都知道要尽快跑路,毕竟命比钱重要。可我偏偏又走不了,因为冉青庄还在岛上。

就算告诉他，我是为了他留下来，他应该也不会信吧。多年不见的老同学，突然遇上了，突然说要赎罪，突然就甩不掉、赶不走了，怎么看怎么可疑，还不如"爱钱"这个理由更有说服力。

而且，钱对我来说的确挺重要的。从以前到现在，都挺重要的。

"嗯，很重要。"我低低回答，多少带着点难堪。

冉青庄闻言微微蹙眉，虽然尽量掩饰，但眼神中还是露出些许无法抑制的反感。

我垂下目光，不再与他对视。

"那就随便你。"

像是懒得再管我，留下一句话，他擦过我往厨房外走去，行走间在我身侧卷起一道冰冷的风。

我望着他的背影，遗憾地发现，他身上刚升起的那点稀有的温度，这会儿又消散一空了。

金辰屿也是自知理亏，隔天就给我放了带薪假，让我好好休养，养好精神再回去上课。

可能是带着点安抚的目的，又或许是有意将孔檀与冉青庄隔开，金辰屿不但给我放了假，还给冉青庄放了假，让他陪我一起养精神。

手指不过皮毛小伤，脸第二天也不肿了，加上南弦让我陪他爬山，我想了想这样也有助于放松心情，便知会了冉青庄，打算让陈桥送我出门。

没承想冉青庄听到我要出去，放下正在练的哑铃，让我等他十分钟，他竟要陪我一起出门。

本以为昨天最后闹得有点不开心，他这两天不会再理我了。

看一眼传出水声的浴室，我靠在门边，默默地等了冉青庄十分钟。

快速冲完澡，冉青庄湿着头发就出来了。

我盯着他还在滴水的发梢，道："不吹头发吗？也不差这几分钟……"

冉青庄穿上鞋，直接开门就出去了。我闭上嘴，跟着他进了电梯间。

陈桥开车去东边接上南弦，我们四个便又将岛上各个景点游览了一遍。

南弦不是个内向的人，得知冉青庄是我高中同学，直呼有缘，之后又迅速与同样外向的陈桥打成了一片，一口一个"崽"地叫着。

爬上灯塔所在的小山，陈桥领着南弦进教堂里参观，我去过了，就同冉青庄在外面等。

岛上小动物多，鸟类、松鼠、野兔，还有猫，非常多的猫。

冉青庄站在护栏前抽烟，一只不知从哪里来的小野"猫喵喵"地叫着跑到他脚边，拿脑袋各种蹭，还躺到地上露出肚皮翻滚。

冉青庄吐出口烟，低头看了一眼，不为所动，继续望向远处一望无际的碧蓝海面。

我觉得有趣，蹲下身观察起小猫，怕被抓，只敢拿手指碰它的尾巴。

小家伙是只正宗狸花猫，把自己喂得膘肥体壮的，肚子上都是晃荡的腩肉。

"我们读书时，学校附近也有好多流浪猫，你还记得有只狸花猫吗？它经常跟一只小黑狗混在一块儿，骗学生给它们买火腿肠。两只比亲兄弟还亲，特别有意思，也不知道现在还在不在。"

要活到现在，都得十多岁了，流浪动物寿命都很短，大概是不在了。

冉青庄的脚动了动，小猫迅速翻了个身，仿佛才发现自己一直蹭着的柱子原来是个活物，小跑着一跃上了教堂边上的一张长椅，转悠一圈，趴上头晒太阳去了。

"你忘了？"

我仰起头，冉青庄背着阳光，表情陷在阴影里，但我还是能通过语气分辨出他有多错愕。

"什么?"

冉青庄怪异地看着我:"小黑早死了。我们一起埋了它。"

脑海里爆发针刺一样的疼痛,随之而来的,是大量碎片式的记忆。

黑夜,小巷,鲜血,狗的尸体……

我站起身,一时不察脚下踉跄,难以自控地向前栽倒,被冉青庄手疾眼快地一把扶住。

"你没事吧?"

头痛很快消失,我站直身体,脱离他的搀扶:"谢谢,可能有点供血不足……"

过不多久,南弦他们便从教堂出来,我们又去了别的景点参观。可自此之后,我就有点心事重重,别说放松心情,就连专心游玩都做不到。以至于连南弦都察觉出异样,问我昨晚是不是没睡好。

我有苦难言,嘴上承认没睡好,心里却在琢磨自己到底忘了多少事。会不会越忘越多,最后跟得了阿尔茨海默病一样,将自己的亲人朋友全都忘了?

第七章

密道探险

休息了两天，手伤恢复后，我便重新开始给小少爷上课。

早上起床时，冉青庄已经出门，天气阴沉沉的，好像随时都会下雨。到下午时，风已经很大，刮着树冠，将枝条压得东倒西歪。云厚实地蒙住天空，仿佛转眼就到了晚上。

岛上安检一向严格，上岛要查，进娱乐城要查，给小少爷上课，自然也要查。

半路上开始下雨，车上就一把伞，陈桥替我撑着，我背着琴，两人快步跑进大门雨檐下时，身上都有些湿了。

陈桥送完我便走了，让我下课记得打他电话。

按照惯例，琴盒过安检机，我则举起双手到一旁接受全身检查。

而就在我检查到一半时，门外又来了辆车，这车我至今只在电视上见过，看款式和规格就知道坐在里面的人必定身份非凡。

很快，司机撑着把黑伞从驾驶座下来，恭敬地拉开后车门，将伞完全倾向乘客。

一只纤瘦白皙，穿着细高跟的脚踏出来，我不由得好奇，视线一路往上，顺着白色珠片裙，一直看到对方的脸。

脸蛋小巧，双眸明艳，唇边是招牌式的甜美笑容——竟然是阿咪。

阿咪下了车，并未直接往里走，而是弯腰从车里小心扶出一名五六十岁的男性。

这名男性一头银灰的头发，整齐地向后梳理，露出瘦削又严厉的五官，唇上留着两撇精美的八字胡，须尾卷翘上勾；穿着也十分讲究，燕尾服，白手套，左手持文明杖，皮鞋擦得光洁锃亮。

他下车后，由司机举着伞，被阿咪搂着胳膊，颇有气势地走进雨檐下。

"蒋先生，我家主人已经在里头恭候多时了，这边请……"冯管家从门里快步迎出，弓着腰，赔着笑脸，为八字胡引路。

八字胡头都没低一下，更遑论与他交流，拄着手杖直直进了门，别说安检，连停下意思意思举个胳膊都没有。

两人快要消失在我视野里的时候，阿咪忽然回头，冲我俏皮地眨了眨眼，显然一早就发现了我。

我不由得也冲她笑了笑，算作招呼。

安检完毕，我背着琴，在女佣的带领下来到教学室，准备了十分钟，小少爷便蹦蹦跳跳地进来了。

"老师，你前两天生病啦？"他自觉地抱着自己的小琴，坐到凳子上。

"嗯……"我抬头看向他，突然从他脸上看到了一闪而逝的金辰屿的影子，瞬间嘴角的笑都要维持不住。

"之前不小心着了凉，现在已经好了。"调整心态，摒弃杂念，我走过去纠正他的姿势，开始了今天的教学。

之前我一直告诉自己，危险的是这座岛，有病的是金辰屿，小少爷不过是个孩子，所有的腌臜事和他都没有关系。

可我刚才突然意识到，不可能没有关系。他迟早会成为这座岛的一部分,他迟早会长大。

他现在年纪还小,像只纯洁无害的小鹿,没有坏心眼,没有世俗的欲望,做什么都调皮又可爱。

但他的爸爸是狮子,哥哥是狐狸,身边环绕的尽是蛇虫鼠蚁,他又怎么可能单纯一辈子?过不了多少时日,小鹿就会长出锋利的犄角,变得好斗,变得凶猛。他会继承他父亲的产业,成为兄长的得力助手,主宰这个金钱帝国。

身处这样的环境,他就算做不成狮王,也绝不可能成为一只柔弱的鹿。

结束课程时,外头已是风雨交加,陈桥将雨刮器开到最大,仍然看不清前路,只能开得很慢。

枯枝树叶被风卷起,被雨托着,暗器一样胡乱飞舞,动不动就砸到车顶窗前,恍惚间有种在龙卷风中心行驶的错觉。

记得高二那会儿,有一次雨下得也很大,我和冉青庄被困在教室里,两个人都没带伞。

我正愁要怎么回去,冉青庄的奶奶就来送伞了。

老人家带了一把,自己另撑一把,本以为保准够了,没想到还有我。

"哎哟,我不知道你也没带伞。"老人家看向孙子,"臭小子,你跟我一把伞,另一把给人家撑回去吧?"

"不用不用,我等雨小点自己回去就好!"我连忙拒绝。一来冉青庄个头那时候就很高,他奶奶只到他胸口,两人身高相差巨大,迁就谁的身高都不好撑伞。二来伞小也遮不住两个人,把其中一把伞给我,那他们两个走这么远的路回家,肯定会被淋湿。

"叫你拿着就拿着,废话怎么这么多?"冉青庄抓过他奶奶手里的伞塞进我怀里,随后看了眼连绵不绝的雨,举起书包顶在头上,深吸一口气冲进了雨里。

"奶奶我先走了,你自己慢慢走!"雨声使他的声音变得模糊,他跑得很快,转眼便到了校门口。

他稍做停歇,抖落身上的水,还远远地朝我们挥了挥手。

"啊,这个衰仔,怎么好把书包顶在头上,好歹把书给我嘛!"老人家骂骂咧咧地撑着伞走进了雨里。

我愣愣地看了眼怀里的伞,再看向校门口的高大身影。很快,休整完毕,冉青庄再次顶着书包冲进雨里,转眼消失在我的视野中。

第二天,天气转晴,我去冉青庄的班级还伞,正巧在门口碰到了林笙。他问我找谁,我看了眼教室里,没见冉青庄,就把伞给他,让他代为转交。

放学后,冉青庄一如往常出现在空教室,我问他有没有收到伞,他反应有些迟缓,半天才"哦"了声,点头道:"收到了,林笙给我了。"说完他趴在桌子上,没什么精神的样子。

"昨天谢谢你。"我说。

他依旧趴着,垂在前方的手微弱地摆了摆,应该是"不用谢"的意思。

我给琴弦抹了点松香,试拉了几个音,之后便一口气拉完了《拿波里舞曲》。

我再看冉青庄,还是没有动静。

我想和他说话,又不知道说什么。我和他虽然是同一个年级,却分属不同班级,平时也没什么交集。

我绞尽脑汁,突然想到一个能说的。

"你和林笙关系很好吗?"林笙是校草级的人物,成绩优、家世好,向来是众人眼里的焦点,话题里的主角,我却将他当作与冉青庄建立联系的桥梁。

听到熟悉的名字,冉青庄有了点反应,抬起头,下巴搁在手臂上,懒洋洋地道:"还行吧。有一次林笙被小混混纠缠,我看到了,就顺手帮了一下,对方不想闹大就走了。"

"被小混混纠缠?"

"他和小混混的妹妹交往,没两天又把人甩了,就被小混混盯上了。"

冉青庄用平淡的语气说出了惊人的真相,我霎时呆愣不已,都要怀疑我们说的是不是同一个"林笙"。

"是有点活该,但他人还不坏,最后好像也顺利解决了。"冉青庄又道,"怎么,你们班有女生暗恋他,找你递情书?"

我回过神,连忙摇头:"没有没有。"

"那就好。"他复又趴回去,鼻音浓重地道,"这家伙……虽然人不坏,但很恶劣,喜欢……得不到的东西。"

我回到红楼,进门时,发现冉青庄房门底下透着光。

我洗完热水澡暖和了身子,瞥见床头柜,想起那枚银戒指还一直在我这儿,便敲响冉青庄的房门,给他送过去。

过了会儿,冉青庄来开门。纵然开着窗,房里烟味仍然很浓,还很冷。

刚洗了澡,头发还有点潮湿,被风一吹,我不自觉地打了个寒战。

"什么事?"冉青庄垂眼看着我。

手指摩挲着那枚银戒指,我将它举到冉青庄面前。

"这个戒指,之前你不在的时候,我让维修工取出来了,还给你。"

冉青庄显然没想到是这出等着他,怔在那里,眼眸微微睁大,似乎连呼吸都有一瞬的暂停。

他迟疑着抬手,从我这里取回戒指,用拇指指腹一遍遍地抚摸,好似在安慰一只历经千辛万苦终于回到主人身边,正在委屈地呜呜哭泣的小狗。

"你到底……觉得林笙哪里好?"直到听到自己的声音,我才惊觉问出了多失礼唐突的问题。

这在冉青庄看来,无异于一种虚伪又做作的明知故问,一种可笑又无知的追根究底。

他就像只被侵犯了领地的猛兽,眼神立刻危险起来。

我忙补充道:"我只是好奇,并没有冒犯的意思。"

冉青庄收起戒指,不耐烦地道:"好就是好,没有为什么。"

我轻轻拧眉,不是很认同:"那也是有原因的。"

冉青庄满脸的荒唐,一副"怎么会有这么可笑的人"的表情。

"他会替我打抱不平,会在我受伤时照顾我,会怕我低血糖为我准备早餐。我口渴了他给我递水,我失落了他安慰我。我奶奶身体不好那段日子,多亏了他,我才觉得不那么难熬。够具体了吗?"他一口气说完,注视着我,眼里闪过一抹讥诮,"他和你这种只知道赚钱的人不一样。"

言语如果能成为武器,他这张嘴一定是大规模杀伤性武器。夸个同学还要顺带贬低一下我,我就这么惹他讨厌吗?

林笙和我不一样,他不爱钱,因为他本来就有,当然不需要。

谁不想体面地过一生呢?我也想像林笙那么仙气飘飘,好似食花饮露就能活,可惜我生来就是个大俗人,注定到死都要为钱奔波。

畅快地口出恶言后,人总会进入一种相对平静的状态。冉青庄的语气也恢复平静:"但这些都是过去的事了,季柠,别再提起他了。如果说我有什么需要你做的,那第一件就是……别再提过去的事了,不然对我们彼此都没有好处,听懂了吗?"

我还在为他那句"他和你这种只知道赚钱的人不一样"胸口发闷,就没有及时回答。

冉青庄皱着眉，将房门拉得更开一些，加重语气道："季柠，你有在听我说话吗？"

我猛地退后一步："哦……好，我知道了。"低低应着，我转身往自己卧室走去，握住卧室门把的同时，身后也传来关门声。

我躺在床上，盯着天花板发了会儿呆。

我是有愧于冉青庄，想要赎罪，但不代表我毫无脾气，听到任何贬低的话都不会感到受伤。

我握紧拳头，翻了个身，将脸埋入枕头，直到用尽全身力气，指甲硌得掌心生疼，才松开五指。

红楼的食堂设在一楼，正对外头苍翠的园景，视野开阔，三餐自助，墙上还挂了面大电视，全天循环播放热点新闻，让人独自用餐时也不会感到无聊。

"近日，崇海城市建设管理局局长蒋阮棠因腐败被带走立案调查。蒋阮棠担任城市建设管理局局长期间，多次利用职务之便，不经招投标，私自将城市建设项目指派给相熟企业，从中牟取利益……"

勺子顿在半空，新闻里播出了落马官员被带走调查的画面。虽然穿着截然不同，但极富特征的银灰色头发和尾端卷翘上勾的八字胡，还是让我一眼就认出电视机里这名憔悴的前城市建设管理局局长，正是前不久才来岛上与金先生会面的那位"蒋先生"。

当时这人何等风光，右边伴着美女，左手握着手杖，俨然是贵族老爷的派头，这才过去没多久，竟然就被带走调查了。

也真是世事难料啊！

"我不要学了，手好痛啊！"金元宝噘着嘴将琴推到地上，不停地揉着手指，已经到了极限，不肯再学了。

我看了眼时间，很好，两小时，比一开始进步了许多。

"那就让冯管家送点心来吧？"从地上扶起那把幼儿大提琴，将它放回琴盒，我打算就此结束今天的教学。

"不饿，不想吃。"小少爷从凳子上一跃而下，跑到我跟前，扯了扯我的袖子道，"老师，我们来玩游戏吧？"

一听游戏我就头大，忙拒绝道："不行的，上次玩游戏你忘了吗？你哥哥都生气了。"

小孩撇了撇嘴，显得有些不以为然，但并未坚持。

他背着手，开始在房间里走来走去，小老头一样，也不知在琢磨什么对策。

我合上琴谱，收好自己的琴打算告辞："那我走了……"

金元宝像是想到了什么好主意，眼睛晶亮地跑过来，一把拉住我："老师，我带你去探险吧？"

"探险？"

"这次绝不会被哥哥发现的，我们走秘密通道。"他不管三七二十一，拽着我就走，我仓促之下只来得及将肩上的大提琴胡乱地卸到地上。

他带我来到墙边一幅油画前。那是房间里最大的一幅油画，可能有两米高，画的是《圣经》故事。

金元宝将手按在画框上，用了点劲，往一个方向推去，没一会儿，一个黑洞洞的路口就呈现在我眼前。

"这是……"从门里吹出阴冷的风，我身上起了层鸡皮疙瘩，问向一旁的金元宝。

小孩满脸得意："很厉害吧？我小时候不小心发现的，里面跟大迷宫一样，可以去任何地方，还可以避开监控！我经常用这个逃到外面去，冯管家都不知道我怎么跑出去的呢。"

我听说以前贵族家总喜欢设置这样的密道，让仆人们在里面活动行走，有需要会通过敲击管道呼叫仆人，没需要就最好一个仆人都不要出现在面前。

城堡沿用百年前的格局与装饰，每面墙都贴着精美的墙纸，挂着大量艺术品。整座城堡可能挂了上千幅油画、水粉画，就算福尔摩斯在世，也不可能知道哪些画作背后会出现一道暗门，连通复杂的密道。

又或者，金斐盛和金辰屿是知道这些密道的，一直保留，是为不时之需，只是没想到会被金元宝发现，还被当作游乐场所游玩这些年……

"老师，快进来，我带你去冒险！"不等我表态，金元宝已经踏进密道。

我犹豫了会儿，打开手机的手电功能，跟着钻了进去。

通道内很暗，但墙上装有感应灯，会在人体经过时亮起一盏微弱的灯。这就更坐实了我的猜测，这个通道金家是维护过的。

金元宝看起来非常熟悉密道的各个角落，带着我七弯八拐，我也不知道到了哪里。方向感已经不起作用，我只好调出指南针查看，发现我们这是在往西走。

密道中岔路众多，我紧紧跟着金元宝，就怕自己一个不慎跟丢了，在密道里迷失方向。

走了可能有十分钟，通道开始变窄，盘旋着往下，在走过一条长长的楼梯后，前方的金元宝终于停了下来。

他指了指尽头的墙，示意我看。

我一看，那里悬挂着一副一米多长的木制十字架，瞬间使本就阴森的氛围添上了几分恐怖。

大老远跑到这儿来就为了给我看这个？小孩子的世界真难懂。

我正准备招呼他往回走，忽然，隔着尽头薄薄的墙壁，我听到了一声女人的惨叫。

我手一抖,差点把手机掉地上。

金元宝比我胆子大多了,踮着脚不断往后退,似乎想要看到点什么。

我再一看,十字架正中有个小眼,另一头的光线通过这个小眼投射进来,金元宝正是想通过它来探知另一头发生的事。

我忙按住他,想将他拉走,女人更多的声音传过来,带着绝望的哭喊。

"我真的不是内应,我没有出卖金先生,我真的没有……"

阿咪?

对声音,我绝不会认错。心头一凛,我屏住呼吸,小心翼翼地靠近十字架,将一只眼睛对准了墙上的小眼。

那像是……一间牢房。阿咪头发凌乱地瘫在地上,紧紧抱着孔檀的小腿,身上全是血痕,衣服也破碎不堪。

她哭泣哀求着,满脸涕泪:"蛇哥,你相信我,我真的没有做。我家里还有弟弟妹妹要养,我不能死的……我什么都愿意做,你饶我一命吧,求你了,你饶了我吧!"

孔檀甩了甩手上马鞭上的血,看向一边,我顺着他的目光看过去,这才发现牢房外还摆放着一张红丝绒的椅子。金辰屿一手托腮,跷着腿安坐其上,身后静立着几名黑衣属下,乍一看,若非头上无冠,简直像一名傲慢的国王。

"如果不是有十足的证据,怎么会把你带到这里来?上次那批走私烟也是你通风报信的吧?"金辰屿用最优雅的姿态,吐露着最险恶的话语,"你不认,我明天就让人把你的弟弟妹妹带过来,你说怎么样?"

"不不!不不不!"阿咪松开孔檀的腿,连滚带爬地扑向牢门,隔着栅栏将手探向金辰屿,"大公子,不要,不要动我家人,我认,我全都认!是我见钱眼开,是我鬼迷心窍,我不敢了,都是我的错!这件事和我弟弟妹妹无关,他们什么都不懂,你……求你别伤害他们!"

金辰屿垂着眼,任阿咪如何祈求都不为所动,只是看着她的手指,看她如何极力想要够到他,却怎样也无法碰触。

最后他笑了,抬头对着孔檀道:"家人总是最好用的。动手。"

一声令下,孔檀已从阿咪背后欺上,双手持鞭,套过她的脖颈,死死勒住了她。

阿咪一手抠着脖子上的马鞭,另一只手仍然伸向金辰屿,双腿踢蹬着,似乎到了这生死攸关之际,她仍然想要求金辰屿赦免她的家人。

孔檀单膝跪地,手臂肌肉暴起,后脑的盘蛇文身在幽暗的环境下显得越发狰狞可怖。

"老师,你在看什么?"金元宝身高不够看不着,因此格外好奇,拉扯着我的衣袖小声问我。

我赶忙一把捂住他的嘴,食指颤抖地竖在唇边,示意他噤声。

金元宝可能也是被我吓着了,懵懂地点点头,乖巧地不再发出任何声音。

心脏剧烈跳动着,我再次看向那个小眼。

阿咪的挣扎已经越来越弱,没多久,够向金辰屿的手指便无力地垂下来。直到她完全不动了,孔檀才松开马鞭从地上起身。

"解决了就丢海里去。"金辰屿抬了抬手指,声调还是懒洋洋的,似乎死的只是一只老鼠、一只臭虫,而不是一个活生生的人。

"是。"他身后的两人进入牢房,开始处理阿咪的尸体。

孔檀丢开马鞭,打开牢门去到金辰屿身边。

"岛上绝不止这一只耗子,阿咪最多就是靠买卖情报赚点小钱。有些生意只有公司高层才知道,连华姐都未必清楚其中内情,她怎么可能有消息?"

"你又要说是老么?"金辰屿揉着额头,头痛地道。

"夫人生日那天晚上，我看到的绝对是他！"

"我爸很信任他，你老是针对他，我很难跟爸爸交代。你上次动他的人，我爸已经知道了，还骂了我一顿。"金辰屿突然变换口气，学着他老子的腔调道，"冉铮跟我好多年，一起打天下，最后还为了救你而死。他唯一的儿子，形同金家半子，怎么可能是警方卧底？"

孔檀闻言倏地攥紧双拳，嘴角绷得平直。

金辰屿从椅子上站起身，拍了拍他的肩膀道："当然，小心点还是有必要的。"

"大公子的意思是？"孔檀面上闪过一丝惊喜。

金辰屿凑到他耳边，不知嘀咕了什么，孔檀一个劲地点头，说自己知道该怎么办了。

听到这里，我已是心中大乱，双膝都在打战。

低头看一眼金元宝，我牵着他就往来路跑，顺着蜿蜒的楼梯一路向上，到了上头便让他带路，赶快回去。

"老师，你看到什么了啊？那个女人为什么要哭？我还听到我哥哥的声音了，他刚刚也在吗？"小少爷边跑边回头问我。

我抿了抿唇，不知道要怎么回答他。

去时用了十多分钟，回来却只花了几分钟。将画归位后，我扫视一圈屋内，没发现有人来过的迹象，稍稍松了口气。

拉着金元宝坐到椅子上，我蹲下身，认真而严肃地道："小少爷，你哥哥刚刚应该是在教训用人，可能是……对方做错了事，惹你哥哥生气了。这件事你绝不能跟任何人说，包括你的父母还有冯管家，知道吗？"

他憨憨地看着我，问："为什么啊？"

抓着他胳膊的力道不自觉加重，他露出痛楚的表情，我却没有松开。

"因为你哥哥会生气的,他如果知道你带我进了密道,就会把我赶走,我就再也教不了你了。"

他会把我赶走,赶到海里喂鱼。

小少爷听到这儿有些害怕了,忙不迭地点头,表示自己绝不会将今天的事说出去,如果说出去了,就一辈子没有小饼干吃。

在目睹了杀人现场后,我虽然是害怕的,但还能冷静地思考,坐在陈桥车上时,也能和他正常交流。

可一旦回到红楼,只剩我一人,肾上腺素退去,所有的情绪蜂拥而至。阿咪死前染血的手指,苍白的肌肤,不肯瞑目的眼,一幕幕在我眼前重现。它们绞成一团,于我的胃里翻滚,让我不住作呕。

冉青庄回来时,我已经将胃里能吐的都吐干净了,正抱着膝盖蜷缩在沙发上发呆。

"为什么不开灯?"

客厅一下亮起来,我抬起头,看到他出现在视野里的时候,不知怎么脑海里浮现出"得救了"三个字。

我看着他,久久没有说话。他走向我,将外套往沙发上一丢,语气不耐烦地道:"你又怎么了?"

他明明也是金家的人,也是这座岛上的一员,我却无端觉得他和其他人都不同。

"阿咪死了。"刚才吐得有些厉害,这会儿一开口,我的嗓音格外沙哑。

"阿咪?"冉青庄想了一会儿,"赌场那个 Lucky Girl?"

我点点头。

幸运女孩,最后却并不幸运,多么讽刺,多么可笑。

我将今天的所见所闻如实告知冉青庄,包括最后孔檀对他的怀疑,以及金辰屿的态度。

可能信息量有点大,冉青庄听后站在我面前,半晌没有动静。

我悄悄仰头看他,他垂眼思索着,陷入自己的思绪中,直到感觉到我在看他才抬眼道:"除了博彩业,金家同时靠洗钱、走私和承包工程赚钱,这次蒋阮棠落马,对他们的生意影响很大,阿咪也是因此才被锁定。你今天看到的,够你死三回了,我如果是你,明天就走。"

以前在提起金家,提起合联集团时,冉青庄总会说"我们",来证明自己是这个组织的一分子,而今天,他说了"他们"。他将自己与金家区分开来,下意识地认为自己并不属于他们。

我福至心灵,忽然想到一种可能。

孔檀一直说岛上不止一只耗子,如果他的怀疑不是毫无根据,如果冉青庄的理想从未改变……

一把抓住冉青庄的手,冰凉的掌心与他滚烫的皮肤相触,我斟酌着,犹疑着开口:"你是不是,是不是……也是……内应?"最后两个字,我说得又轻又快。

他的肌肉瞬间紧绷,不等我反应,便用力掐住我的两腮,阻止我再开口。

"这种话不准再说。"冉青庄抬起我的脸,俯下身,用恐怖的语气一字一句地道,"你找死我不拦着,你别连累我。"

第 八 章
打火机

他的力道很大，有一瞬间我觉得自己的下颌都要被他捏碎了。也因为这份疼痛我彻底清醒过来，意识到方才说了多要命的话。

这是狮王岛，表面上纸醉金迷，背地里罪恶滔天，走错一步路，说错一句话，都有可能被沉尸海底。如果冉青庄真的是内应，别说金辰屿，怕是陈桥都不会容他。

忍着痛，我点了点头，表示自己绝不会再乱说。

冉青庄冷着面孔，过了会儿才将手一点点松开。

"你刚刚说，城堡里有密道通向外面？"他直起身，从裤子口袋里摸出烟夹在指间，却没有点燃，而是像转笔那样翻着花样旋转起来。

以前他也总这样，思考问题时，手上一定不能闲着，笔、橡皮，或者他用作业本的纸折出来的纸飞机，就没有他不能转的。

没想到这么多年过去了，他这个习惯还在。

"是，小少爷是这么说的，可以去外面。但他今天带我走的那条，应该是通往地牢的。我看过方向，从我们在的房间往西走大概十分钟，然后向下，那个方位只能是地牢。"

第一次上岛时，带路的工作人员简单地介绍了城堡的各个区域，还指给我们看过地牢的位置,我记得就在城堡最西侧。

"那里的确有个地牢。"冉青庄喃喃地道。

那之后的几分钟里,他都没再出声,只不停地翻动着手指。

可能是两分钟后,也可能是四分钟后,他手上动作突兀地一顿,随后长久驻立的身体也跟着动了起来。

"这就是狮王岛。你要是不愿意走,就只能习惯。"他转过身,将烟咬在嘴里,边低头打火点燃,边大步走向自己的卧室。

空气中飘散着淡淡的烟草味,我望着他的背影,直到视线被房门阻隔。

仰起头,靠在沙发背上,耳边不断回响起冉青庄的话。

不愿意走,就只能习惯。

只能习惯……

也是,玄奘取经尚且要经过九九八十一难,我这才哪儿到哪儿啊?

从前种孽因,今日食恶果,都是我活该,怨不得别人。

上个周六南弦到访,打乱了我的出行计划。这个周六,我终于得以离岛,前往崇海采购所需物资。

我其实更想一个人行动,但陈桥说他正好也要去市里,就硬是要与我结伴同行。

乘船到了码头,他让我先等着,他去停车库将车开出来。也就五六分钟,一辆看着颇有气势的深蓝色SUV停到我面前。

这车虽算不上豪车,但也要好几十万了,我心下暗惊,瞬时对这颗小菠萝有点刮目相看。

"这车是幺哥的,反正他放着也不开,我就借来用用了。"一上车,陈桥便言明这车的真实所有者。

原来是冉青庄的车啊!

我顿时来了兴趣，这摸摸那看看，拉开副驾驶座前的储物箱扫了两眼，见里面躺着两包各剩一小半的烟和一个打火机。

打火机是那种最廉价的塑料壳的，试了试，已经打不出火了。

我将打火机丢回储物箱，说好时间，让陈桥在市中心的古来西洋乐器行将我放下。

"我还在想您也应该来了。"

乐器行的顾老板在崇海经营乐器行几十年，价格公道，童叟无欺。我搬来崇海后，南弦便将其介绍给我，这些年我一直在他这边采买大提琴所需的配件，也算合作愉快。

知道我是来采买松香和琴弦的，顾老板一次性给我拿了许多，供我挑选。我选了惯用的牌子，让他给我包起来。

"好嘞，马上给您包起来。"他招呼着年轻的店员，让他替我将东西拿到收银台结账。

"对了，顾老板，您这里回收二手大提琴吗？"我走到一半，又回头去找老板。

顾老板仔细询问："是您的琴要卖吗？"

"嗯。"

他有些惊讶："啊，是要换琴了吗？"

之前我的琴不小心磕到一下，有了条小细缝，来找顾老板修过。当年磕到一下我都自责不已，恨不能以身代之，转眼却要将它变卖，顾老板有疑问也很正常。

"我想给它找个……更好的主人。"大学四年，各处奔波打工挣钱，勒紧裤腰带才咬牙买下的琴，本以为能陪伴更久，想不到这么快就到头了。

它值得比我更好的主人，值得更大的舞台。我不想成为它的终点，不想让它以后只能在阴暗的角落里积灰。

顾老板也是知天命的年纪，做的又是迎来送往的买卖，很会察言观色，见我话有保留，便不再多问，只将寄卖规矩与我说了。

在心里记了下，我谢过他，去柜台结了账。

从琴行出来，隔壁就是家商场。离与陈桥约定的时间还早，我便进去逛了一圈。

因为是周末，商场人流比较密集，多是三五成群的年轻人。

随着导览图的指引，我来到一楼角落里一家打火机专柜，隔着玻璃一排排看着里头款式各异的翻盖打火机。

"您想要了解哪个款式？我给您拿出来看一下吧？"销售小姐热情地拉开柜台，抽出一版打火机。

我忙阻止她："不用，我就是……就是看看。你们这里销量最高的是哪一款？"

销售小姐仍是将那版打火机取出来，摆到我面前，将最中心那款金属黄铜外壳的递给我看，极力推销道："就是这款，经典复古，特别有气质，而且黄铜的声音也很好听。我给您试试。"说着她打开盖子，手腕一抖，再次合上，"啪"的一声，有种金石脆响，的确好听。

"经常抽烟的人会喜欢这种吗？"我从她手中接过，拿在手中试了试，点火的时候倒是和一般打火机没什么两样。

"您是要送人吗？"销售小姐问。

我默默地将打火机放回托盘，道："我就是问问……"

"您要是送人，对方一定会喜欢的！这是每个抽烟的人都想拥有的，用它打的火，都带着不一样的高级味道。我做销售员这么多年，从来不说假话空话。这个打火机，就好比打火机中的劳斯莱斯，没有男人可以拒绝的！"

我被她说得一愣一愣的,最后也不知怎的,莫名其妙就买了一个。

与陈桥会合后,他接过我的东西放到后备厢,让我先上车。

我拉开前排储物箱,偷偷将那个廉价的打火机替换成了"打火机中的劳斯莱斯",等陈桥钻进驾驶座,我连忙合上盖子,只当无事发生。

反正,就算冉青庄发现,也会认为是借用他车的哪个小弟留下的吧。

回到红楼已经是傍晚。我将东西放好,洗了个澡,擦着头发来到客厅,打算看会儿电视。

我看着看着,突然就觉得有些奇怪,环视一圈,又没发现奇怪的地方。

可能是我多心了。压下心中的别扭感,我继续看电视。

十点多,冉青庄回来了,停在门口半天没进屋,只是四下打量着屋里各处。他好像一只机敏的猫科动物,就算看不见,也已感知到潜藏在暗处的危机。

我见他神色不对,也生出点紧张感,不由得坐直了身子。

他踏步进来,走到他摆放凌乱的那堆健身器材旁,问:"你动过我东西了?"

我茫然地摇了摇头:"没有,我没动过。"

自从上次乱动他东西把戒指掉下水道后,我可不敢再随便动他的东西了。

他没再说什么,转身进屋。

很快,他拿着换洗衣服出来,往浴室走去。

又看了会儿电视,我有些困了,便打算关电视睡觉。刚起身,浴室那头传来冉青庄的声音。

113

"季柠，帮我拿下衣服，在桌子上。"

我一愣，都想掐自己一把看是不是在做梦了。

忘拿衣服不奇怪，送衣服也不奇怪，但以冉青庄的性格，哪怕自己全裸着出来都不会让我代劳才对。难道明天太阳要从西边升起了？

我在浴室外的餐桌上看到了冉青庄的衣服，叩了叩门，浴室打开一条缝，我刚将衣服递进去，就被一只湿热的大掌握住手腕，强硬地拽进门里。

我一声惊呼就要出口，冉青庄将我抵在墙上，低声命令道："别叫。"

我只能憋了回去。

浴室里又湿又热，水开到最大，冉青庄却并没有在洗澡，身上衣服都还整整齐齐的。

"今天有人来过，在客厅里装了东西。"他将声音压得很低，若非贴着我耳边说，几乎要被水声掩盖。

好痒。

我忍着掏耳朵的冲动，也同他一样压低声音道："装了东西？窃听器……还是监控器？"

"还不清楚，多半是监控器吧，这大概就是大公子的后招了。"冉青庄语气低沉。

"那怎么办？"就算开着排风，浴室水汽仍是很重，不一会儿就打湿了头发、肌肤，连身上的衣服也变得潮湿起来。

这样近距离看，才发现冉青庄的睫毛很密，密到甚至能挂上从额角滑落的细小的水珠。

"本来我在明，敌在暗，还不太好办。现在大家都在明处，就是另一回事了。"睫毛终是承受不住，水珠从眼角滑落，他目光坚毅，直直盯视着我，语气镇定地道，"季柠，我出事，你活不了，你有事，我也麻烦。我有我要做的事，你也有你要做的事，大家不如合作，好好把各自的事了了，怎么样？"

　　严格说来，我要做的事其实就是他要做的事，我现在唯一所求的，就是希望自己能帮到他，让他做好自己的事。这也是我留在狮王岛的意义。

　　"我从一开始就说了，我可以给你打掩护的。"我说。

　　"好，那你记住，从走出这间浴室开始，你就必须给我提起十二万分的精神，不该说的不说，不该做的不做。你和我的关系，只能是你之前告诉过孔檀的那样，明白吗？"

　　告诉过孔檀的……以前和冉青庄要好，现在是我单方面讨好他，他勉强跟我保持着朋友关系。

　　这不是真人秀综艺，也不是什么情景舞台剧，这是随时随地，哪怕只是说错一个字都会被抓住错漏，无情绞杀的残酷现实。

　　我死不要紧，但我绝不能连累冉青庄。

　　深吸一口气，我点点头道："我明白。"

　　冉青庄深深看了我一眼，似乎有些不确定，又有些不放心，但为今之计，也只能放手一搏。

　　"去吧。"他直起身，退到一边，让我离开。

　　为了不露出马脚，从浴室出来后我并没有立即回卧室，而是在客厅沙发上又坐了会儿，假装玩手机。

　　手指无意识地滑动着，大脑飞速运转，回忆进门之后的每一处细节。

　　我的确感觉有些别扭，但到底是哪里别扭呢？

　　针孔摄像机似乎可以做任何伪装，让人防不胜防，插座、电视、盆栽、装饰画……

　　等等，有什么思绪从脑海里一闪而过，被我急急扯住了尾巴，拖到面前。

我终于知道哪里出了问题。

我和冉青庄住的这套房,装修采用简约明快的北欧风,窗帘是轻薄的白纱,角落里摆放着高人的琴叶榕,沙发后的墙面也颇符合风格地挂了好几幅大小不一的装饰画。内容清一色都是马赛克,各种不同色块拼接而成的马赛克。

因为太像体检时的色盲检测图,我当时还盯着画研究了许久,将那些图案短暂地刻进了脑海。

虽然不可否认我的脑子是有点问题,导致长期记忆缺损,但我对自己的短期记忆还是很有自信的。

左上第一幅原本该是红多绿少,右中一幅是绿多红少,现在两幅画颠倒过来,交换了位置。显然装监控器的人是个红绿不分的色盲,完全没意识到两幅画是不一样的。

想明白了,可能因为这事多少有点滑稽,我的紧张情绪也消散不少。就像冉青庄说的,敌暗我明,或许还不太好办,现在都已经知道他们在搞什么鬼,也就没什么好怕的了。

况且到目前为止,除了孔檀单方面的挑衅怀疑,冉青庄自身其实并没有露出什么破绽。只要今后在屋里小心说话,不去提生日宴那晚的事和冉青庄的过去,适时再演一下我对他的讨好,使金辰屿放松警惕,该就不会有什么大问题。

缩在沙发里,我将食指抵在唇边,下意识地啃咬着指关节。

浴室门开启,伴着一阵水雾,冉青庄从里头走出来,边走边用毛巾擦拭着刚洗好的头发。

我注视着他,视线随他移动,在他快要走到门边时,从沙发上站起身,自然地走了过去。

冉青庄感觉到我的靠近,握着门把转过身,放下了擦拭的毛巾。

一步比一步更接近，我好像踩在自己的心跳上。

我僵硬地抬手让他面向自己，侧过脸，挡住装饰画的方向，营造出一种正在交谈的假象。

"是装饰画……"我用极轻的气音道。

他侧了侧脸。

"卧室里应该也有。"冉青庄说。

"整个屋子，就浴室没有。"冉青庄继续道。

就浴室没装监控器……该说金辰屿还算有点底线吗？给我俩保留了最后的一丝隐私，没把撒尿拉屎那些摄下来。

冉青庄抬抬下巴道："今天我有点累了，你回去吧。"

我反应了两秒，点头"嗯"了声，转身刚要走，想起自己的"人设"，忙又转回去在冉青庄头上拍了一下。

打在头上，带着响，冉青庄毫无防备，被我扑得往后倒退着撞到门上，闷哼一声，眉心紧蹙，看向我的表情是想发火又不能发火的憋屈。

演戏而已，明明说好了互相合作，我合作了，他倒生起气来了。生日宴那天晚上他又是掐我脖子又是威胁我的，我不是也没说什么吗？

身处狮王岛，陷在罪恶里，本来已经很要命，如今还一脚踏进鬼门关，目睹凶案，参与内斗，这不是能笑得出来的处境。可这会儿……又确实是我这半个月来灰蒙蒙的心情中，少有的能感到有趣的时刻。

我倒退着，举起双手表示自己的无害，含笑冲冉青庄道了声晚安。

冉青庄眉心虽然松开了，但也没什么好脸色，一言不发地进了屋，将一个冷酷的男人形象展现得淋漓尽致。

房门"砰"的一声合上，震得我缩了缩肩膀，唇角的笑容却没来由地更大了几分。

可能这两天经历得太多，睡眠就有些不好，特别是知道房间里还有个监控器，就算没说梦话的习惯，也总怕自己在睡梦中说出些不该说的。

睡得浅，梦就多，乱七八糟的，一会儿梦到被岛上的怪物追杀，一会儿又梦到高中运动会。

运动会上，我穿着运动服，手上握着接力棒，努力地往前递去。

下一个画面，我摔到地上，腿摔破了，掌心也受了伤。

最后一个画面，我站得远远的，看到冉青庄和林笙坐在观众席上。冉青庄脸上、脖子上，甚至连头发丝间都是汗水，正仰头大口喝着矿泉水。林笙坐在他身边。

梦里没有声音，只有画面，一幕接着一幕，剧情却不连贯，就跟怀旧的老电影一样，到最后逐渐褪色。

一觉醒来，感觉身体更累了，脑袋也晕乎乎的。

我捂着脸，在床上休息片刻，等感到不那么晕了，才下床洗漱。

运动会确有其事，应该是高二下学期，春夏交替的时候。那年设置的项目比较多，学校希望每个人都参与进来，于是不善运动的我，也强制性地被分配到了 4×100 米接力的第三棒。

可是我搞砸了。跑到一半的时候，我摔倒了。摔破了膝盖，手心也流了血，致使本来领先的名次一下子垫了底。

当我从赛道上一瘸一拐地走向观众席时，无一人上前关心我的伤势，众人只是冷漠地给我让开了一条道。我穿过人群，只觉得肌肤刺痛，好像在被那些视线凌迟。

"早知道不让他上了，真没用。"其间不知道谁说了一句，话音很快淹没在嘈杂的人声里。

我握紧拳头，加快步伐走到看台边缘，找了个四周无人的位置坐了下来。

比赛还在继续，加油声震天响，少男少女们挥洒着激情的汗水，绝不肯辜负热血的青春。若干年后，这必然会成为他们美好的回忆，却不是我的。

仔细想想，我会成为边缘人物，与同学们关系淡薄，也是没有办法的事。要练琴，要学习，要省钱，这三点若只占任意两点，倒还能余出点精力用来交友。可惜我三点全占。

阴沉、寡言，还穷酸，约莫就是大家对我的全部印象了吧。

还好那会儿虽然同学不待见我，老师却挺照顾我，日子倒也不算难过。

看了眼自己的手心，如今只余淡淡的掌纹，早已看不出一点受伤的痕迹。

奇怪，为什么我的梦里会有冉青庄和林笙呢？明明我都不记得那天有他们。

可是转念一想，没有也很奇怪吧？我们是一个年级的，我怎么会没有一点关于他们的记忆呢？

难道我的记忆又出错了？

刷着牙，冉青庄的房门也开了。双眼带着些惺忪，他往浴室走来，见我在洗漱，原本要退回去，刚转过半边身子，似乎是想起以我们的"关系"不该退，只能抹了把脸，一脸忍耐地走进浴室。

他刚刚绝对在心里骂脏话了。

仔细地用牙刷刷着自己的每一颗牙齿，我透过镜子观察冉青庄。

可能昨天也没睡好，他不停转动着自己的脖颈，发出"咔咔"的声响。

他走过来的时候，我已经吐掉嘴里的泡沫。漱了漱口，用毛巾擦完嘴后，我便让开位置，进卧室换衣服去了。

难得一起起床，一起洗漱，虽然离我上课时间还早，但也不影响我同冉青庄一起出门去楼下吃个早餐。

要了碗面，找到冉青庄时，他独自坐在窗边，身前堆着两大盘的早点，一盘都是水果，另一盘摆满豆沙包、枣糕、松饼等点心。一旁的杯子里，是一大杯鲜橙果汁。全都是甜的。

"你吃的东西好甜。"我自然地在他对面坐下。

早上微凉，但空气很好。窗外正对着一个人工池塘，不时会有叫不出名字的鸟儿停在护栏上，朝里头瞅两眼，喊两嗓子，等彰显够了自己的存在感，又拍着翅膀飞远。

"早上我容易低血糖。"冉青庄叉起一块松饼塞进嘴里，吃得很快，吃相却不难看，而是兼备了教养，让人看了很有食欲，是让人感觉"他吃得可真香啊"的吃法。

他盘子里的东西多，我一碗面也就二两，几口就吃完了，他还剩不少水果。

擦了擦嘴，想到昨天的梦，我忍不住问道："你记得我们高二时的那场运动会吗？"

他稍稍抬了抬头，瞥了我一眼，大概意思就是嫌我烦人，说了别提以前别提以前还要提。

我也知道我自己有点烦人，但还是要问："我摔了一跤，膝盖摔破了，手也流血了，你记得吗？"

他有序地进食，不一会儿扫空了剩下的水果。

"嗯。"

我见他没有明显排斥，接着追问："你记得我受伤了？那天你见过我？"

冉青庄一口喝干杯子里的果汁，随便抽了张纸巾擦嘴，起身道："你在明知故问些什么？那天是我给你包扎的伤口，你说我见没见过你？"

第 九 章
签语饼干

冉青庄所言，我完全没有印象，但我的确也不记得自己的伤最后是怎么处理的。难道真的如他所说，是他给我包扎的伤口？

我们一起埋了小黑的尸体，他还给我包扎过伤口，我们的关系……那时候这么好吗？

我的记忆一直停留在与他不过君子之交的层面上。他的留堂只维持了一个学期，高二下学期，老师看他表现不错，也就没让我继续监督他。

除了运动会的零星记忆，那整个学期我与他的交集都很少，其间在医务室见过两次，他说他低血糖，但我总觉得他应该是为了逃课。再往后，就是文艺晚会了。

我记得彩排的时候发生了意外，道具没有固定好，从天花板掉了下来，差点砸到我。还好有冉青庄在边上推了我一把，才让我免于受伤。但冉青庄自己好像被剐伤了，那几天肩膀都不太能动。

事后负责道具的人被老师狠狠骂了一通，晚会的安全注意事项被一再重申，冉青庄也因为受伤被放了大假，不再需要每天留下来做苦工。

然后就是高三了……有冉青庄的记忆更少，除了告发他和林笙的事件，我就再也记不起别的。

那一年的冬天很冷,地上积了厚厚的雪。我心中有愧,寒假期间去找过冉青庄,印象里他已经不见了踪影,家里人去楼空。

但也不对。如果在告发了他和林笙后我没再见过他,那重遇他的那天,脑海里闪过的那句"我不想再见到你,季柠",又是他在什么情况下、什么时候说出的呢?

别人生个病是悲情剧,到我这儿,好家伙,成悬疑剧了。

"老师,你不吃吗?今天的小饼干是我最喜欢吃的。"金元宝晃动着双腿,递给我一块菱形的饼干。

饼干外面裹着层薄薄的巧克力,点缀着一些银色的糖珠,是一块签语饼干。

我接过饼干,轻轻将它咬开,里头果然藏着一张字条。

"老师,你那张上写着什么?"小少爷眨着好奇的大眼睛,双手撑在桌子上,往前倾身。

我将字条翻转,面向他,道:"你的笑容比阳光更灿烂。"

对方原本兴奋的表情立马转为失落,显得有些落寞。他坐回椅子里,一片片捡起被自己捏碎的签语饼干塞进嘴里。

"这张我已经有了。"他两腮吃得鼓鼓囊囊的,道,"我有好久都没抽到新的字条了,再这样下去我就要不喜欢这个小饼干了。"

小少爷完全是把这个当抽卡游戏了啊!不过,我挺能理解他的。

将字条放到桌面上,看着上头的签语,我想起以前有一阵我妈经营副业,天天晚上出去摆摊卖小吃,客人买够一定金额,就会收到一块签语饼干。

虽然是不值钱的小东西,但因为有趣,有时就算金额没够,客人也会主动问她要。

那会儿家里一箱箱的签语饼干,每天上学我都会拿上两块,也不是喜欢吃,就是享受拆小字条的乐趣。

高中三年，压力几乎是呈阶梯式增长的，家庭经济压力，学业压力，以及无形的各种压力，把我压得快喘不过气来。

高三时，压力达到顶峰，细节记不清了，就记得特别冷，也特别苦。所有的景色似乎都覆着霜雪，所有食物，入口唯有苦涩。还好有这小饼干，千篇一律的赞美与心灵鸡汤，在我身上产生一种皮格马利翁效应，使我得到莫大的鼓舞与支撑。

一块签语饼干，一个小祝福。只有在拆字条的时候，我的心才是平静的，是明朗的。

课程结束，冯管家照例是要将我送到大门口的，但今天不知怎的，他带着我一路往更深的方向走去，离大门越来越远。

眼看周围景色陌生起来，我有些忐忑地叫住了在前方领路的冯管家。

对方回过头，半躬着身，仍是示意我向前走，脸上挂着礼貌的微笑："夫人在前面等您。"

夫人？金夫人？

方才不清楚目的，我还只是有些忐忑，现在清楚了目的，就更忐忑了。

金夫人找我做什么？我只在当初生日宴的时候远远见过一回金夫人，当时没什么想法，就觉得对方风采过人，看起来很年轻。我来岛上后，金辰屿见了许多回，金先生和金夫人还没见过。

难道是大半个月过去了，突然就想起来要见一见小儿子的大提琴老师？

还是说，小少爷不小心说漏了嘴，惹得金夫人怀疑，所以要亲自找我过去问话？

短短一段路，我思绪万千，想到了若干种可能，甚至在脑海里预演了自己惨烈的死亡场景。结果到了地方一看，万千想法暂且退避，打量着眼前纯中式木质结构的佛堂，我内心只余震撼。

这佛堂在别的任何地方，我或许都不会有这样的反应。但我上一刻还身处西洋钟、水晶灯、彩绘玻璃的环境，下一刻就跨入一座满是红木雕刻，供奉着菩萨金身的佛堂，多少还是有点不习惯的。

佛堂里燃着清香，金夫人跪在蒲团上，手中不住拨动一串细长的玛瑙佛珠，嘴里念念有词。

冯管家安静地立在她身后，并未出声提醒。我也就只能跟着呆立在后头，不敢出声。

过了有五六分钟，金夫人终于停了念诵，朝一旁抬起胳膊。

冯管家立马上前搀扶，让对方借着自己的力从蒲团上起身。

"让你久等了。"金夫人一如初见时，高雅又美丽，穿得却不如生日宴那晚奢华，一身灰色的麻布衣，看着非常朴素。

"哪里。是我让夫人久等了，不知道您要见我，课程结束后我和元宝小少爷还用了点心。"我讪讪地道。

"那点心总还是要吃的。"金夫人笑着招呼我来到窗边的太师椅前，让我将大提琴放到一旁。

我小心地将琴靠在墙角，坐下后，金夫人亲自给我倒了杯茶。

紫砂壶里倒出来的，茶汤澄亮，喝着也香，就是不知道叫什么。

"这是金骏眉。"金夫人道。

我将茶杯放回去，词句贫乏地赞了一句："很好喝。"

金夫人笑起来："家里就我一个爱喝茶，他们不是爱喝咖啡就是喜欢洋酒，今天总算给我找到知音了。"

金夫人也是惯会说话的，我就简单地评价了句"很好喝"，连是什么茶都没喝出来，竟成她品茶的知己了。

放松下来，聊得多了，我发现金夫人同寻常母亲也没有什么区别。关心儿子，想知道儿子学得好不好，提起对方的学习态度来就头疼，很是恨铁不成钢。

"我生元宝时年纪已经不小,就有些波折,导致他先天不足,差点活不下来。也因此,家里人对他格外宠溺,总是想要把最好的都给他。"金夫人忧心地道,"我就这一个儿子,自然是不想将他养废。但回过神,似乎有些东西已经成形,再难改正。"

我就说金夫人看着年轻,不像有金辰屿那么大个儿子的样子,原来她是真的年轻。

金夫人道:"阿屿妈妈在我认识盛哥前就去世了。阿屿四岁时我便在他身边,一直将他当作亲儿子养大。这些年他很孝顺,待我很好,待元宝也很好。"

"家和万事兴,夫人的家庭真是让人羡慕。其实您不需要太过焦虑,人无完人,世上哪来那么多的天才少年?能健康长大,比什么都重要。"我搜肠刮肚地将场面话说尽。

金夫人十分认同,点头道:"是,健康比什么都重要。我每日在此诵经祈福,就是想为元宝的将来谋个福报。"

"心诚则灵,小少爷将来会有福的。"

"你信这些吗?"金夫人望向佛龛中端坐莲花上的金身菩萨像,眼里满是虔诚,"我先生不信,他说这世上根本不存在什么因果循环。"

我不信,就不会在这里了。

"我母亲也有信仰,她信,我跟着多少信一些。她总说,'那行不义的,必受不义的报应,主并不偏待人',所以总要我和妹妹行好事,做好人。"

话音未落,金夫人手一滑,杯子不小心落到桌上,茶水泼脏了衣裙。

"瞧我笨手笨脚的。"她赶忙起身,看着衣服上的茶渍懊恼地道,"真是不好意思,本来还想留你多坐一会儿的,但我现在这副样子待客就太失礼了,下次有机会咱们再聊吧。"

她与我说完，便匆匆起身离去。

我知道，她不留我和失不失礼无关，和我戳她心窝子有关。

吃斋念佛，只为给小儿子求福报，可阿咪的家人，又要向谁讨公道？

走前我又看了眼佛龛中的菩萨，半垂的眼无波无澜，无情无欲，芸芸众生，不过翠竹黄花。

狮王岛滋养着金家这棵庞然大树，促它结出累累恶果。每一个受金家荫庇之人，皆受这果恩惠，谁又能独善其身？

冯管家送我出去时，可能也没想到避开某些机要禁地，或者已经想着避开了，结果没想到有遗漏。

"金辰屿，合联集团还不是你的，你少给我摆出一副老子我最大的架势。"

"区可岚，合联集团就算不是我的，也轮不到你做主，你少摆出一副大小姐的架势。你姑姑看到我都得叫我一声大公子，你算什么身份，也敢连名带姓地叫我？"

隔着门，屋里传出激烈的争吵声。金辰屿冷着声将人撑得够呛，那区小姐"你"了半天，砸了不少东西，直到第三道声音响起，才算停歇。

"够了，区小姐。"

本来只想快快通过，免得触了霉头，结果一听这声音，我的脚步不由得一顿，就在门口停了下来。

而就这一耽搁，我与夺门而出的区小姐撞了个正着。

她身量颇高，可能本身就有一米七，加上高跟鞋，都快与我持平。

"滚开！"她低斥一声，将我推开。

我背着琴，一个重心不稳，摇摇晃晃地向后倒去，还好冯管家眼疾手快地扶住了我。

冉青庄紧跟着出来，见到是我有些吃惊，但没来得及说什么，便追着区小姐去了。

"这个区小姐……"冯管家咕哝一声，关心地询问我的情况，"您怎么样？没受伤吧？"

我摇摇头，笑道："没事。就推了一下，能受什么伤？"

冯管家多的也没说，就稍微提了提这位区小姐的身份。原来对方是娱乐城负责人区华的外甥女，从小在金先生跟前长大，很受宠爱，之前一直在国外，最近才回来的。

我也有些稀奇，区华的外甥女……竟然就可以当面和金辰屿拍桌子，这么不客气地说话了？冉青庄还是金辰屿救命恩人的儿子呢，当初冉青庄受罚时也不见他手下留情。

到了大门外一看，区小姐与冉青庄竟然还没走。

区小姐手里夹着支烟，微微低头，正让冉青庄替她点烟。她长得与区华颇为相似，五官不算精致，但很耐看。

吐出一口烟，她看到我，却当作没看到，轻慢地移开视线，与冉青庄继续对话。

"听说你朋友是拉大提琴的？"

"嗯。"

我感觉她似乎往这里看了一眼，后脖颈汗毛立刻都竖了起来。

"已经通知下去了，您的车应该很快就会来了。"冯管家没有马上回屋，而是陪我在门口一起等车。

我心里呼唤着陈桥开足马力赶紧来，嘴里却道："不急的。"

听到声音，冉青庄回过头，这才看到我。

只是没等他多看两眼，区可岚便捏着他的下巴，强硬地将他的视线转回到自己身上。

冉青庄拨开她的手,看着有点不想理她,又迫于对方的身份,无法像对我一样一走了之。

区可岚夹着烟,满是嘲讽地冷笑了声,随即看向我,勾了勾手指,叫我过去。

今天注定是个多事之日。

我心里叹口气,纵使万般不愿,还是硬着头皮走到他俩身旁。

区可岚举着烟,上下打量我,目光挑剔,透着冷意。

"只要我向金先生讨,他总会给我的。"她看着我,却是在和冉青庄说话。

我紧了紧肩上的琴盒背带,忽感自己此刻的处境十分被动——既不知道对方和冉青庄的关系,也不知道自己在这段关系里需要扮演的角色。

我到底不是专业演员,突然给个场景让我临场发挥,实在很难拿捏。

想了想,我还是决定闭口不言。

"他不会。"冉青庄眼里涌现淡淡的不悦,"别把我说得跟条狗一样。"

区可岚闻言挑了挑眉,随即轻笑起来,抖动着肩膀将一口烟结结实实地呼到冉青庄面上。

"你不是吗?"她反问道,"你,你们,不都是金家的走狗吗?"

身前衣襟猝不及防地被区可岚一把揪住,我不受控制地向前,刚稳住身形,就听对方问:"你是他兄弟吗?"她下巴一抬,指向冉青庄。

我看过去,与冉青庄对视,并不能从他面无表情的面孔上看出什么指示,便只能点了点头道:"是。"

"愿意为他死吗?"区可岚又问。

我停顿片刻,很认真地想了想,觉得也未尝不可。

还能再活五个多月,量已经恒定,质只会越来越差。是选择无声无

128

息被病痛折磨而死，还是为了某人更有价值地死去，对我来说并不是需要犹豫太久的问题。

"愿意。"我回答。

区可岚勾了勾唇角，然后松开了我的衣襟。

我以为她是要放过我了，正要退到一边，就看到那只纤细白皙的手去而复返，对着我的胸口重重一推。

身后就是长长的阶梯，我完全没有防备，慌乱下脚步踉跄，倒退着一脚踩空。

身体后仰，视线一点点抬高，耳边全是惊呼，我以为这下非死即残，摔下去却并没有预想的疼痛。

"啊……"

琴盒倒在一旁，我忙撑起身回头看去，就见陈桥垫在我身后，被砸得龇牙咧嘴。

也不知道他什么时候来的，我竟一点都没注意到。

"没事吧？"冯管家快步下了台阶，蹲到陈桥身边查看他的伤势。

陈桥摆摆手，皱着眉道："没事没事，就是腰有点扭到了。"

还好没骨折……

我见他没事，心下也松了口气，接着便感到恼怒。

我虽说可以为冉青庄死，但也不是这么个莫名其妙的死法。

望回台阶上，区可岚居高临下地睨着我，脸上丝毫不见歉意，仿佛方才不过随手弹走一只烦人的蚂蚁。伤就伤了，死就死了，一只小蚂蚁，难道还想要她生出愧疚？

要不是还记得这是哪里，我真想站起来冲她骂一句"神经病"。

"是他自己说愿意为你死的。"区可岚移开视线，冲冉青庄无辜一笑，满不在乎。

冉青庄往台阶下扫一眼，视线在我脸上停驻片刻，又漠然地移开。

"你弄死一个拉大提琴的，明天还会有弹钢琴的，吹笛子的，岛上这么多人，你杀得光吗？"

区可岚似乎没想到他是这么个反应，惊异地道："你不担心他？"

这回换冉青庄笑了，仿佛听到了个还挺好笑的笑话。

他立在最高的那级台阶上，说话时垂下眼皮俯瞰着我，缓缓地吐出一句：

"不是没死吗？"

我都不用琢磨就能知晓，这话必定完全真实，出自本心。

若我之于区可岚是蝼蚁，是空气，是微不足道的一缕风；那我之于冉青庄，便是隔夜饭菜，是墙角霉斑，是下水道涌上的一股臭气。前者渺小却无碍，后者渺小但硌硬人。

我和冉青庄现在的确是合作关系，可这种关系显然并不能抹平曾经发生的不快，而且更让冉青庄感到厌烦。忍受别人的误解已是极限，再要他违心地说些担心我的话，是万万不可能的。

我被孔檀抓去，他会愤怒，是因为孔檀挑战了他的权威。而同样的性质，他现在没有生气，只可能是他并不想因为我得罪区可岚。

"没劲。"区可岚丢下抽了一半的烟踩灭，踩着高跟鞋气势凛然地步下台阶，看也不看这边，上了门口停着的一辆白色跑车，没一会儿便引擎轰鸣着离去。

冯管家和我一人一边将陈桥从地上搀起来，见陈桥不太好活动，冯管家就问要不要叫医生来看看。

陈桥一副受到了侮辱的模样，挥开他道："不用不用，这点小伤看什么医生啊？我睡一觉就好。您回吧，这儿没事了。"

冯管家松开手，没再坚持，但也没走。

我将琴盒从地上扶起，查看了下，发现只是有些轻微的磕碰。

陈桥单手扶着腰，凑到我身边道："柠哥，你别生气，幺哥刚刚一定是看到我过来了,知道我会接住你才没跟那女人计较。他故意那么说的,就是担心那女人以后针对你。"

冉青庄走到近前,他一大段话也正好说完了。

其实他大可不必如此搜肠刮肚地想词安慰我,我已经很清楚自己在冉青庄面前的定位。在场这几人里,如果硬要说谁是狗,那只能是我。我才是那只摇尾乞怜的哈巴狗。

将琴重新背到肩上,我冲他笑了笑,表示自己都懂。

"伤得怎么样?"冉青庄过来第一句便是询问陈桥的状况。

"小意思!"陈桥仗义地拍拍胸膛道,"幺哥你放心,有我在,必定不会让柠哥有事。"

冉青庄伸手揉了两把他的脑袋,对一旁静立的冯管家道:"我送他们回去,大公子问起来,就说我很快回来。"

陈桥受了腰伤,车是不能开了,我又没驾照,便只能冉青庄代劳。

坐到车上,我依旧是副驾驶的位置,陈桥坐在后排。

冉青庄专心开车,没有多言区可岚的事,陈桥却闲不住,车子开了多久就说了多久,似乎要将对区可岚的不满在这小小车厢内发泄完。

我才知道原来这区可岚的身世并不简单。她根本不是区华的外甥女,而是区华与金斐盛早年苟且生下的私生女。区华这么多年来只是金斐盛身旁一位红颜知己,便是因为当年金辰屿的生母得知区华与自己几乎同时怀孕,悲愤至极,又清楚自己体弱难寿,就要金斐盛发誓,在她去后决不让区华代替她的位置。

金斐盛虽多情,但好歹守信,立誓之后这么多年,果然没让区华进门,甚至也没认自个儿的闺女。

怪不得区可岚用那样的语气和金辰屿讲话,原来是仗着自己身上同样流着金家的血。

131

也怪不得冉青庄都要忍她三分。

"虽然那疯婆娘一直对我幺哥有意思,但我幺哥完全不动心。以前我还觉得奇怪,觉得幺哥可真酷,现在我懂了,幺哥不是酷,幺哥只是正常人。"

"嗯。"看了眼身旁并不参与对话的冉青庄,我轻声道。

车里安静了大概十秒,谁也没说话。阳光透过树叶,在车窗上投下斑驳的光影。

在我以为陈桥终于说累了要休息的时候,他又开口了:"幺哥,区小姐不是一直在国外打理生意吗?怎么突然回来了?"

这话明确在问冉青庄,他没法再沉默。

"听说金先生要金盆洗手,将产业全部交给大公子,她坐不住了吧。"

"金先生要金盆洗手了?!"陈桥一下子凑到前排,不小心触到伤口,疼得五官扭曲,"哎哟,那以后合联集团就是大公子说了算呗?华姐那边能服气吗?"

"服气就不会让区可岚回来了。"

陈桥咋舌:"他们这是要谋朝篡位,改立女帝啊……"

我听得眼皮直跳,这也是胆大的,什么话都敢往外说。

"你真的没事吗?"我回头问他。

陈桥拍了拍自己的腰腹,尚显青涩的面容绽出一抹笑,道:"没事没事,真的没事。"

回到红楼,虽然陈桥说没关系,可以自己上楼,我和冉青庄还是不放心,两人一同将他送回了宿舍。

他那间屋住了四个人,有一个正好在,是个脸上满是雀斑,看着有些木讷的年轻人。他见到冉青庄,非常紧张,一个劲地鞠躬,手都不知道放哪里。

陈桥介绍对方叫"麻薯"。

要不是时机不合适,我真想问冉青庄一句,他们集团是不是在取外号上也有什么不成文的规定,每一批次有一个主题,到陈桥正好是"食物"辈的。

嘱咐完麻薯好好照顾陈桥,我和冉青庄便一道离开了。

冉青庄还要回去,要下楼,我则是上楼,跟他不是一部电梯。上行电梯来了之后,我就先上去了。

"那我走了。"与冉青庄说完,我跨进电梯。

"季柠……"身后传来低沉的男声。

我回过身,冉青庄眼眸深邃幽沉,平静地道:"无论你今天说的是不是真的,我都不需要。"

电梯门在他说完这句话后便缓缓合拢,我呆立在电梯内,反复回味他的话。

今天说的话?哪一些?

我今天就早上和他说了些话,然后就是方才。思来想去,也只有在区可岚面前说的那两句话最有可能。

区可岚问我是不是冉青庄的兄弟,愿不愿意为他死,我给了肯定的答案,而冉青庄这会儿告诉我,他都不需要。

他不需要我为他死,也不需要我是他兄弟。

怎么说呢……

我今天的话,只能说半真半假。我确实是快死的人,但要说是他兄弟,那真的算不上。

如果冉青庄的重点是后者,那么他可以放一万个心。

我都快死的人,哪还有心思去想那些?

第 十 章
小黑之死

区可岚回岛之后，冉青庄反倒不怎么在岛上了。陈桥说他是为了躲区可岚，我觉得倒不一定，也可能是在躲我。

日子平静了几天，我也逐渐习惯在监控下安然入眠。这天傍晚陈桥突然来接我，说冉青庄打来电话，让我们去崇海。

这事来得急，透着古怪，我自然要问清楚。但陈桥也一知半解，只说似乎是孔檀做东，要为上次绑了我的事赔礼道歉。

孔檀这么针对冉青庄，必然不可能是自己想通了要低头赔罪，我想了想，觉得只可能是金斐盛发话了。毕竟像他们这样的社团组织，靠的就是稳固的"家族"关系，两人以后还要帮着金辰屿做事，表面上的和气总要顾及。

两人碍着老大的面子，就算内心再作呕，也会乖乖走完"和好"的全套流程。

海浪平稳，一帆风顺。待我与陈桥到崇海码头时，天已微微暗下来，一下船，便见到冉青庄的那辆深蓝色SUV停在路边。

除了冉青庄，车上还坐了两个小弟，一个皮肤黝黑，一个打了唇钉,见了我,齐齐喊"柠哥"。

我已经懒得纠正他们,冲他们点了点头,在副驾驶位坐好。

"去哪儿啊?"陈桥一上车便和两个小弟聊起来。

"去星联会所,大部队已经在那儿了,我们是特地出来接柠哥的。"

"卤蛋准是没安好心,我看他那眼神就透着阴损,不知道要使什么坏招呢。"

"哼,鸿门宴老子也不怕,大不了抄起酒瓶干,看谁先死!"

"就是!"

三人义愤填膺,越说越激动,冉青庄只是安静地开车,遇到红灯,停下车后,便淡淡地开口,一盆冰水将后排正要雄起的小火苗浇灭。

"这局明面上是孔檀攒的,再往上,却是金先生和大公子的意思。谁敢在今天动手,谁就是活得不耐烦了。你们都给我老实点,别出岔子。"

三人一下噤声,跟幼儿园被老师训话的小朋友一样,前一刻还是混世小霸王,后一刻已经是全世界最乖的宝宝。

冉青庄的话也间接证实了我的猜想,今天这局果然就是做样子给金家父子看的,严格点说,是做给金斐盛看的。

照理说应该不会有纰漏,无论孔檀还是冉青庄都不可能在今天发难,但我仍觉得心里荡得慌,总有不好的预感。

冉青庄这辆车,挡位后有两个杯槽,本来是用来放饮料的,这会儿却一边塞了包烟,另一边塞了个打火机。

打火机是最廉价的塑料打火机,蓝色的,外壳上还印着某某火锅店的小广告,一看就是吃完饭随手拿的……

我打开副驾驶前的储物箱,发现我那黄铜"劳斯莱斯"不见了,只剩一个干瘪的烟盒。

"找什么呢?"红灯还没跳绿,冉青庄见我一顿翻找,蹙眉问道。

收回翻找的手,我将储物箱合上,状似不经意地道:"这里面,上次我看到有个打火机……怎么没了?"

"打火机?我这车经常借给别人,大概是被谁拿走了吧。"

拿走了?

那么贵的打火机,说没就没了?

"柠哥,你要打火机吗?这不是有吗?"陈桥凑过来,将杯槽里的塑料打火机递给我,"你不抽烟不知道,打火机这种东西真的消失得特别快,一不注意就没了,再一不注意,家里就堆了好多。"

"我……之前不太抽,现在也开始学着抽了。"我怅然若失地接过陈桥给我的打火机,又从杯槽里抽出支烟,别扭地夹在指间,进退两难。

现在再说我那个打火机是特意买来给冉青庄用的,不免也太尴尬了些。

车辆开始缓缓前进,我暗叹口气,在后头三双眼睛的注视下,最终还是低头将烟点燃。

第一口就呛着了。辛辣的烟蹿进肺腑,刺激着气道,我咳得停不下来。

"柠哥没事吧?"

"车上有没有水?喝点水。"

"没有啊,要不我下去买?"

在陈桥等人的七嘴八舌中,身旁车窗缓缓降下,新鲜的风涌入。

"不会抽就别抽。"冉青庄冷声道,"浪费我的烟。"

微凉的晚风吹散了车里的烟味,新鲜的空气抚平喉头的不适,几乎是立刻我就停止了剧烈的咳嗽。

指关节拭去眼角咳出的泪花,我转着手里的烟,觉得冉青庄说得对,人不能总是没有自知之明。

我总觉得我可以给冉青庄需要的,其实并不然。他不需要,我所有单方面的给予,他都不需要。

于我是赎罪,于他……不过是负担。

"给。"将烟递给冉青庄,我说,"别浪费。"

可能有那么四五秒,冉青庄完全没有任何动作,沉默着,压抑着,而就在我以为他不会理我,打算收手时,他忽地凑上来,将我手中的烟拿走了。

我靠回椅背。微风拂过面颊,淡淡的烟味在车厢里漫开,比我吸进去那口要柔和许多,闻久了竟然还有几分好闻。

开了大概半小时,冉青庄停下来,目的地到了。

兴许是常客,一进到会所里边,下到门童,上到经理,对冉青庄具是毕恭毕敬,一口一个"幺哥"地叫着。

经理亲自领我们到了包厢门前,由两名服务员一人一边推开了门。

据经理说,这是他们会所最大的一间包厢,听时没有概念,现在亲眼看到,才发现果然很大。不包括外面的露台,可能有一百多平方米,就跟个小型酒吧似的,有吧台有卡座,台上还有钢管舞表演。虽然灯光略有些昏暗,但好在背景音并不嘈杂,说话不需要用吼的。

见冉青庄到了,先前还各自围坐着打牌、喝酒、玩骰子的小年轻们纷纷停下手头的事情,起身叫人。

"幺哥,柠哥!"

"幺哥好,柠哥好!"

不知道是不是听久了,我竟然也慢慢开始习惯"柠哥"这个称呼,如今已能在立体环绕的"柠哥"声中做到心无波澜。

陈桥他们一进门就各自散了,喝酒的喝酒,打牌的打牌,我则跟着冉青庄直接去到孔檀坐的那张卡座。

"老幺，你们总算来了。"孔檀将腿跷在面前的茶几上，右边搂着一名身材丰腴的美女，左边还有另一名美女跪在地上给他捶腿。

冉青庄在他对面坐下，道："路上有点堵。"

孔檀朝立在一旁的服务员打了个响指，道："把人叫过来。"

服务员点了点头，迅速出去了。

"来一趟，总要玩到家，挑的都是这里最好的货色。今天我做东，都不用跟我客气。"说话间，右手边美女将一杯威士忌递到孔檀唇边，他就着杯子轻抿了一口，脸上的笑透着股不怀好意。

又是"挑"又是"货色"，我一开始以为是酒，结果门一开，服务员领进来四个形容各异的人。

两个高个的直接朝我走来，另两个秀气白皙的则自觉坐到了冉青庄身边。

我没想到还能这么玩，被两座高山夹在中间，很是无措地看向冉青庄，却发现对方适应良好，已经接过身旁人递上的酒，和孔檀聊开了。其中一个挨在他身边，搂着他的胳膊，他也没有挥开。

"哥，您喝什么，酒还是果汁？"

高山1号殷勤地给我拿来酒水单，我看了一眼，随便点了杯苹果汁。

"哥，您第一次来这里吗？"高山2号问。

我点点头，被两人身上浓烈的混合香水味熏得鼻子发酸，感觉鼻炎都快犯了。

"不要这么紧张，没事的，我们就是陪您喝喝酒，聊聊天，再玩一玩游戏。"高山1号指了指隔壁桌兴致正足的几个人道，"就跟他们一样。"

隔壁桌似乎是在玩什么纸牌游戏，桌上堆满酒杯，一轮结束，输的人拿起酒杯一口闷下，不想喝或者喝不下的，就要脱一件衣服替代。公主们穿得少，脱不了几次就不好再脱，一通撒娇耍赖，赢的人便叫她们在脸上亲一口来抵。

想象了下两座高山一左一右亲上来的画面，我不禁打了个激灵。

"就聊天吧，我不会喝酒，也不玩游戏。"我说。

或许是职业需求，两座山看着跟冰山似的，却异常地会聊天，不一会儿我的职业、年龄、籍贯都被套了出来。

可能是看我好说话，又很顺从，两人不再像开始那么拘谨，甚至……过于放肆。

"我一看您就特别有气质，果然是拉大提琴的，这手真好看。"高山1号将我的手拉到眼前细细观察，气息尽数喷吐在我的指尖，让我很不自在。

我刚想抽手，另一边的高山2号突然偎过来，托着我另一只手道："琴弓是怎么拿的？是这样吗？您教教我吧。"

腰上不知道谁的手揽了上来，我头皮一下子炸开。

我一直感到的不安难道就是这？

我知道这里是高级会所，大家都是来找乐子的，公主本身就是打擦边球的职业，与客人有些肢体上的亲密接触再正常不过。

冉青庄就很悠然自得，任那两个人对他上下其手也不见他甩脸色。我也想做到他那样，但我不行。

可我要是突然把孔檀特地准备的人给撤了，孔檀怕是会觉得我故意落他脸面，给他难堪。

冉青庄说今天不能出岔子，这才刚开始，我怎么也得忍下去。

"下次有机会再给你们表演。"我挣开两边的纠缠，从卡座上起身，见冉青庄他们并未注意到我这边，询问服务员卫生间的方向后，快步出了包厢。

呼吸到外头清新淡雅的空气，我不由得长长地吁出口气。

在洗手台稍微洗了把脸，正用纸巾擦手，厕所里出来个染着蓝灰色头发的年轻人。

这头发太出挑，我不由得多看了两眼，结果和对方视线在镜子中对个正着。

"啊！季柠？"他微微吃惊地睁大一双杏仁眼，准确地叫出了我的名字。

认识我？

我茫然地打量对方，脑海里一片空白，怎么也想不起能和他这张脸对上的人名。

"我，兆丰啊！"对方指着自己，说出了一个让我意想不到的身份，"南职的兆丰，你高中那会儿还给我补课来着，不会把我给忘了吧？"

他的名字宛若一把神奇的钥匙，在听闻的一瞬间打开了我尘封的记忆，让我想起许多。

我扶着洗手台，整个人都有些恍惚。

原来在我告发冉青庄与林笙之前，冉青庄就已经讨厌我了。

我的确和冉青庄一起埋了小黑。

更准确地说，小黑是死在我们面前的。

冉青庄很喜欢小黑，从学校附近出现这只小流浪狗开始，冉青庄见到它就总是忍不住停下脚步摸摸它，陪它玩一会儿。

我的座位在窗户边，正对着学校后门，那里靠近食堂，也是冉青庄他们班的日常值日打扫区域。

有阵子也不知道冉青庄是不是得罪了他们班主任，受了什么惩罚，一周内五天，我天天都能看到他在楼下扫地。说扫地也不贴切，因为他只是懒洋洋地摆弄着扫帚，或者撑着扫帚发呆。

那会儿我还只是知道有他这么个人，与他并不熟悉，认知里，除了是我们学校的学生，他和南职那些整天不务正业，到处打架惹事的小混混也差不了多少。要不是他成绩还行，或许早就被学校开除了。

每次见到他，他不是在被老师批评，就是在办公室门外罚站。虽然也没什么欺负同学的传闻，但每当他脸上带伤，摆着一张臭脸穿过走廊，学生们还是会下意识地紧贴墙根给他让道。

他总是没精神似的，满不在乎的，冷漠的，暴力的。这就是起初，我对他所有的印象。

后门常年上锁，只在食堂运货时开启，但难不住小黑和狸花猫。它们自门缝钻进钻出，动作娴熟，进来了也不瞎走，就在食堂后门乖乖等着，总会有好心的食堂大妈端出些残羹剩饭喂它们。

而只要小黑它们一出现，冉青庄可就不困了。

我记得，那天阳光很好，晨读时，我无意间往楼下扫了一眼，看到冉青庄手里拿着扫帚，正不停地挥舞，逗弄着小狸花猫。

小猫灵活地伸出爪子扑住竹扫帚的头部，有几次甚至挂在了上面；小黑狗则在不远处焦急地踏步旋转，憨憨傻傻，一副想加入又不知如何加入的模样。

冉青庄笑得明朗而轻快，阳光洒在他的身上，落在他上扬的唇角上，说不清是谁的加持，让他看起来格外温暖。

原来他还可以这样笑。莫名的感慨一闪而过，只是在心间留下道淡淡的印子，并没有让我太过在意。

后来到了高二，老师将看管冉青庄的工作交给我。虽然就一学期，但也算有了接触，让我对他从"知道"变作了"认识"。

小黑和狸花猫依旧在学校附近流浪，冉青庄每次见到它们，依旧会蹲下摸摸它们，和它们玩一玩，喂它们些吃的。

说得上话了，我也在极力寻找话题时问过他，既然这么喜欢小动物，有没有想过养一只。

冉青庄沉默了很久才说，他七八岁的时候家里也养过一只狗，一只白底黄斑的小土狗，他奶奶喂了好多年。

每天上学，它总会和老太太一道送他到学校，再陪着老太太回家。老太太做家务时，它就安静地趴在边上守着。老太太睡觉时，它就蜷在床脚和老太太一起睡。它无比信任人类，又无比深爱人类。

后来有一天，这只狗丢了，他们找了许久，可怎么也找不到。又过了两天，它僵硬冰冷的身体被人抛进院子，浑身伤痕累累，已经死去多时。

江湖规矩祸不及妻儿，但没人说不能动狗。

这是一个警告。

冉铮从外头匆匆赶回来，老太太什么话也没说，只是红着眼打了他一巴掌。冉铮沉默地处理了狗的尸体，留下一沓钱，第二天就又走了。

那之后他们家就再也没养过宠物。

"不过，现在我老爸也死了，应该不会再有仇家找上门。我再做做我奶奶的工作，说不准她哪天就让我养了。"冉青庄说着话，将一架刚折好的纸飞机朝我投过来。

我捡起一看，是他的数学卷子……的一部分。满分150，他考了125，算是个相当不错的分数，同一张卷子我也就比他高18分。

"怎么撕了？"

冉青庄折着剩下那半张，无所谓地道："都考完了，还留着做什么？"

我叹了口气，将手中的纸飞机放到一边，等离开时趁冉青庄不注意，将它们统统收进书包带回家，粘好了第二天再还给他。

他看着粘好的卷子，什么也没说，只是挑了挑眉，随后胡乱将卷子塞进书包，倒是没再撕坏。

到了高三，小黑和狸花猫依然流浪在外，天气好就溜进学校晒晒太阳，天气不好就不知道在哪儿窝着。不用问我也能猜出，冉青庄应该是没能说服老太太。

小黑虽小,但格外勇敢,有时路遇别的流浪狗欺负同学,总会见义勇为,冲出来替他们赶跑"恶霸"。被救的同学便会以火腿肠作为奖励,犒赏它的英勇。

因此,虽然同是流浪狗,小黑却在宏高的学生间颇具好评。

但也不是谁都喜欢猫狗,愿意善待它们。

有一回上学路上,我前头正好是几个南职混混。小狸花猫一如既往地上前纠缠卖萌,那带头的混混看它一眼,便厌恶地将它一脚踹开了。

小狸花猫惊吓着跑到小黑身边,小黑绕着它呜咽两声,随即色厉内荏地朝混混们狂吠起来。混混一看小黑还敢朝他吠,作势就要冲上去追打,吓得一猫一狗夺路而逃,那群人便在原地哈哈大笑。

周围人敢怒不敢言,或者根本不关心。我本想追去查看小猫的伤情,但由于它们跑得不见踪影,上课又快迟到了,便只好无奈地放弃。后来放学见到小猫好好地在路边舔爪子,小黑则在边上大口吃着不知谁给的香肠,我才彻底放下心来。

然后,就到了那一天。

那天已经很晚了,我练完琴正要走,在校园里发现了眼熟的身影,定睛一瞧,是冉青庄。他猫着腰,不断翻找着食堂附近的角落,专心到甚至连我靠近都没发现,为此还吓了一大跳。

我问他在做什么,他犹豫了会儿告诉我,小黑它们已经消失两天了,他有些担心,晚上便过来找找看。

他家离学校不算远,步行也就二十来分钟。

我安慰他小黑它们那么可爱,或许有人同他一样喜欢,所以领养了回去。

"可能吧。"说这话的时候,冉青庄仍然蹙着眉,一副忧心的模样。

他没有继续找寻,而是与我一同出了校门。

或许是冥冥之中自有安排，又或者是小黑它们的确很有灵性。才出校门，我和冉青庄没走几步，便见到远处一瘸一拐地过来一个小小的身影。

它也看到了我们，远远地就"喵"地叫了一声，尾音拖得极长，极哀婉。

只这一声冉青庄就认出对方，急急跑了过去。我也跟着过去，一看果然就是小狸花猫。

昏暗的路灯下，小狸花猫瘸着一条腿，闭着一只眼睛，冲我俩不停地急叫。

冉青庄蹲下身查看它的情况，被它避开了，转身冲一个方向跑了两步，又回头来看我们，似乎是想要我们跟它过去。

"你要带我们去找小黑吗？"冉青庄好像明白了它的意思，确认过后，便跟随它而去。

"等……"我犹豫片刻，怕有什么意外，也追了上去。

那是一条阴暗潮湿的小巷，靠着墙胡乱摆放着一堆旧家具，不规则的堆叠方式使最下面形成一个小小的空间，小黑就那样安静地窝在里面。

要不是它听到小猫的叫声呜咽着做出回应，我和冉青庄甚至都不会发现那里面有东西。

"小黑？"冉青庄小心翼翼地靠近，将手伸了过去。

小黑呜呜叫着，动了动，但仍然谨慎地不肯出来。狸花猫走到它面前，轻轻地叫了两声，仿佛在向它解释我们的身份。

冉青庄耐心地等待着，没有将手收回。

过了片刻，小黑将自己挪了出来。

用"挪"这个字眼，是因为小黑的的确确是靠着两条前腿支撑，将自己从窝里挪出来的。

任谁看到它的模样都要倒吸一口凉气,那只能用"凄惨"来形容。

两条后腿无力地拖在身后,肠子一样的东西脱出肛门露在外头,原本灵动圆黑的眼睛变得血肉模糊,像是被人戳瞎了。

场面太过血腥,我自心底生出一股寒意,简直不敢相信有人会这样残忍地对待小黑。

冉青庄颤抖着手,想要抱起它,可无论碰到哪里,小黑都会发出痛苦的哀叫。

"别怕,我带你去看医生,他们会救你的……"冉青庄不断轻声安抚着它,脱下自己的外套,将它从地上包裹起来。

只是两天,小黑就像是瘦了好多,小小一团缩在冉青庄怀里,看上去已经连挣扎的力气都没了。

冉青庄抱着小黑就往巷子外面跑,我刚要跟上,想起小狸花猫似乎也受了伤,便回身一把抄起小猫,抱着追了上去。

离暗巷最近的宠物医院也要七八百米,冉青庄一路狂奔,没一会儿便消失在前方。我背着琴,手里还抱着猫,跑得上气不接下气,到医院时差点没跪到地上。

小猫左前肢骨折,一只眼睛有些红肿,但所幸性命无碍。小黑的伤势却要严重得多,医生抱着进诊室查看了会儿,便出来朝我们摇了摇头,说抢救的意义不大。

小黑的眼睛是叫人用利器戳瞎的,肠子则是被人往肛门里塞了鞭炮炸出来的,医生还在它体内找到了鞭炮的残留物。

医生建议给小黑施行安乐死,说如果不这样,它可能还要痛上好几小时才会迎来死亡。

两天前它还是只快乐地摇着尾巴,整天跟着好朋友骗吃骗喝的小拖把狗。而现在,它只能虚弱地躺在医院的诊台上,痛苦地等死。

它努力地想要生存，这个世界却好像并不打算给它机会。

冉青庄像座雕像般静立在那儿，似乎一时难以接受这个消息。我有些担忧地轻轻拉扯他的袖子，他闭了闭眼，好一会儿才轻轻点头，接受了医生的提议。

我们被允许进到诊室里，见小黑最后一面。护士也抱着小猫来到诊台边，向小黑告别。

两只小家伙彼此间好像都有感应，小猫将脸挨到小黑嘴边，轻柔地用鼻子拱了拱它。好像在问，你什么时候才能好起来。

小黑狗虚弱地伸出舌头，最后一次舔了舔小猫的脸，随后便躺在那里没了动静，只能通过皮毛微弱的起伏判断它还有气息。

医生拿着注射器走来，里面已经注满药水。

将注射器对接上留置针，医生道："你们准备好了，我就推了。推下去之后它就什么也不知道了，再也不会有痛苦了。"

我看向冉青庄，由他做决定。

冉青庄小心翼翼地摸了摸小黑卷曲脏污的毛，接着将手紧握成拳，垂在身侧，缓缓吐出两个字："推吧。"

药水顺着针管注入小黑的身体，只是几秒，皮毛的起伏消失了，小黑死了。

护士怀里的小猫突然挣扎着跃到了诊台上，看了看小黑，抬头朝冉青庄长长地喵了一声。

并非寻常猫咪柔软的叫声，而是带着不解，带着不满。

它不明白，为什么小狗的气息消失了。

"它死了。"冉青庄告诉它。

小猫坐在小黑身边，不再叫唤，不知是不是理解了冉青庄的意思，开始低头舔舐小黑背上的卷毛，像在替它做最后的清理。

干干净净、可可爱爱地来，也要干干净净、可可爱爱地走。

最后我和冉青庄找了块空地把小黑给埋了，埋好后冉青庄就让我回家去。我问他小猫以后怎么办。他想了想，说等小猫好了，他会把它带回家。

"昨天奶奶说，我可以收养它们了。"

心间一紧，我都不知道是不是该叹一句造化弄人。

有时候命运就是这样，充满不必要的戏剧性，以及堆叠的厄运。

我爸那件事如此，冉青庄这件事同样如此。

我以为这事就到这里了，毕竟我们谁也不知道虐杀小黑的是谁，而就算知道了，拿对方也没有办法。

没想到几天以后，事情又出现新的变化。

学校里开始流传一段虐狗视频，视频只有三分钟，其间有只小猫冲过来，被毫不留情地一脚踹开了。能看出施虐者不止一个人，但因为视频经过了加速处理，并不能从声音上分辨他们的年纪和性别。

这样的视频为什么会在一群高中生间流传？因为视频里的小狗是小黑，也因为在视频的最后，画面中只出现了零点几秒的校服一角，属于南职。

宏高与南职是世仇，这在我入学前便是定局。

两校学生多有摩擦，也是每届都会有的事。无视仇怨成为情侣或朋友的不是没有，但总要受点白眼。

如果说之前两所学校只是互相看不顺眼，那到高三这年，就有了点势同水火的调调，而这个调调的发起人，就是冉青庄。

既然不知道垃圾是谁，那就把整个学校划入垃圾的范围。两所学校火药味逐渐加重，冲突一触即发。

老师不止一次地找冉青庄谈话，让他不要惹事，他表面上答应得好好的，转头却依旧我行我素。

然后我就认识了兆丰。

我不太记得为什么自己会突然成了他的补课老师，但从某一天起，放学后他就会来学校找我，偷偷地跑进学校，不引起任何人的注意。他坐在冉青庄曾经坐过的位置，勤学好问却要胜过冉青庄百倍。

那时候他就爱染头发，但没有现在高调，染的是亚麻色。

兆丰比我小一岁，也算是南职的风云人物，在他们那个年级很说得上话。

宏高对南职是避而远之，南职却不一样，该怎么样还是怎么样，并不把宏高的敌意放在眼里。

两所学校在必经路段上有所重叠，有时候兆丰遇见我，远远地就会跑上来与我打招呼。久了冉青庄那边也听到风声，来找我算账。

他冷着脸将我叫出教室，又拉着我进厕所，反锁了门，问我和兆丰是怎么回事。

"我们就是……朋友。"

"朋友？你和那种垃圾做朋友？"冉青庄不敢置信地瞪着我。

他的用词多少让我有些不适，兆丰很用功，一直想考个好点的专科学校，不是他口中的垃圾。

"他不是你想的那种人……"

我向他解释，冉青庄却像个独裁的暴君，听不进任何谏言。

"和他断绝来往。"他命令道，完全不给我第二个选择。

我震惊于他的专制，畏惧于他蛮横的态度，但总觉得他不至于对我动手，还是大着胆子拒绝了。

"不要。"

话音刚落，一道凌厉的拳风擦着我袭向身后的厕所隔板，发出一声巨响。

我微微睁大眼，呼吸都有一瞬的凝滞。

"我再说一遍，和他断绝来往。"冉青庄沉声道。

这不是商量的态度，他完全是想用暴力镇压我。

我眼睫轻颤，咽了口唾沫，问他："如果我不呢？你没有权利限制我和谁交朋友。"

他收回拳头，用一种仿佛不认识我的眼神打量我。

"你不？"他腔调古怪地吐出两个音节，漆黑的眼中一片冷凝。

我瑟缩了下，双唇嗫嚅着，总觉得那拳头再落下，就不是打在我身后的板子上了。

"你听我说，他其实……"

"谁把厕所门锁了？快点开门！怎么这么没有素质？别人还要用呢！"

突然响起的拍门声打断了我要说的话，冉青庄扫了眼门的方向，再与我对视片刻，走过去开了门。

门外的人一见是他便立即噤声，一副大气都不敢喘的模样。

"不是上厕所吗？去啊！"冉青庄将门拉得更开。

那人慌慌张张地进来，见到我，眼里闪过一丝惊讶，但脚下步伐半分不停，逃也似的钻进离门最近的一间隔间，下一秒就将门锁死了，简直像背后有什么凶猛的野兽在追赶他。

此时的环境已经不适合交谈，冉青庄最后又看我一眼，什么话也没说，转身大步离去。

这事不可能就这样结束。

我心里有这样的预感，但不知道它会以什么样的方式爆发。

战战兢兢地度过一周，我尽量躲着冉青庄，就怕和他再起冲突。

兆丰一如既往地放学后会偷偷来学校找我，我也不是没想过换个地方补习，但他说他是住校的，要是不介意，倒也可以去他们宿舍，只是人很多，气味也不怎么好闻。

我想了想，只得作罢。安静，敞亮，还近，的确没有比我们学校更好的补课地点了。

然后，我们就被冉青庄发现了。

我不知道他在门外看了多久，但当他一脚把教室门踹开的时候，我和兆丰都吓得半死。

兆丰抓起自己的书包就想跑，跃过一排桌椅才发现后门被废弃的旧讲桌堵得死死的。

糟糕。

我站起身，挡在他和兆丰之间，明明也没做什么见不得人的事，面对他却很心虚。

"你们在做什么？"他双手插在裤兜里，门神一样立在教室门口，视线从兆丰身上缓慢地移到我身上。

我一激灵："补课。"

"补课？"冉青庄重复着这两个字，脸上是明显不信的神色，"南职的垃圾找你补课，你就给他补了？"

兆丰一看不是老师，也不怕了："喂，别以为我怕你啊！"他撸起袖子，一副随时奉陪的模样。

"我知道你，南职的小混混头子。"冉青庄欣然应战，将手从口袋里抽出，也开始撸袖子。

"朋友多就是混混头子吗？那你不是也差不多？"兆丰将书包丢到一边，嘴上毫不客气地回道，"我是南职的小混混，你就是宏高的小混混。"

这句话简直踩了冉青庄的雷区，他面色一变，作势就要上前。

年级主任为了震慑冉青庄，此前已经下了最后通牒，如果他再打架，就要把他开除。

我马上拦在他身前，不让他靠近兆丰半分："你别冲动。这会儿打架会引来保安的，要是陈主任知道了又要叫你奶奶过来，你……你忍心看她为你担心吗？"

冉青庄阴沉着脸，并没有就此罢休："让开。"

兆丰还在那儿挑衅："季柠，你让开，我让他知道我的厉害。"

我简直都想冲过去打他一顿，冉青庄就算让他两手，打翻他都绰绰有余，真让冉青庄过去，明天我就得去医院看他了。

"你再不走，我就不给你补课了！"我回头朝兆丰吼道。

补课的威力还是很大的，兆丰颇没有意思地"啧"了声，捡起地上的书包，拍了拍背到肩上。

"那你可得防住了，如果他冲过来，我就只能还手了啊。"他绕开我和冉青庄，用着并不急迫，堪称从容的姿态走出教室，消失在门外。

在这期间，冉青庄有要冲过去的苗头，被我猛力按着胸口推到墙边。他似乎没想到我会和他动手，后脑勺重重地磕在黑板上，脸上立时露出了痛苦的表情。

"对……对不起……"我手足无措，想去查看他的伤势，还没碰到就被狠狠推开。

"别碰我。"他摸着后脑勺，仍没有缓过劲。

兆丰应该已经走远了。

我退开一步，远离他，再次解释道："他真的就是来找我补课的，你相信我，他和那些人不一样的。"

冉青庄看了眼指尖，将手垂到身侧："我凭什么相信你？你又凭什么相信他？"

他在胡搅蛮缠，似乎已经认定我是个私联外校人员，和对方里应外合意图捣毁宏高的叛徒。虽然没有明说，但话里话外表达得很清楚——如果要和垃圾做朋友，我就是自甘堕落，也是垃圾。

"我……我不明白你为什么这样，就为了一条狗吗？"

他眯了眯眼，语气森然："就为了……一条狗？"

我知道小黑对他来说不只是一条狗,而更像一个心结,一个从童年到少年的噩梦。

但我更知道,他这样的状态是不正常的。

我提高音量:"你说你和你爸爸不一样,可你看看你现在的样子,强暴又不讲道理。你找到杀死小黑的凶手又能怎么样?杀了他们以暴制暴吗?那只是一条狗,你要为此断送自己的前途吗?"

如果是在别的情况下,我的话冉青庄或许还能听进去一些。但那会儿他正在气头上,天时、地利、人和,没一样占上。他完全就跟毫无理智的野兽一样,非但没冷静下来,还因为我的话更愤怒了。

赤着眼,他扑过来,揪着我的衣襟,粗鲁地将我按在课桌上。我以为要被打了,抬起胳膊护住头脸,双眼紧紧闭起来,身体都在微微颤抖。

拳头迟迟没有落下,我忐忑地将眼睛睁开一条缝,看到冉青庄俯视着我,眼里盛着冰焰,另有一些我看不懂的情绪掺杂其中。

但很快,这些零碎的情绪就消失了,当他对上我的双眼时,眸子里便只剩下全然的冷漠。

他放开我,退后几步:"不要让我再在宏高见到他,不然我一定要他好看。"

我骤然脱力,跪坐到地上,仰头看着他没有出声,害怕一出声就露了怯。

他垂眼与我对视半晌,默不作声地转身离去。

确定他再也不会回来,我一下子垮下肩膀,整个人扑倒在冰冷的地面上,就那样静静地保持了许久。

那之后,我和冉青庄的关系便从"泛泛之交"退化到了"形同陌路",甚至……有往更糟糕的方向发展的趋势。在学校里哪怕遇见我,他也会当作不认识,有时候碰巧对上视线,还会马上嫌恶地移开。

我虽然觉得苦闷，但也毫无办法。

别人就是讨厌你，不想跟你交朋友，你难道还能强迫人家跟你一起荡起友谊的双桨吗？

学校是不好再作为补课地点了，还好兆丰后来又找到个家里开小饭馆的同学，说是可以借用他们家的包间补课，但条件是要连他同学一起教。

一个是教，两个也是教，我自然是同意的。

又过了半个月，虐杀小黑的人找到了，是南职的学生，林笙出的力。不知道他怎么找到的，但证据确凿，有完整露脸视频为证。

林笙叔父是《博城都市报》主编，得知此事后，将事情前前后后做了详细的报道，足足写满一个版面。南职迫于压力，只能将那几个学生做了开除处理。

又因为引起了一定的社会关注，那几人的家门口隔三岔五就被人泼红漆，扔臭鸡蛋，邻居也怨声载道，没多久这几家人就灰溜溜地搬走了。

然而，这件事似乎还没有给够这群人渣教训。他们并不为自己的所作所为懊悔，反倒怪冉青庄与林笙将事情闹大，让他们成了人人喊打的过街老鼠。有个叫高伟的怀恨在心，选了个月黑风高的晚上埋伏在小巷，请冉青庄吃了记闷棍。

打完人高伟就逃了，所幸当时林笙和冉青庄在一起，及时叫了救护车不说，还在医院照顾了冉青庄一夜，最后也是靠着林笙的口供锁定了犯罪嫌疑人。

冉青庄再出现在学校时，后脑勺上贴着纱布，脸色看起来很差。

我见到他远远地走过来，就想和他打个招呼，问问他身体怎么样了。

伤他的人找到了，和南职的仇怨没那么深了，我们也应该要……和好了吧？

手举起来，一句"早上好"来不及出口，冉青庄便看也不看地擦着我往走廊另一头走去。

他没有想和我和好的意思，或者说，他并不认为与我的关系需要"和好"。

而就在这时，屋漏偏逢连夜雨，船迟又遇打头风。我妈不小心摔了一跤，伤到了腰，家里失去了唯一的劳动力不说，照顾她也成了一个难题。

早些年，在我妈一把将老季的骨灰撒进海里的时候，我们家就和老季家断了联系。而我妈娘家又在外地，路途遥远，多有不便，关系普通，也不好添麻烦。

我正处于高三，是关键时期，我妈是打死都不肯让我牺牲课业照顾她的。

最后想出的办法是，买很多很多馒头放在冰箱里，早上给她热了摆到床头，她饿了就就着咸菜吃。

但没几天，她就不吃咸菜了，光啃干馒头。因为咸了就要喝水，喝水就要上厕所，家里没人，她上不了厕所，于是只能尽量减少喝水。要上厕所，也总是忍到小妹下午四点回家。

我妈自己吃馒头，却不愿意我们也跟着吃，一度想要教小妹下厨。可小妹那时也才九岁，连刀都拿不动，我实在不忍心，就问兆丰同学的父母，能不能打包一些当天卖剩下的米饭和凉菜带回家。

还好对方很好说话，不仅让我带回米饭凉菜，每天还会多炒一个热菜送给我。但这样一来，补课的事就不好推辞了，毕竟吃人的嘴软。

我每天回去都要很晚，小妹和妈妈也就等我到很晚。吃饭时，妈妈还能顾及吃相，小妹就狼吞虎咽，像是恨不得将碗也吃下去。

这种时候，我总是很心酸。

如果我爸还活着，如果我没有学那么花钱的乐器，如果我学习能更好一些，如果我能得到那笔奖学金……

无数个如果在脑海里盘旋，化成乌压压的黑云朝我压来。

学校的保送名额迟迟未定，而冉青庄和林笙就在那时，那样地出现在了我面前。想到妈妈和小妹，种种压力促使我做出最错误的决定。

之前我以为我告发他们，是因为我的贪婪、我的嫉妒，可现在记起这一切，我又觉得那或许是在报复。

报复冉青庄对我的无视与冷漠，报复他……没有回应我伸出的手。

第十一章

完美的画布

我远比我自己想的,更为卑劣。

"季柠?你没事吧?"兆丰拿手在我面前晃了晃,道,"是不是喝多了?"

我怔怔地看他,已经完全记起他来。

"好久……不见。"我说。

兆丰见我终于想起他,眼里现出喜色:"你一点都没变,我一眼就认出来了。你现在在做什么呢?"

碰上了也是缘分,奈何这里也没个清净地方,我们只能在厕所里闲聊起来。

"我最近在教小朋友拉大提琴。"

"老师啊?这职业适合你啊!你来这儿玩吗?"

"是,和……"我刚想说和冉青庄一道来的,话到嘴边又想起他们以前不对付,于是改口道,"和朋友一起来的。你呢?"

兆丰指了指走廊另一头,道:"我们公司今天团建。"

还好……我心里暗暗松了口气。

他的穿着打扮实在过于像服务员,让我方才一度产生了他高考失利只能远走他乡谋职的想象。

"当年多亏了你给我补课，我后来考上了崇海的一所专科学校，学了热门专业，现在在广告公司当策划。"他简单说了下这几年的概况，掏出手机道，"你把你现在的联系方式给我吧，我们找机会聚聚，我请你吃饭。"

从前不像现在，绑定个社交软件，不管怎么换手机，联系人永远都在。早年的手机号码都存在手机卡里，换了卡，或者丢了手机，联系方式便跟着不见了。

大学开学的第一学期，我的手机就被偷了。因为本身就是我妈用过的二手机，卡也是以她的名义办的，去补办时，索性就用我自己的身份证换了更优惠的新卡。当时想着反正除了妈妈和小妹，也不会有人再用以前的号码联系我，倒是把兆丰忘了。

我赶忙报出自己的手机号，另外跟他解释了下手机被偷的事。

兆丰单手快速输入号码，不一会儿，我裤兜里的手机响起来，我掏出看了一眼，设置了来电人的姓名。

兆丰朝我晃了晃手机，颊边笑出两个酒窝道："好了，记得联系啊！"

我答应着，见他将手探到感应龙头下准备洗手，便表示自己就先走一步了。

兆丰说了好几个"再见"，直到我走出厕所才停歇。

我还有半年不到的光景，死前能够他乡遇故人，和他再见上一面，也算老天待我不薄了。这或许就是我诚心悔过，积极赎罪的回报吧。

包厢一打开，扑面就是浓重的烟酒气息，猜拳声夹杂着男男女女的嬉笑声，比音乐还闹腾。

我深吸一口气，走向原先的卡座。

"季老师，怎么去了这么久？我还以为你不喜欢我给你选的人，自个儿逃跑了呢。"孔檀推开身边的美女,将桌上两个盛着球冰的威士忌酒杯都倒到八分满,"回来就好。来,我敬你一杯,算是为上次的事给你赔个不是。你大人不记小人过,别放在心上。"说着,他端起两杯酒,将其中一杯递向我。

我忙上前接过,看了眼冉青庄,发现他也在看这边,但没有阻止的意思。

"哪里,蛇哥也是照规矩办事。"我盯着杯子里的酒,胃都开始抽搐。

乐团不兴酒桌文化,大家也顾及着时常有演出,就算应酬,至多也就喝两杯葡萄酒。这威士忌我还从来没喝过,只知道它的度数与白酒差不多,也是烈酒的一种。

这一杯下去,别的不怕,就怕酒后失态,说些不该说的。

"蛇哥,我不胜酒力,能不能……只喝一半?"我干笑着与孔檀打商量。

本以为他会装着客气一些,想不到他拿眼一瞪,当即就拉下脸。

"怎么,不给我面子?"

我想过今晚不会很顺利,但我没想到孔檀能做得这么明显,层层设关立卡,说最漂亮的话,做最下作的事。

偏偏,他这样的人我最是得罪不起。哪怕没有冉青庄,我也不好和对方发生冲突。金家是我的金主,孔檀四舍五入,也要算我半个上司。

升斗小民,晨兴夜寐,战战兢兢,不过为了糊口。

一咬牙,当着孔檀的面,我仰头喝干杯中的酒。辛辣的液体滑过喉咙,我五官控制不住地聚拢到一块儿,痛苦程度不亚于生吞活蛙。

倾斜酒杯,我抹去流到下巴上的酒液,道:"喝完了。"

孔檀笑起来,干脆利落地一口闷下,随后拿起桌上的酒瓶,又给自己满上。

"上一杯是赔罪,这一杯,是恭喜。"他将瓶口对准我,道,"恭喜季老师成为狮王岛上的一员，以后就是自己人了，大家好好相处。"

分明是平淡无奇的字句，由他嘴里说出却格外有种惊悚感。可能潜意识里我便认定，蛇类不是能和其他生物好好相处的存在。

刚才喝的一杯酒劲已经慢慢上来，四肢开始发热，脑袋也逐渐发沉，我知道我是不能再喝了。

将杯子往旁边让了让，我试探性地问道："那个……我可以以茶代酒吗？"

孔檀酒没倒上，重新抬起瓶口，带着一脸觉得好笑的表情看了看我，回头冲冉青庄道："老么，你兄弟怎么回事？这么多年，还没人敢用茶敬我。"

冉青庄嘴里咬着一支烟，刚叫身旁人点上。那人柔弱无骨地黏在他身上，一双唇几乎都要凑到他颊边。

"是我没教好。"他吐出一个烟圈，隔着烟雾没什么表情地看着我。

这话真是比什么威力都大，紧了紧握着杯子的手，我主动夺过孔檀手里的酒瓶，给自己重新满上。

"蛇哥见谅，刚才是我不对。"酒杯与酒杯碰撞发出轻响，酒液泼溅出来，淋了满手，"以后好好相处。"

孔檀满脸"早该如此"的表情，缓缓地将第二杯饮尽。

接着便是换个由头、换种说法的第三、第四杯，到第五杯时，我已经喝麻木了，机械性地举起酒杯就要灌，胳膊忽然被横伸过来的一只手拉住。

冉青庄从我手里取过酒杯，二话不说仰头喝了，随后将杯子里的球冰泼到一边，空杯子伸向孔檀，道："剩下的我替他喝了。"

此时的酒瓶里，还剩下一多半的酒。

孔檀嘴角一抽，兴许是为了保证公平，也倒掉了自己那块冰。

可能是换了人乐趣大减，也可能是怕越喝越上火，到时候不好收场，又喝了两杯，孔檀便没再找名目灌酒，与冉青庄重新坐下说话。

我在冉青庄替我喝掉那杯酒后就倒在了座位上，被两座山夹着好一番嘘寒问暖，一个把水果喂到我嘴边，一个拿手给我扇风，服务得很到位。

我晕晕乎乎，处于一种仍可清晰思考，但无法控制思维走向和身体言行的醉酒状态。

"吃个草莓吧，吃点东西会好受点。"

"你的脸好红啊，是不是很热？要不要我帮你把衬衫扣子解开？"

我感觉有人在解我的扣子，努力撑开眼皮，发现是高山1号。

按住高山1号的手，我想推开，但苦于身体无力，不听指挥，不像拒绝，反倒好似欲拒还迎。

"等……"我大着舌头，说话含糊。

"疼？哪里疼？"

那手贴着我脖颈，抚摸我的肌肤。

我皱起眉，觉得很不舒服，有点想吐。耳边嗡嗡作响，眼前天旋地转，看到冉青庄坐在那里，就想叫他带我离开。

跌跌撞撞地起身，我朝他走去，结果一不小心左右脚互绊，整个人失去平衡朝前扑倒。

耳边响起男人的闷哼，鼻间全是烟味。我跌得结结实实，膝盖磕在沙发上，手指攀扯着冉青庄的胳膊。

我迷茫地抬起头，见冉青庄蹙着眉，似乎对我的行为颇有微词。

又不是我自己想摔跤，凶什么……

我垂下眼，撑着手往上爬了一些，想起开，后腰却忽地一重，被冉青庄压了回去。

我一屁股坐回去。

"待着吧。"他说。

我眨了下眼,脑子都快要不会转了,只能处理这样简单的命令,已经无法处理更复杂的指令。

"看不出,季老师那么不胜酒力。"

孔檀好像个苍蝇啊,烦人……不想听到他说话。

真是苦了冉青庄了,要这样违心地关心我,如果只有我们两个,他现在估计已经狠狠踢我了。

"下去吧,这里不用你们了。"冉青庄说完,四周却没有动静,他声音陡然变冷,"怎么?我叫不动你们吗?"

"没有没有,我们走我们走。"

"那我们走了,您玩得开心。"

身边陆续有人起身,像是走了不少。

孔檀笑道:"最近有批新货,你要不要试试?我用过一次,很好用,也不会有副作用。试用装,两颗,给你。"

有什么东西轻轻砸在我肩上,又掉到沙发上。

腰间的手猛地收紧,我看向身旁,黑色皮沙发上静静地躺着一只塑料密封袋,里头装着两粒粉色的药丸。

我好奇地伸手,想去拿那包药,却被冉青庄捷足先得。

那只手从我面前晃过,略有些畸形的小指格外显眼。

一定很疼……

孔檀的笑声似乎更大了,但越发蒸腾的醉意让我无心分辨他的话。

之后的记忆,就有些模糊。

"这批……几时……来的?大公子……信任……告诉我。"

"你还……年轻……有机会……"

"呵……"

不知过了多久,有人将我扶了起来。我不满地嘟哝一声。
"走……走开!"我甩开纠缠着我的手。
"哎哟!"对方痛叫一声,"么哥,怎么办?柠哥不让碰啊!"
有人轻喷一声,道:"算了,就这样吧,反正也不远。"

再有意识的时候,人已经到了酒店。
冉青庄抬眼对上我的视线,一怔,像是没想到我这就醒了。
我将他的手拿到眼前,抻开五指,观察那根变形的小指。指节的地方比另几根手指都要粗大,应该是愈合的时候没有长好,摸起来也硬硬的,不像正常灵活的关节。
"疼吗?"问完了,我不等他回答,接着自言自语,"怎么可能不疼……"
小指轻轻颤动了下,接着五指收紧,冉青庄强硬地扯过一边被子将我盖住,严严实实,连头也没露。
"乱发什么疯。"他留下一句就没再管我。
我在黑暗里待了会儿,觉得实在气闷,只得扯下被子露出鼻子呼吸。
冉青庄坐在床脚,低着头摆弄手机,不知道在和谁发信息。
房内灯光昏暗,屏幕莹蓝的光映照在他深邃的五官上,显得他侧脸尤为冷峻。
我一直看着他,也不出声,只是看着他。
过了几分钟,他可能被我看烦了,抬头看了我一眼,换了个方向,用背对着我。
哦,现在只是看看也不行了吗?
我将被子又扯下来一点,小声道:"……小猫怎么样了?"
冉青庄的背影动也不动,好像压根没听到我说话。
"就是那只狸花猫,它后来……后来伤好了吗?"

冉青庄还是没有动,要不是能看到他手臂在小幅度地动,我都要以为他睡着了。

"你给它取名字了吗?它叫什么?"

"你给它拍过照片吗?能不能……能不能给我看看?"

"它还活着吗?"

冉青庄停下动作,深吸一口气,像是在极力忍耐。

"没照片,不知道是不是还活着。它不喜欢被人关着,领回家后逃了好几次,也不肯吃东西。最后一次逃跑后,我去找它,它只是远远地看了我一眼,转身就走了。"

竟然是这样的。看来比起温饱无忧,它更想要无拘无束。

甲之蜜糖,乙之砒霜,你永远不知道这些小猫咪心里想着什么。但这也正常,人心都不一定能参透,更何况这些不会说话的动物。

"它不愿意被人驯养……"我说话特别吃力,好像舌头根本不受控制,要很费力才能正确表达自己的意思,"说不定它还活着,听说猫……最……最长可以活二十多年呢。"

小狸花猫十岁都不到,还只是个中年猫,感觉可以再流浪个几年。

等我快不行了,我就回老家,去以前的学校看一看,逛一逛那些小巷,那些街道。希望到时候,能看到它趴在学校的草丛里,一如当年那样,懒洋洋地晒太阳。

"也许吧。"冉青庄沉默半晌,低声道。

酒意并未完全退去,只是清醒了片刻,我又感觉困倦。眼皮支撑不住,一点点落下,我强撑着,视野里最后的画面,是冉青庄不知为何看着格外孤独的背影。

第二天我独自在酒店大床上醒来,房间里已经不见冉青庄。

宿醉让我有些头疼,我扶额起身,走进浴室,看到镜子里自己糟糕的脸色，不由得吓了一跳。一时也分不清这是酒精造成的，还是脑袋里的肿瘤造成的。

我不会连五个月都活不到吧？

这脸色，简直有种马上要去世的既视感。

昨夜的烟酒味加上不小心蹭上的香水味，发酵一夜，混合成了一种难言的恶心味道。我嫌弃地蹙眉，脱掉衬衫，进淋浴房仔仔细细将全身上下都洗了一遍。

然而身上洗干净了，衣服却只有一套。我只能朝空气中用力抖了抖衣服，将上面的气味尽量抖去一些，忍着不适重新穿上。

再看镜子里，可能是洗了澡精神恢复的关系，脸色也没那么差了。

检查手机，发现陈桥给我发了信息，说冉青庄有事先走一步，要我醒了联系他一道回岛上。

我打电话给他，他正好与其他人在酒店餐厅吃饭，我就也找过去吃了一些。

"昨天大家都喝得有点多，有几个还发了酒疯，么哥怕那么晚坐船回去有风险，就让我们在会所楼上开了几间房一起住。"陈桥熟练地冲好一杯醒酒汤推到我手边，"柠哥，你喝这个，我们喝了这个都觉得好多了。"

我谢过他，将那杯味道上头的醒酒汤一饮而尽，瞬间感觉清醒了一些。

"昨晚我没发酒疯吧？"我记忆很模糊，只记得自己摔着了，然后……然后就到酒店了，问了冉青庄一些莫名其妙的话，问他小猫怎么样了，问他有没有给小猫拍照片，还问他……手指疼不疼。

我问他疼不疼……

我喝了口水，以掩饰自己受到的巨大冲击。

下次谁再灌我酒，我可要吐他身上了。

"没有没有，柠哥，你没发酒疯，就是……就是谁动你你就打谁。"陈桥笑道。

这个我有点印象，但喝醉酒的人本来就没有什么正常逻辑可言，我那也许只是被那两座高山整出来的PTSD（创伤后应激障碍）。

回到岛上已经是下午，还好是周六，不需要给小少爷上课。

我一回红楼就忍不住又洗了个澡，把衣服都丢进了洗衣机。

晚饭后，冯管家突然来电话，说今日岛上来了贵客，对古典音乐十分钟爱，大公子问我能否来一趟城堡，为贵客演奏几曲。

金家付我高额薪酬，而我每周工作时长可能都不到十二小时，别说现在让我过去演奏几曲，就是以后每晚让我过去演奏几曲，也是合情合理的。

"好，知道了，我马上到。"挂了电话，我赶忙联系陈桥，让他送我过去。

陈桥也听说了岛上来贵客的消息，还说对方是坐直升机来的，由大公子亲自迎接。

上回那个落马的城市建设管理局局长都只是冯管家出门接而已，这次竟然惊动了大公子，看来对方的确来头不小。

大概十五分钟后，我背着琴在城堡门口下车。

门外安保都已经打好招呼，只是做了简单搜查便放我进去。

冯管家派了名女佣，将我领到了金辰屿他们正在用餐的餐厅。

比起宴会厅，这里小了很多，更像是家庭聚餐的场所，但奢华程度一点不输前者。胡桃木的装修充满复古韵味，墙上挂满说不上名字的各色艺术品，长桌上精心摆放着娇艳的鲜花，没有一朵花瓣有瑕疵，酒杯相互碰撞发出的声音，都好像钱币在耳边被弹响时的轻鸣。

餐桌旁只有四个人，一边是金斐盛与金辰屿父子，还有一边坐着一男一女，虽然是东方面孔，开口说的却是英语。

口音听起来，像是东洋人。

我默默地充当着背景音，本也无心听他们说话，但总免不了有一两句进到耳朵里。

东洋人好像在和金家做生意，他们将货称为"樱花"，说樱花在全球各国都颇受好评，简直是供不应求，如果金家想继续拿货的话，要提价百分之二十。

一听百分之二十，金辰屿就有些忍不住了，表示不能接受，最多提百分之十。餐桌上一下陷入僵局，双方都不肯让步。姜还是老的辣，金斐盛在眼看不好收场时，给了儿子一个少安毋躁的眼神，亲自出马扯皮，最后扯到百分之十六。

但百分之十六已是最低，对方说了，再低就没法做了。实在扯不动了，金斐盛换了策略，让金辰屿带两人先在岛上游玩两日，好好休息一下，等两日后再谈。

生意谈完了，几人开始聊些风花雪月的话题。

东洋人中地位看着比较高的那个，是名四十多岁的男人，方才也主要是他在与金家两父子周旋，那名年轻的东洋女性几乎不说话。

"说起来，我还有个爱好，想必你们也有所耳闻。"男人举起红酒杯，先前严肃清癯的面容之上浮现出一抹微笑。

金斐盛道："听说过，坂本先生还是位大师级的文身爱好者，甚至有人开价七位数邀您给自己文身，但您并没有接受。好的文身作品可以成为活的艺术品，拥有不可估量的价值。坂本先生的作品想必就是如此。"

坂本先生被捧得十分高兴，笑容扩大了些，道："不是谁都能让我产生创作欲的。首先要年轻，因为年轻人才能拥有完美的皮肤；其次要优雅，只有优雅的人格，才能衬托出优雅的作品；最后，要耐得住疼痛，我不喜欢聒噪的'画布'，如果对方哭泣惨叫的话，会影响我的创作。"

他似乎嫌说得不够具体，冲身旁的女性说了句日语，片刻后，那位留着齐耳波波头，长得清丽淡雅的女孩站起来，开始向众人展示自己背后的文身。

我的手一抖，琴弓落在了错误的音域，好在没有人发现。连金辰屿都微微出神，好似被眼前的一幕震得说不出话来了。

只见从肩膀延续到臀部，穿着白无垢的骷髅被鲜花簇拥着，嘴里咬着锋利的武士刀，眼里落下两行殷红的血泪。美丽又惊悚，优雅而肃杀，结合女孩这块完美的"画布"，成就了惊人的艺术品。

坂本先生不无骄傲地道："《致命的新娘》，这是我最新完成的作品。"

"砰！"

几乎在他说完的同时，琴弦崩断，刺耳的声音在餐厅内突兀地响起，几人不约而同地看向了我。

琴弦断了，演奏注定无法继续。

虽然在场几人并没有谁在认真听我演奏，但我还是立刻起身对众人表示了歉意。

金辰屿抬起胳膊，朝我随意地摆了摆，道："算了，你先回去吧。"

我松了口气，弯腰开始收拾琴盒。其间一直能感到有道视线在盯着我，让我如芒在背，很不舒服。

"那我先告退了，诸位用餐愉快。"

我转过身时，女孩已经穿上衣服重新回到餐桌旁，那道打量的视线也消失了。

回去的路上，陈桥问我客人怎么样。

脑海里闪过那幅穿着白无垢的骷髅文身，让人胆战心惊，又印象深刻。

"希望不会再见到了。"我说。

然而事与愿违,翌日给小少爷上完课后,金辰屿再次召见了我。

他坐在红丝绒的宝座上,支着下巴,唇边勾着令我毛骨悚然的亲和浅笑。

"昨天的演奏,坂本先生十分满意。"他使了个眼色,冯管家上前递给我一张支票,"这是报酬,希望季老师你能收下。"

我看了眼上面的金额,有些被吓到了,连忙推拒道:"您不用再给我钱,这些都是我应该做的。"

金辰屿似乎早有预料,又无声递了个眼神,冯管家收回那张支票,呈上了另一张。我一看,金额竟然更大,足有六位数。

我有些被吓到了,不明白金辰屿这是何意。

"大公子,你……"

"实不相瞒,我有一个不情之请。通过昨天的演奏,坂本先生很欣赏季老师你,认为你是可以承载他作品的完美人选。"金辰屿直白地说出匪夷所思的请求,"合联集团与坂本先生之间此前有生意往来,这两天正在交涉,如果季老师你同意成为坂本先生作品的载体,不仅这笔钱是你的,坂本先生也答应同合联集团的新合作只加价百分之十三。不知季老师意下如何?"

载体……也就是说,让我像昨晚那个女孩一样成为"画布",供坂本在上头文身?

想到这儿,我后脖颈汗毛直立,感到说不出的古怪。

拒绝的话到了嘴边,可一对上金辰屿似乎看穿一切,万事稳操胜券的双眸,又全数咽了回去。

我怎么会以为自己可以拒绝呢?

这明显是先礼后兵。我收了支票当然皆大欢喜，但如若我不收，他也多的是法子让我乖乖同意。

威逼利诱算什么？岛上悄无声息地弄死一个人，是再简单不过的事。

想到死在地牢里的阿咪，我舌头僵直，面对笑面虎一样的金辰屿，愈加没法将拒绝的话说出口。

"我知道这个要求实在有点过分，季老师没法一下子做决定我也能理解。"金辰屿端起面前的红茶杯，一副通情达理的模样。

虽然不知道他们这生意做得多大，但昨晚金斐盛参与谈判也只谈下四个点，想来也不可能是几百万这么简单。如今对方只要我点头，就轻轻松松自降三个点，金辰屿嘴上说着"理解"，却完全没有给我拒绝的选项。

"这的确……有点突然。"我嘴上干巴巴地道，心里已经有预感，这事我是推不了了。

"坂本先生只待四天，希望季老师在我喝完这杯茶后，就能做出决定。"

金辰屿表面上好商好量，实则威逼利诱，惺惺作态。

垂下眼，手指在膝盖上收紧，握成拳头。

现在人为刀俎，我为鱼肉。我和冉青庄都在金辰屿手里攥着，轻易得罪不起，再者我还有妈妈和小妹，若我拒绝，金辰屿迁怒于我也就算了，万一连累家人，那我……那我死都不会瞑目。

"此前与坂本先生的买卖，我一直交给孔檀负责。这样，如果季老师你今天答应下来，我就将今后的买卖交给老幺打理，他知道了一定会很高兴。你看如何？"

可能是看我迟迟不出声，金辰屿再出一招。

我闭了闭眼，预感"礼"的部分已经结束，再不点头，对方就要上

"兵"了，到时纵使答应，也总有不识好歹的观感。

思虑再三，抽走冯管家手里的支票收进怀里，我妥协下来，道："听凭大公子吩咐。"

金辰屿满意地放下茶杯，笑道："多谢季老师没有让我为难，我这就让人通知坂本先生。"

随后，他嘱咐冯管家带我下去沐浴更衣，静待坂本先生到来。

在可容纳四五人的泡澡池里洗了澡，再由专人替我吹好头发，剪完指甲，一切做完后，所有人退出房间，独留我一人穿着轻柔的蚕丝睡袍，坐在床边等待。

抬起袖子闻了闻身上的味道，刚才池子里放了好多玫瑰花，我还是第一次在电视剧以外的地方看到有用玫瑰花泡澡的。没什么鲜花的芬芳，只有一股很淡很淡的植物的清香。

房间有一百来平方米，是与城堡整体一致的复古欧式风格，除了拥有超大的浴室，床也是超大尺寸，四个成人并排躺在上头都不是问题。

等了大半个小时，门外仍然没有动静，我渐渐觉得累了，便在床上躺下，有些昏昏欲睡。

不知不觉睡了过去，听到开门响动再醒来时，我侧卧着，背对着门的方向，脑袋还有些迷糊，甚至有一瞬间忘了自己在哪儿，也忘了白天黑夜。

身后传来不加掩饰的脚步声，我正要转身去看，手腕便被人从后头一把攥住，用力拉扯着拎起来。

我惊惧地回身，就见冉青庄一张盛怒的脸。眉峰冷厉，眼瞳黑冷。

我重遇他以来，他就总是在生气，见到我也没什么笑脸，但这次的怒火与之前的任何一次都不同。

以前他只是燃烧自己，让人不敢靠近，怕被他灼伤，这次他却像是要将火也烧到我身上,连我一同烧成灰烬。

"去和金辰屿说,你不干了。我不需要你帮我做什么,我的事我自己能处理,你别多管闲事。"他扯着我的手腕,咬牙切齿地道,显然已明明白白得到消息。

我用另一只手肘撑在床上,仰视着他,想抽手,反倒被他捏得更紧。

疼痛从他握着的地方蔓延开来,我不敢再挣,道:"答应都答应了,再改口大公子会生气的。"

"我会去和他交涉,其他你不用管。"冉青庄一副拿定了主意不肯受我恩惠的样子。

然而,如今再去拒绝,不仅是我,冉青庄恐怕都会狠狠得罪金辰屿。

金辰屿那人本就行事阴毒,对冉青庄也不够信任,要是现在得罪他,他或许不会立马发作,但以后是不是会逮住机会借题发挥可就不好说了。

总而言之,拒绝已是不可能的了。

从坂本看上我这块"画布"开始,我就注定没法拒绝了。

"也……不光是为了你,大公子还给了我好多钱。"我低声道。

疼痛骤然加重,骨头都好像要被捏断。

我痛苦地皱起眉心,痛呼出声:"疼……"

"疼?你这就疼了?"冉青庄将手狠狠丢还给我,冷着脸道,"你知不知道坂本信袁是谁?做他的'画布',从来不是那么容易的事。有太多人因为无法忍受长达十几小时的疼痛半路叫停,结果被他烫烂了背弄得半死不活的。他宁可重新找人选,也不会要不完美的作品。季柠,你这么爱钱,总也要看自己有没有命花这些钱吧?"

冉青庄的话让我心惊不已,我之前对文身没什么研究,总以为两三小时就能完成,皮肤表面也会敷上麻药,疼就疼最后那几下。但现在看来……是我天真了。

"很疼吗?"我略显忐忑地问。

冉青庄都要被我气笑了："怎么？你眼里除了钱，其他一概不闻不问是吗？"

我被他的话刺得心很酸楚，垂下眼，掩饰性地整理了下被扯得有些凌乱的睡袍，将带子重新系好。

"反正，现在说这些也晚了，怎么样我都会撑过去的。"我说给他听，也说给自己听。

冉青庄不再说话，在我面前站了半晌，头也不回地转身大步离去。

听到开门声的一瞬间我抬起头，只来得及目睹他的一角衣摆自逐渐合拢的门缝间消失。

我长长地叹一口气，也睡不着了，就坐在床沿上发呆。大概又过了十五分钟，外头总算来人领我去见坂本。

也不知城堡内本来就有一间东洋风的卧室，还是金家为了讨好坂本特意重新搞了装修。女佣带我进到的房间，竟然是间铺着榻榻米的和室。

室内只有一张黑漆矮几，几上整齐地摆放着各种各样的器械和颜料。坂本换上一袭黑色和服，衬得瘦削的脸庞越发严肃冷酷，波波头女孩则仍是常服打扮，站在他右侧靠后的位置。

令我意外的是，冉青庄也在场。

他立在坂本面前，和对方小声交谈着，不住地点头应是。听到动静，他短暂地回头看了我一眼，又若无其事地转回目光，继续和坂本沟通。

"去吧。"坂本见我来了，冲冉青庄一抬下巴，指了个方向。

冉青庄目不斜视地从我面前走过，在矮几旁坐下，一条腿屈起，一条腿随意地弯曲横放，颇有大马金刀的气势。

"很高兴你肯做我的'画布'，承载我美丽的作品。一旦落针我就不会停下，所以要辛苦你忍耐十小时左右。"坂本来到我面前，伸手解我的睡袍带子。

我下意识地拽住，看了眼背对着我的冉青庄，最后一点点松开了手。

睡袍堆到肘间，我稍稍挡了下自己的下半身，坂本观察着我的皮肤，满意地点头，让我转个身。

我听话地转身，露出自己的背。冰冷的指腹毫无预兆地落到我的肌肤上，如同一道惊雷，让我无法抑制地打了个哆嗦。

"美，太美了，我已经记不清有多久没遇到你这样完美无瑕的皮肤了。"坂本兴奋地朝一旁的女孩高声喊道，"纱希，快把我的画拿出来。"

波波头女孩走到一扇移门前，轻轻拉开，现出里头的一个巨大的金属保险箱。按下密码，保险箱顺利打开，她取出一支长筒，拔开盖子，倒出一卷什么便又将长筒塞了回去。

"好了，你去那里跪好，把背露给我就行。"坂本指的方向正是冉青庄所在的位置。

我不明所以，茫然地看着他，没有动。

"我需要一个固定住你的支撑，免得你到最后乱动，金公子推荐了冉，说他可以让你安心。"坂本从女孩手里接过那卷画纸，小心翼翼地展开，眼里皆是痴迷，"如果你不满意，不喜欢男的，我可以让纱希代劳。"

冉青庄闻言看过来。

我打了个激灵，连连摆手拒绝，道："不用不用，他就很好。"

第 十 二 章
白兔与蛇

我与冉青庄面对面一跪一坐,起初,坂本只是让我将额头抵在冉青庄肩上来固定身体,疼痛感并不强烈,最多只是像蚂蚁在背上爬。

但三小时一过,到了上色阶段,不适感便慢慢显现出来。

这种不适来自长久维持一个姿势,体力的流失,以及不断被刺破皮肤填充颜色所造成的痛感的堆叠。

我开始难以自控地颤抖,抖到坂本不得不暂停下来,要求冉青庄换一个姿势固定住我。

"可以喝一些葡萄糖补充体力。"在旁充当助手的纱希趁此时递上杯子。

我向她道谢,接过玻璃杯时,却发现自己的手跟得了帕金森病一样,根本握不住。

眼看里面的液体要洒出来,一只骨节分明的手伸过来,将那只杯子接了过去,下一秒又递到我唇边。

我一愣,看向冉青庄,他视线落在杯子上,并不与我相交。

就着他的手喝了小半杯葡萄糖,还没能喘口气,坂本便催促着马上继续。

为了更好地固定，坂本让我坐起来。

"这幅手稿我已经准备了三年，一直找不到合适的'画布'。污浊的人根本不配承载我的作品，他们的身体被尼古丁、酒精和各种欲望侵蚀，皮肤粗糙灰暗，身材变形，气质也是低俗不堪。"伴随着机械轻鸣，坂本再次落针，"那天看到你，我就知道自己终于找到了。年轻，苍白，优雅，你就是为我而生的'画布'。"

可能是坂本的语气实在太过狂热变态，叫冉青庄生出反感，他背上的肌肉连着肩膀到脖颈齐齐收紧，好似一只受到了威胁，弓着背、龇着牙的豹子，已经随时随地做好攻击的准备。

我怕他真的跳起来给坂本一拳，连忙扯住他背部的衣料，五指收紧。

不知是不是这一点微小的力起了作用，那之后他很快放松了身上的肌肉，不再硬邦邦的。

此后每隔两小时，坂本都会允许我休息几分钟，补充些葡萄糖，而冉青庄也能活动下手脚。

到第五个小时，手心开始出汗，十指难耐地抓握着冉青庄的衣服，我从没有觉得时间如此漫长。

一开始犹如蚂蚁爬过肌肤的刺痒感，渐渐变为一种被成百上千只蚂蚁撕咬啃噬，实打实的疼痛。

更要命的是，周围太安静了，耳边除了文身针发出的动静再没有别的声音，想分心都做不到。

"坂本……坂本先生，我可以说话吗？"

我低下头，因为忍痛，呼吸带喘，说话都不利索。

"你想说什么？"坂本问。

"我能喝点酒吗？"

喝醉了就什么都不知道了，相当于另一种意义上的麻醉。最好给我一瓶五十度的，我对嘴喝个两大口，立马昏迷，一觉到天明，管他要文多久。

"不可以。"坂本毫不犹豫地浇灭我的希望，表示酒精会加快血液循环，增加文身难度，对伤口恢复也不利，所以不仅现在不能喝，今后一个月都是不能碰的，"还有烟、辣椒、性……所有会让你感觉到热的、刺激的，都不行。"

香烟、酒精、辣椒，这三样我本来就不喜欢，而最后一样……我目前也没有实施的对象，所以大体生活并不会受到影响。

"哦。"我低低应着，略有些失落。

坂本似乎换了一种针头，第一针落下，比先前更强烈一些的痛感通过神经传到大脑，我顷刻咬住下唇。

睡袍是丝绸质地，又滑又凉，站立的时候，足以遮住膝盖以上的部位。可一旦坐下，特别是以我这种两腿叉开的姿势坐下，两片下摆便会顺着地心引力自然滑落，露出整条大腿。

早知道就问用人要条裤子了，这实在太不雅观了。

好痛啊，怎么会这么痛……真的有人能成功挺过十小时吗？

对了，有的，在场就有，纱希背后那幅文身，怎么也要十小时吧。

真厉害，她明明看起来这样娇小柔弱，意志力却意外地强大。要是小妹，一定会哭死在半途的。连我一个大男人，进程才过半，也不可抑制地生出了想要叫停的心。

果然如冉青庄所言，坂本的画布，并不是那么好当的。

可能是我动得太厉害，冉青庄两只手抓住我，像一台全自动的固定器，通过施加力道束缚住我，来确保不会影响到坂本。

"不想死就别乱动。"他用着在场只有我听得懂的中文道。

我用力揪扯着他脊背的衣物，脚趾都蜷缩起来，声音颤抖着道："可是……很疼。"

疼到使文身成了一种折磨，一种酷刑，疼到我情愿即刻就死，也不想再受这蚁聚蜂攒的痛苦。

按住我后颈的力道一点点加重，有规律地揉捏着那处皮肉。

"忍着，很快就结束了。"

这或许是我上岛后冉青庄第一次这么明目张胆地骗我，他看得到坂本的进度，可以推算出文身剩余的时长，他清楚地知道根本没有"很快"。

之后的五小时，一次又一次，冉青庄将我牢牢束住，当我无法承受的时候，他便会出声告诉我很快就能结束。然而很快很快，总是迟迟不来。

后来我疼到失了神志，完全崩溃，在他再一次告诉我"很快"时，泄愤似的一口咬在他肩上，完全下了死力气，恨不得从他身上咬下一块肉来。

他闷哼一声，开始任我咬着，后来见我死不松口，便将五指插进我的发根，抓住头发动用武力提起来。

"松口。"他说。

我还是不松口，头发里、脸上、身上，全都沾满汗水。背上自然也出了汗，而每次出汗，纱希便会在坂本的提醒下用一块蘸了消毒剂的纱布擦拭我的背。消毒剂本身并不具任何刺激性，可每当纱布刮擦过伤口，哪怕纱希并未用多大的力，对我也如同凌迟。

文身之前我还曾不自量力地想过，大不了就当被妈妈又打了一顿。可这哪里是一顿啊？我妈得多恨我才能连着打我十小时？

兴许是察觉我已经听不进话，冉青庄放弃与我沟通，转而询问坂本："坂本先生，还需要多久？季柠可能撑不下去了。"

坂本道："至少还需要一小时。这次我用的是一种新颜料，由我出资研发，痛感可能更明显，但效果也更好。纱希，擦汗。"

随着他的命令，背脊上迅速生出一阵剧痛。

"呜……"我呜咽着，眼里不受控制地涌出疼痛的泪水，将嘴里的肉咬得更死了。

可能是一分钟，也可能只有几十秒，当我再次松开牙齿时，牙根都微微发酸。

口腔里弥漫开一股血腥味，也不知是我牙齿出了血，还是我把冉青庄给咬伤了。

"对不起……"我下意识地道歉，却虚弱得根本发不出声音。

耳边传来一声叹息，冉青庄松开抓着我的力道，重新将手掌按到我的后颈上。

眼前出现不均匀的黑斑，意识好像在逐渐抽离，我知道自己要晕过去了，竟然发自内心地感到喜悦。

晕过去，就不用再撑剩下这一小时了。

手指一点点松开揪扯着的衣物，我怀着感恩的心陷入黑暗中。

"对不起！"负责道具的同学远远地奔过来，"你们没事吧？"

我手肘向后撑着地，愣愣地看着挡在我上方的冉青庄。一旁倒着用硬纸板做成的一丛道具草丛，若冉青庄刚刚再晚一秒扑过来，这东西砸到的就是我的脑袋。

"你……你没事吧？"我伸出手，又不敢碰他，急得都结巴了。

冉青庄双眉紧蹙着，试着直起身，移动手臂时，面上显出一抹痛色。

他揉着自己的左侧肩胛骨，语气很是漫不经心："没事，就是擦到一点。"

那么大个道具从天而降，就是擦到一点也不得了。

"我送你去医务室吧？"我要去扶他，被他挥开了。

"都说了没事。"他活动了下关节，确认着自己的伤势，扫到一旁跻踏不敢近前的道具负责人，立马换了种态度，道，"你为什么还在这里？没看到那边躺着的道具吗？要我教你们怎么重新把它固定起来吗？"

对方被冉青庄问得脸上青一阵白一阵的，又说了一连串对不起，招呼着人将道具草丛抬了起来。

"你手没事吧？"

收回视线，发现冉青庄在看着我，我一愣，后知后觉反应过来他是在和我说话。

手？

我翻着自己的手查看了下，在右臂手肘部位检查到一处擦伤，不严重，连血都没出，就是皮蹭掉了点，红了一块。

应该是刚才摔到舞台上，不小心蹭掉的。

"没事，不疼。"我当着他的面活动了下手肘。

冉青庄见此眉心稍稍松开一些："还好没事。"

后来老师过来查看进度，知道出了安全事故，大为震惊，特意批准冉青庄可以回教室休息，不用再出卖体力为晚会做准备。

冉青庄连假装推辞都没有，丢下扫帚大摇大摆地走了。

文艺晚会由高三以外的两个年级共同筹办，每个班级都会抽调五个人来帮忙，分成导演组、道具组、筹备组等。

由于我晚会当天还有节目，分身乏术，便和冉青庄一道被分到了打扫组，负责在彩排阶段维护场地洁净。

擦着舞台边缘的一台音响外壳，我蹲在那里，就听到身后不远处传来两个高一女生的窃窃私语。

一开始也没注意，后来无意间听到熟悉的名字，我才发现她们在说冉青庄。

"……学长刚刚飞身救人好帅啊！"

"学长一直很帅,就是脸臭了点。之前萍萍一直被南职的人骚扰,在路上被学长看到了,学长二话不说撸袖子就干,几下就帮她把人都打跑了,为此还被教导主任罚了留堂一学期。"

"英雄救美啊?这情节太像小说了吧,那萍萍有没有……嘿嘿……"

"有啊,萍萍之后去学长班级找过他,表面上是道谢,但你懂的嘛,就是想看有没有发展的可能。结果……"

"怎么了?"

"结果学长完全把她忘了,问她'你谁啊',萍萍大受打击,还找我大哭了一场。"

"啊……"

"他应该是完全没有想过要萍萍报答他吧,单纯是因为无法忍受不义的事在眼前发生,才会出手相助。就像今天,他应该也只是看不得有人在自己面前受伤,才会想也不想扑过去挡住吧。"

"学长真是又酷又有爱心,感觉是那种打架打得满身伤,一看就是不良少年,结果下雨天会把自己的伞留给小野猫的那种人啊。"

"哈哈哈哈哈,天啊,我脑海里都有画面了!"

她们嬉笑着打闹起来。我想象了下冉青庄青着嘴角,脸上贴着创可贴,下雨天路遇流浪猫把伞留给它们的样子,忍不住也抖着肩膀笑起来。

以前觉得不可思议,现在想来……这就是他会做的事啊!

背上又痛又痒,想去挠,手一伸过去,立马就被人捉住放回原位。

我不满地想要挣脱,对方丝毫不让。

越不让抓越是痒得厉害,我于昏沉中稍稍恢复些意识,睁开双眼,发现自己正卧趴在一张柔软的大床上。床头亮着一盏小灯,照亮的区域有限,但我还是认出这并非红楼,似乎是之前我洗澡待过的那间客房。

大脑还残留着倦意,以致思维迟缓。我转了个方向,发现冉青庄靠坐在我身旁，一只手握着我的手腕，另一只手正百无聊赖地翻着一本汽车杂志。

他看起来已经很困了，不停地打哈欠，连我醒了都没察觉。

我不知道我晕了多久，但估摸着怎么也有七八小时，如果冉青庄从一开始就在这儿看顾我，那他现在已经一天一夜没睡了。

我动了动胳膊，他条件反射地收束五指，皱眉往我这边看过来。

四眼相对，他松开手："醒了？"

"嗯。"

我问他几点了，他翻出手机看了眼，说已经下午三点了。

撑着坐起来，我后知后觉地低头看了眼自己身上，发现别说衣服，就连睡袍也没了，浑身上下就一条内裤。

"你一直没睡吗？"我看到靠冉青庄那边的床头柜上，摆了一只还剩一点没喝完的咖啡杯。

冉青庄抹了把脸，将杂志丢到一边："好不容易文完的图，结果让你睡觉时给抓花了，你猜坂本会饶了你吗？"

我猜坂本会活剐了我。

小心翼翼地扭过头看了眼身后，我只能看到花花绿绿一片。

"能洗澡吗？"

好像有点肿……

我刚想碰，被冉青庄严厉地喝止。

"别用手碰！"

我整个人都哆嗦了一下，赶忙将手老老实实地放在身前不再动弹。

"你……"冉青庄看了我半晌，似乎有话要说，但话到嘴边，不知怎么又改了主意。

"别用太烫的水，洗好记得擦干。"他躺下来，随意抓了被子披到身上，背过身道，"肚子饿就让他们送吃的过来。坂本要再留三天，大公子特准我们在这里住到坂本离开。"

三天?

我倒是无所谓,以前宿舍里呼噜声那么响,我四年也安然睡下来了,无论怎样的环境对我的睡眠质量影响都不大,打雷下雨我照样睡得香。就是不知道冉青庄能不能习惯……

但就算不习惯也没办法,只好暂时委屈他了。

至少这里没监控器,睡得应该比在红楼那里要踏实。

我见他被子盖得有点随意,耷拉在肩膀下面,就过去替他往上拉了拉。才两分钟,冉青庄呼吸均匀,竟就这样睡着了。

看来他是真的累了。

在床头柜上摸到了自己的眼镜,我蹑手蹑脚地下了床,第一件事便是跑到浴室里看自己的背。

我倒要看看这到底是什么图案,让坂本如痴如狂,甘愿赔上那么多钱来完成。

转过身,浴室内巨大的镜子如实映照出我的后背全景。

虽然皮肤有些红肿,但上头的文身清晰可见。

甫入眼的,是大片大片的红色山茶。单瓣的红山茶不似重瓣的茶花那样花团锦簇,但正因为单薄,盛开时能看到中心黄色的蕊。由此花叶相衬,绿色衬着红色,红色再衬着黄色,分明是艳丽的颜色,却又有种别样的素雅。

若都是这样的花花叶叶,倒也不错,可事情哪能尽如我意?

腰间的位置,透出花丛的,是一只死去多时的白兔。

白色皮毛下露出嶙峋白骨,一条青蛇从它破开的腹腔中钻出,身体紧紧缠绕着兔子,似乎刚刚饱餐一顿,又或者借着兔子尸体,躲避了某只猛兽的追赶,更或者……我盯着白兔脑袋旁点缀的簪花,心想,这该不会在隐喻一对天人永隔的恋人吧?

白兔脸上一半露出头骨，另一半却鲜活如初，红色的眼犹如宝石一样艳丽，与大面积背景红色茶花遥相呼应。零星几只素蛾落在尸骨上、花丛中，或在半空飞舞，仿若一支寂静的送葬队伍。

青蛇的尾巴从白兔的尸体上垂落下来，蜿蜒地盘在花上，随后独自顺着骶骨而下，在眼看要没入股间时，堪堪停下。

这图除了颜色漂亮，颇有浮世绘风格，倒也没觉出哪里与众不同。

坂本说这颜料是他新研发的，也不知道安不安全，毕竟是刺到皮肤里的东西，总要谨慎些的……

唉，我想这些，操这个心做什么？都没几个月好活的人了，就算不安全，我估计也等不到毒发。

在浴室里找了件浴袍披上，一探头，客房外守着的女佣便迎上来，询问我有什么需要。

我问她要了些吃的，之后就回浴室冲澡。

水流打在背上，火辣辣地痛，水温一高，又会生出无处不在的痒意。最后我只能将花洒调节到最小的水流，用温凉的水快速洗了个澡。

擦着头发跨出淋浴间，无意间瞥到镜子里的背，本来目光都移开了又看回去，觉出不对。

兔子与青蛇竟然不见了，大片山茶代替了它们原来所在的位置，简直就像是蛇把兔子拖进了花丛一样。

我震惊地又仔细看了看，发现随着时间推移，山茶淡去，那两只动物又显现出来。

难道，这文身的图案还能跟随体温变化？

怀着探究的心，我再次进淋浴间冲了下水，出来照镜子，果然又全是茶花了。

好神奇，新颜料指的就是这种效果吧。遇热会消失或出现，有点像小时候玩的温感画。

有钱人还真是什么稀奇古怪的东西都能折腾出来。擦干身体,我心中不无感慨地想。

洗完澡出去,发现偌大的房间被一分为二,当中拉上了槅门。穿过昏暗的卧室,到达相对敞亮的小厅。用人已经将热腾腾的饭菜端了过来,筷子也整齐地摆放好。

我错过好几顿饭,早就饥肠辘辘,端起碗就大口吃起来,不一会儿就将桌上饭菜全部吃完。

丝质睡袍虽然轻柔细软,但多少还是会摩擦到背部,吃完东西,我无事可做,找到自己的手机就又躺回床上。

冉青庄睡觉时特别老实,几乎不动,也不打呼噜,始终维持着侧卧的姿势。若不是被子有规律地起伏,我都要遗忘他的存在。

我给小妹和南弦分别发去信息,关心了下他们的近况。我无所事事,便拿起冉青庄丢下的那本汽车杂志看起来,看着看着,在翻过一页后,猝不及防地,大脑深处涌起剧烈的疼痛,来势迅猛得不给我一点准备时间。

我捂着脑袋,痛得被逼出一两声低吟,又很快咬住下唇,担心被一旁的冉青庄听到。

挣扎着下了床,一路跌跌撞撞地冲进浴室,那剧痛仍未消退。

本来最多只是痛个几秒,现在足足有两分钟了,这是什么文身的副作用吗?要痛一起痛?

若说文身的痛是被蚂蚁啃噬的痛,那现在的头痛,简直就是被大象踩着脑袋的痛。

头骨都像是被踩碎,踩成了地上的一摊泥。

疼痛中,身体产生连锁反应,胃部突然一阵翻搅,我抱着马桶狂吐起来。

吐到再也吐不出东西，血气上涌，好似整个头都要爆炸。然后，就像它突然地到来，那要命的疼痛又无声无息地消失了。

我虚软地瘫坐在地上，缓了许久。确定一切恢复如常，我起身按下抽水键，漱口后摘下眼镜，洗了把冷水脸。抬头看到镜子里眼眶通红、肌肤惨白的自己，生出些久违的哀切。

我是真的要死了啊！

哪怕现在还在和亲人挚友正常地发着信息，关心着他们，但我的生命切切实实地已经进入倒数阶段。

小妹会找什么样的男朋友？南弦还会结婚吗？妈妈会不会怪我走在她前面？这个世界以后是什么样的呢？人类会去到宇宙深处，找到另一个有智慧体的"地球"吗？

好想知道。但这些问题在我的人生里，估摸着只能留作遗憾了。

拖着疲惫的步伐回到床上，冉青庄仍然是之前的姿势，呼吸沉缓，睡得很熟。

背上的不适加上头痛和呕吐，消耗了我为数不多的体力，很快我又昏睡过去。

第 十 三 章
赌场风云

万没想到,睡相差的那个人是我。

冉青庄醒后从床上撑坐起来,垂着头,拧着眉,一时静止在那里,脸色看起来很差。

我以为他是被我打扰到没睡好才这样,整个早上都战战兢兢。见他想要出门,我赶忙拿过衣架上的外套递给他。

他看了眼我手里的外套,又看了看我,什么也没说,抓过外套穿到身上。

"你……你看起来脸色不是很好,要不要再休息一会儿?"我想着他们这种社团又不是朝九晚五性质的,也不会有人查岗,早去晚去应该没什么差别。

"不用,低血糖而已,等会儿就好了。"冉青庄调整了下外套衣领,没有听取我的意见。

原来不是我惹他生气了。

暗自庆幸着,我转身快步去到餐桌旁,从桌上的餐篮里拿了个水煮蛋,包上纸巾又走到门口,塞到冉青庄手里。

"拿着路上吃。你刚刚都没怎么吃东西。"印象里他好像就吃了两片夹着果酱的面包。

冉青庄维持着伸手的动作,垂眸注视手里的鸡蛋良久,久到我都怀疑这颗蛋有什么问题,他才收手入怀,转身不打一声招呼地走了。

冉青庄离开后,没多久冯管家就领着纱希小姐过来了。

冯管家带来了一个精致的三层点心架,里头盛着三种不同样式的中式糕点,说是金夫人知道我这几日要留在这里,特地给我做的。她让我务必好好休息,有什么需要尽管说。

金家人真是深谙抽一记鞭子给一颗甜枣的精髓。金辰屿那边扮白脸,施展强压政策,金夫人这边就扮红脸,用怀柔之术。两人配合无间,让人挑不出毛病。

冯管家送完点心就走了,留下我和纱希两个大眼瞪小眼。

"我来看看你的背。"最终还是纱希先开口。

她走到沙发前坐下,拍拍身旁的位置,示意我也过去。

我在原地踌躇不已,总觉得在完全不相熟的异性面前宽衣解带很奇怪。

纱希有一双不算纤细的眉毛,这让她挑眉的时候,有种别样的野性,就好像一只刚钻出巢穴,学会飞翔的蓬松的小鸟。

"你在害羞什么?"她语带嘲讽地道,"怎么,怕我占你便宜?"

她都说到这份上了,再犹豫倒显得我扭捏了。

坐到沙发上,背对着纱希,我解开睡袍带子,露出整张背部。片刻后,属于女性的柔软的指腹轻轻触碰脊背,我倏地打了个激灵,抓着衣摆的手都收紧了。

"你的皮肤很白,非常适合艳丽的图案,等伤口长好了,颜色应该会更漂亮。"她指尖一路往下,沿着脊骨落到蛇尾的位置,"这里被睡袍带子勒得有些红,反复摩擦对伤口愈合不是很有利,你要不要考虑在房间里全裸？"

"……"

我英语可能不是很好，我觉得自己应该是理解错她的意思了。

"……抱歉，你说让我在房间里干什么？"

纱希替我将睡袍拉起来，笑道："很奇怪吗？也是，正常人应该不能接受每时每刻全裸的感受吧。"

我整理着睡袍，闻言讪讪地道："也不是，只能说有的人习惯，有的人不习惯。"和正不正常无关。

看完背，出于礼貌，她不说走，我也不好赶客，便问她要不要留下喝杯茶，吃点点心。

她看着桌上那三层点心架，欣然应下，之后我们两个就开始用英语聊起来。

纱希告诉我，她今年刚满二十岁，母亲是生活在国外的日裔，父亲则是名北欧大汉。她十六岁时就跟着坂本，做他的"宠物"，在有需要时向他人展示自己的身体。她是坂本最得意的作品，最喜爱的女人。

说这些话时，她并不感到难堪，也不觉得羞耻，反而有种目空一切的坦率。

"我就是坂本先生养的一只小猫。"她懒懒地搅动着杯子里的红茶道。

可能是年龄相当，又或者是她言行中某种属于少女的天真烂漫让我产生既视感，她总让我想到阿咪。

纵然是各取所需，你情我愿，但我想如果可以选择，谁也不会想要这样任人摆布地过一生吧。

纱希看着像个冷冰冰的机器玩偶，本质上却还是个小姑娘，也不设防,聊着聊着泄了许多坂本的底细。

原来坂本和金家做的所谓生意,竟是走私违禁药品。

"就是这么小的,粉色的药丸。"纱希用拇指和食指比了个大小,道,"因为药效就是扩张血管,人吃下去后会很热,很兴奋,然后变得特别敏感。大家经常把它当作一种助性剂使用,由于药效强劲还不会上瘾,卖得特别好。"

粉色药丸……难道那天孔檀给冉青庄的那袋小药丸就是"樱花"?

我心情有些复杂,一方面觉得冉青庄染指这生意,差不多也预示着他已经接近金家的核心,是他所愿,能帮到他,我总是高兴的。可另一方面,这生意听起来就危机四伏,冉青庄一个行差踏错或许就要步阿咪的后尘……我又有些害怕自己帮他反倒害了他。

哪怕我对自己的死亡已能坦然接受,我也不想冉青庄受到一点伤害。

他和我不一样,他比我好太多了。我生病早亡都是报应,他却不应该和我一样。

他要长命百岁,他要平平安安。

纱希吃完了点心,又坐了会儿消化消化,问我岛上有没有什么好玩的地方。这几天坂本忙着谈生意,无暇他顾,就让她自己找消遣。

我向她推荐了岛上的景点,她都不是很感兴趣,倒是想去赌场试一试手气。

纱希走后,我到浴室里照了照镜子,背后腰带勒着的地方的确是红的,感觉再磨下去都要发炎了。可让我什么也不穿……我又实在做不到。

思来想去,我找来女佣,问她能不能给我找一件大点的衬衫来,最好是超大码的。对方虽然觉得奇怪,但也去给我找了。

过了大概一小时，终于找来件超大码白衬衫。我穿上后下摆在膝盖上方一点的位置，十分宽松，很好地解决了腰带的问题。就是袖子有些长，需要挽起来才能露出手腕。

我一个人待在房里，能做的事有限，刷了会儿手机觉得无聊了，就开始练琴。

衬衫是够大，但它其实挺像睡裙，是直筒的，我如果要用腿架住大提琴，就必须松开最底下的几粒扣子。

所以当冉青庄突然推门而入时，他便正好看到我露着两条白花花的大腿，一脸陶醉地在练习巴赫。

我们俩同时愣在当场。

"你……你怎么这么早就回来了？"我默默地将腿往后缩了缩，用大提琴遮住。

冉青庄回身将门关上，已经迅速回过神来。

"赌场出了些事，我需要回来向大公子汇报。"

"出什么事了？"我放下大提琴，低头一粒粒扣好了衬衫下摆的扣子。

冉青庄似乎是渴了许久，走到桌边给自己倒了杯水，喉结滚动着，几口就喝干了。

"区可岚和坂本带来的那个女孩起了冲突，区可岚动了手，把人家的脸划花了。"他放下杯子，用手背粗粗抹了下唇边的水渍。

"什么？"我大为震惊，问，"她……她伤得严重吗？"

纱希好歹也是坂本的人，不看僧面看佛面，区可岚怎么回事，生意还没谈妥就这样不给对方面子？这打的是坂本的脸还是金斐盛的脸啊？

"已经请崇海最好的外科整形医生过来替她缝合伤口了，不是致命的伤,就是……可能留疤。"冉青庄道,"区可岚此前一直在国外替金先生处理生意,几次想要拜见坂本,与对方取得联系,都被坂本以各种理由拒绝了,就差明着说她不够格。坂本这次又接受了金辰屿的邀约,同意来到狮王岛谈生意。这已经是再明显不过的信号,坂本站了队,他认可金辰屿,认同他金家继承人的身份,但区可岚不行。"

原来是这样。

一切不过借题发挥,纱希成了无辜的牺牲品,仿若一盘陷入僵局的棋,王不见王,但小兵注定要被消耗。

冉青庄指尖有节奏地点着杯口,看着我道:"区可岚太小看坂本对自己作品的狂热了,以为纱希不过是一只无关痛痒的小宠物。这事还有的闹,你今天给我待在房里,哪里也不许去,听到没?"

他不说我也不会乱走的,穿成这样要走到哪里去啊?

"听到了。"我点头道。

冉青庄没就这个话题继续,将手伸进外衣兜里,摸索一阵,掏出一只半透明的白色小药瓶朝我走过来。

"把衣服掀起来。"他说。

直到他走到我面前,我还没反应过来,只是仰着头,不明所以地望着他。

"加快伤口愈合的药。"他将那小瓶朝前递了递,好像非常不耐烦跟我解释这些,催促道,"快点。"

"哦哦。"我背对他,掀起衣服。

不多会儿,细密的喷雾落在背上,我哆嗦了下。

喷雾突兀地停止,后颈上抓着我衣服的那只手顿了顿,接着,属于冉青庄的声音道:"季柠,你在想什么啊?"

想什么?刚才可能是我今天大脑最放空的时候了,随着冉青庄一个指令一个动作而行动,完全不用想任何事。冉青庄问这个是什么意思?

我有做错什么吗？还是说他问的并非我此时此刻的想法，而是在看到我背上的文身后仍然觉得无法理解，所以发出感慨？

"我……"我半侧过脸，余光瞥到冉青庄始终维持着半举药瓶的姿势，便也不敢随便把衣摆放下来，"……对不起。"

不管是哪种，先认错就对了。以前只要妈妈生气，不管是不是我的错，我都会不停地认错，不断地求饶，这样她心软了，也就不会打我打得太狠。

然而冉青庄对我这种动不动就认错的行为似乎并不买账。

他静了片刻，道："你有没有发现你总是在说'对不起'？这三个字仿佛成了你的座右铭。你其实知道自己什么行为惹人讨厌是不是？就像随意碰我的戒指，又自以为是地买个更贵的赔我。你都知道，但你就是不想改，宁可事后再说'对不起'，因为说'对不起'要比花时间改掉你那些破毛病更容易做到。"

我垂下头，盯着地毯上的一簇花纹默默地听着，也不回嘴。

"对不起"的确是一句省时省力的魔咒，但我会挂在嘴上，也不完全如他所讲的那般。

我只是不想和他发生冲突，不想惹他不快。他要是生气，我就道歉。

他会觉得我总是在说对不起，是因为他总是和我生气，无论我做什么、说什么，他都讨厌。

就像现在，我甚至不知道我是因为一句话还是一个眼神惹到他了，才让他说话这样尖刻。

身体一点点变冷，房间里就这样安静下来，谁也不再说话。

过了会儿，冉青庄重重地拉下我的衣服，将那瓶药从上方扔进我怀里。

"喷好了，这药你自己收起来。"

我手忙脚乱地接住,抬头看他,见他大步往门口走去。

我们暂住的客房在走廊的尽头,外头是一条笔直悠长的走廊,一面是明亮的玻璃窗,一面是别的不知道用途的房间。

冉青庄走得不算快,但也不慢。落日透过玻璃窗洒在他高大的身影上,将他半身染成温暖的橙红,另外半边则陷于阳光照不到的昏昧。

他行走在明暗之间,步履坚定,身形笔直,宛若一株不可弯折的松柏。

我扶着门,望着他的背影,就这么看了许久。他走到一半,似有所觉,突然停下回头来看我。

我来不及关门,被他抓个正着,有点窘迫,但我只是稍稍挺直了脊背,并未移开视线。

他神情复杂地与我对视良久,见无法逼退我,便也随便我了。

他继续往前走,而我则目送他直到转角,再也看不到了,才关门回屋。

从客房的大窗户望下去,正好能看到大门。也不知是因为区可岚的事还是往常便是如此,这一个下午热闹得很,我在窗边喝了两杯茶,站了半小时,都已经见到三拨人进进出出。

喝茶喝太多,转身上个厕所的工夫,突然听闻一声巨响,像是有什么东西碎了。提了裤子匆匆到窗户边一看,只见楼下右边不远处的草地上躺着一尊哈巴狗大小的金狮子摆设,周围全是碎玻璃。

巡逻的人闻声而来,仰头看了眼楼上,不知看到或者听到了些什么,面面相觑片刻,最后也只是叫人来打扫干净完事。

我好奇地走到最右边,将窗轻轻推开一条缝,激烈的争吵声立时涌进来。听不清吵什么,但如冉青庄所说,看来是有的闹。

冉青庄一直到深夜才回来，回来的时候我已经睡了，只在床头亮了盏灯。

毕竟是相对陌生的环境，他一进屋，我听到动静就有些醒了。后面迷迷糊糊见是他，我又闭眼睡过去。

其间睡得不是很熟，处于半梦半醒之间，到他洗完澡躺到床上，关了台灯，我才算彻底安心，再次入眠。

第二天醒来，一起吃早餐，问起纱希的事，冉青庄没说什么，只是让我不要多管。

快吃完时，他接到一通电话，看一眼来电人便迅速放下餐具走到窗边接听。

"华姐……我知道，我会尽力的……"

"您不用这样……金先生不一定听我的……"

通话持续了十分钟左右，再回到餐桌旁，冉青庄已经没心思用餐，将杯子里剩余的果汁喝完便起身要走。

我将手里鸡蛋的最后一块蛋壳剥去，抽了张纸巾包起来，追到门边叫住他，一如昨日那样把鸡蛋塞到他手里。

只是一日他好像也习惯了，收下鸡蛋，转身就走了。

这日纱希没来，天气也不好，到下午还有些起风。云层一点点转厚，酝酿着酝酿着，忽地噼里啪啦落下一连串翻涌的雷电，接着就开始下雨。

这雨大到不讲道理，仿佛谁一下子将天捅破了，水流之急，歇雾滢浡。

我正觉得这雨天练琴不错，颇有意境，外头冯管家便敲门，把金元宝送来了。

几天不见，他竟然也知道想我，带着一篮子小点心说来探病。

我别别扭扭地坐在他对面，用桌子遮住自己的腿，特别怕他下一秒问我为什么不穿裤子。

所幸他到最后也没问，仿佛我这么穿着并无不妥，在他眼里算不上什么奇装异服。

"老师，这个给你，你要快点好起来。"小少爷将一块签语饼干塞到我手里，言辞恳切，"等你好了，我一定不偷懒了。"

我收了饼干，摸摸他的脑袋，道："再养几天我就回去给你上课了，你这几天自己好好练练，别懈怠了。"

也不知道金辰屿怎么和他说我这几天的旷工缘由的，他始终以为我是生了什么急症，家里没人照顾我，这才不得不到他们家养病。

金元宝坐了一下午，直到将自己带来的点心全部吃完了才起身离开。

我送他到门口，正说着告别的话，远远地就听到女人的嘶吼声。

"放开我！你们……你们敢动我？我是金斐盛的女儿，我是你们的主子！"

不多时，孔檀等人出现在走廊尽头。区可岚被人架着双臂，几乎是一路拖行地在移动，头发凌乱，妆容也花了。

孔檀不耐烦地卷着手里的一团布，抬手示意先停一停，区可岚一停下就挣扎起来，见到走廊这头的我们几个，简直叫到破音了。

"元宝！是我啊，是姐姐啊！替我去找爸爸，快点替我去找爸爸！"

冯管家挡住区可岚的视线，将金元宝护在身前，用自己两只手堵住小少爷的耳朵，不让他听，也不让他看。

孔檀看过来，没想到金元宝会在这里，低低咒骂一声，捏住区可岚的嘴，就要将手里的布团塞进去。

区可岚倔强地躲避着，嘴里还在不住嘶吼："帮我去找我妈，金辰屿不能这么对我,我是他姐姐,他不能这么对我!我妈不会放过他的,我不会放过他的,呜呜……"

话还没说完,她便被孔檀将嘴塞住,加快步伐带离此地。

直到再也听不到声音,冯管家才将手从金元宝耳边挪开。

"冯叔,她为什么说是我姐姐?我不是只有哥哥吗?"小少爷仰着头,一派天真地追问起来。

冯管家也不知要怎么和他说,支支吾吾,最后憋出一句:"她瞎说的。"

小少爷明显不是很满意他的回答,又问:"他们要去哪儿?"

冯管家看了眼方向,道:"应该是地牢。她做错了事,不管是谁的女儿,都是要受罚的。"

小少爷不过八岁的年纪,正是有问不完的为什么,又特别容易从一个问题延伸到另一个问题的时候。

"我做错了事也要受罚吗?"他问。

冯管家再次被问住,索性转移话题,让他跟我道别。

小孩注意力转得飞快,也不觉得是被冯管家岔开话了,乖乖地朝我挥了挥手道:"老师再见。"

耳边仿佛还回荡着区可岚愤怒凄厉的呜咽,我僵硬地回他一笑,等人走了反手关了门,抵着门板捂住胸口,平复剧烈的心跳。

他们该不是要把区可岚杀了吧?不至于吧……坂本再愤怒,生意再重要,她毕竟是金家骨血,金斐盛难道真能下如此狠手?

但转念一想,他若不狠,怎可能坐到如今的位置?这么多年在他手下不知死去多少冤魂,想来也不差一个恃宠而骄的私生女。

区可岚认为自己被偏爱是因为"爱",忽略了愧疚,忽略了怜悯,总想向世人证明她拥有更多。可事实是,金斐盛纵然爱她,却更爱自己,更爱利益。

她在与金辰屿的棋局里，是独一无二的"王"，然而在金斐盛眼里，她也不过是一个可有可无，能够被肆意牺牲的"兵"。

暴雨落了一阵，逐渐转小，但仍然雨滴饱满，掷地有声。

区华便是跪在了这样的雨里，就跪在大门口，我从窗口就能看到。

她从天亮跪到天黑，没人敢上前。我都以为她要跪一夜了，冉青庄从门里出来，替她撑开了一把伞。

黑伞全都给了区华，冉青庄就站在雨里。

我看了眼天上仍旧厚实的云层，心里有些着急。这雨一时半会儿停不了，他这样是要生病的。

冉青庄给区华撑了多久的伞，我就在窗边看了多久。大概过了半小时，门里出来个人，传了什么话，区华一下子激动地站起来，因为跪了太久，她失去平衡差点摔倒，还好被冉青庄扶住。

这时我才注意到，不远处还站着一些人，见区华起来了，连忙上前搀扶，将人围了起来。

区华穿着白衣，在昏暗的光线里十分显眼。她推开众人便往西边跌跌撞撞而去，一群黑衣大汉就跟在她身后着急地给她撑伞。

冉青庄没动，仍是站在原地，直到区华进了西边的一扇门才撑伞往回走。

我有预感冉青庄快回来了，赶忙去浴室放了热腾腾的洗澡水，又让用人给准备些姜汤。

差不多十分钟，冉青庄果真回来了。他身上的衣服全湿透了，头发梢还滴着水，靠得近了都能感到他身上的阵阵寒气。

我顺势去桌边端了用人刚送来的姜汤，跟他说浴缸已经在放水了，让他喝了姜汤再去泡一泡。

他一手搓着后脑勺的湿发,一手接过姜汤,像只警觉的大猫,凑过去闻了闻味,瞬间眉心就皱起来,一脸嫌恶。

"喝吧,喝了就不会感冒。"我托着杯底,直往他嘴边送。

他不情不愿地,最后一闭眼,两口喝完了,把杯子还给我。

我放好杯子,见到桌上金元宝给我的签语饼干,顺手递给冉青庄,让他去去嘴里的姜辣。

冉青庄接过那块饼干,表情有些奇怪,捏开了饼干取出里头的签条一看——风雨过后,彩虹总会对你笑。

他立时嗤笑一声,将碎饼干与签条一股脑儿地还到我手里。

我手忙脚乱地接着,一个字都没来得及说,他已经快步进了浴室。

一块块将饼干吃了,吃完了我也没想明白他刚刚为什么那副表情,难道是不喜欢签语饼干里的签语?

我走到窗边,准备将窗帘拉上,看到楼下不知什么时候停了辆白车,西边地牢方向,区华急匆匆地出来,身后男人背着个一动不动的人,看穿着像是区可岚。

一群人踏着雨水、踩着泥泞将区华与区可岚送上车,随后小跑着上了路边几辆黑色的小车,不一会儿就走了。

区可岚应该是没死,但绝对受了伤。她划花纱希的脸,本想着杀鸡儆猴,结果场子没找回来,反倒害自己老娘跪在雨里替她求情,可以说面子里子都丢了。这样严厉的责罚,以后莫说同金辰屿争什么,就是在岛上正常行走,怕也不敢那样嚣张了。

当天晚上,我又做梦了,梦到高中时的医务室。

春天最容易过敏,我就算成日戴着口罩也架不住铺天盖地的花粉侵袭,鼻子堵得受不了,就想去医务室要粒过敏药吃。

推门进去时，里头安安静静，一点声也没有，不见保健老师的身影。

唯一一张病床拉着帘子，我以为老师在休息，便小心冲那里头喊道："老师，有人吗？"

"有。"那帘子下一刻便被人拉开了，冉青庄枕着一只手躺在床上，满脸都是惺忪睡意。

我扯下口罩，惊讶不已，将那帘子掀得更开一些："你怎么在这儿？"

"低血糖。"

骗人。

可能我表情太过明显，冉青庄眉梢一挑，道："真的，我没吃早饭。"

"怎么不吃？"

"来不及，赖床。"他大方承认，丝毫不遮掩。

我觉得他这样不太好，劝道："一日之计在于晨，早上一顿是最重要的，你这样对身体不好。"

冉青庄掏掏耳朵，用一脸觉得好笑的表情看着我："你怎么跟我奶奶一样？你来干吗的？"

我将口罩又戴回去，吸了吸快要完全不通气的鼻子，道："花粉过敏，鼻子堵了，来要过敏药的。"

"哦，保健老师刚出去了，不知道什么时候回来。"他让开一些，拍拍身边的床铺，笑道，"不然你上来等？我床分你一半。"

我盯着他空出来的那一半床，看了片刻，最终还是摇了摇头道："不用了，我下节课再来。"

说完不论他如何在身后叫我的名字，我还是头也不回地走了。结果因为鼻子不通气，戴口罩又闷，走了没几步就开始喘，我扶着墙，拉下口罩歇了许久，心跳才恢复正常。

午休时我再去医务室，冉青庄已经不在了。保健老师给了我一粒抗过敏药，到下午时鼻子虽没有完全好，但也不再那么堵了。

猛地睁眼，耳边尽是雨水打在窗户上、地上、屋檐上的声音，屋里一片漆黑，但能隐约瞧见床上另一个人的身影。

冉青庄背对着我，只委委屈屈地在腰上盖了一角被子，睡得很沉。

上一刻还在高中，还在医务室里，我有些犯迷糊，过了好一会儿才回神。

原来过了这么多年了啊……

雨下了一夜，清晨才停，冉青庄早早出门，这日并未与我一起用早餐。

纱希在午饭后来找过我，脸上贴着显眼的纱布，神态却很放松，一点不像是受了委屈的样子。

"医生说不会留疤，要留也就是淡淡的印子，平时可以用粉盖住。"她摸着那块纱布，噘着嘴，愤愤地道，"我就是想拍一张赌场的照片，那个女人看到了就盛气凌人地走过来，不仅抢走我的手机把照片删光了，还骂我是看不懂字的蠢猪。我气不过和她吵起来，她竟然用碎酒瓶划花我的脸，还让人将我丢出了赌场。

"幸好金先生和他的儿子非常明事理，昨天将那女人绑过来，说是任我处置。我用碎玻璃在她胳膊上、腿上划了好多道，还剪了她的头发，扇了她几十个巴掌。她死死地瞪着我，一副要吃了我的样子。后来我说她再这么看我我就戳瞎她的眼睛，她这才怕了，不停地求饶，说自己再也不敢了，还说自己是金先生的女儿，让我放过她。

"可以折磨这样的大小姐，我为什么要放过她呢？"

说到这里,她脸上现出异样的神采,似乎是血液都要沸腾的兴奋,又像是得到了无上快感的满足。

果然能待在坂本这种人身边的,也不会是什么严格意义上的正常人。

在纱希看来,以暴力行报复是最简单明了不过的一件事。在她的世界里,权力是规则,金钱能买到一切。

不,不光是她,这座岛上所有人都是如此。这里没有法律,只有可怕的阶层。金斐盛只手遮天,人命不过是他手中无足轻重的筹码。他身后堆着山一样的各色筹码,按照面值划分,有的值钱一些,有的廉价一些,他不断把它们推出去,输了就舍弃,赢了就随手扔到身后,继续下一场赌博。

面值大的筹码或许会得到他的一时偏爱,但也是一时罢了,等到需要舍弃的时候,他比任何人都要决绝。

"你害怕了。"纱希歪着头,似乎感到苦恼,一脸不解地道,"为什么?"

我当然不好直说,便随口找了个理由搪塞:"我有点恐血……"

"光听也害怕?"

"嗯。"

"你胆子真小。"

看过我的背,确认再过几天就能完全恢复,纱希便起身告辞了。

"坂本先生比较忙,我们明天就要回去了。等你伤口长好了,他会派人来给你拍照,就拍文身的图案,拍完你就会成为他作品相册里最新的一员了。"

我不怎么走心地点了点头,将她送出门。

本来这事冤有头债有主,区可岚恨金斐盛,恨金辰屿,恨坂本,恨纱希，都不该恨到我头上。但偏偏有些事情没有道理可讲，区可岚的脑回路异于常人，恐怕就算诸葛亮在世都难以跟上她的思路。

我怎么也没想到隔着走廊那一眼，我在这头，她在那头，只是目睹了她的狼狈，也会成为她日后报复我的理由。

第十四章
再遇旧友

坂本走后，我和冉青庄也回了红楼。虽说不用再日日待在屋子里，终于可以呼吸到外头的新鲜空气，可一想到红楼的居所内到处都是监控器，睡觉都有人盯着，又觉得各有各的糟心，着实没什么好期待的。

陈桥不知是不是被提醒过了，再见我态度自然，不该问的一句没问，好似我这几日只是回崇海休了个小假。

日子按部就班，回到正轨。冉青庄更忙了，经常早出晚归，甚至不回来睡。

据陈桥说，他一从孔檀那里接手新生意，就将许多孔檀之前立的规矩都废了，大刀阔斧地换了好一批人。

以前虽说两人是大公子的左膀右臂，但明显孔檀更得大公子信任，现在大公子把孔檀嘴里的肉夺下来转头塞进冉青庄嘴里，丝毫没有顾及孔檀想法的意思，大家都在猜孔檀是不是要失势了。

孔檀那支在岛上向来横行霸道、趾高气扬，这几日却个个老实低调了不少，毫无平日的气焰。

而我这头，也不知是不是冉青庄的缘由，总感觉连金家的用人都像是比以前殷勤了几分。

到了周五,南弦打来电话,要与我约饭。我想着他来岛上毕竟不方便,就说好周六到崇海见他。正好我的头痛药也吃完了,可以顺道去医院配一些。

晚上冉青庄回来,我便和他知会了声。

他将外套脱在沙发上,思索片刻,道:"你们约在哪里?明天我正好也要去一趟市里,可以送你。"

我有点惊讶:"你是有事要办吗?你要是上午没事,就跟我们一起吃顿午饭吧?"

自从回到红楼,虽然冉青庄对我说话时还是一如既往冷冰冰的,但就像金家用人们不经意间对我态度的微妙变化,我总觉得他对我的态度也有微妙的变化——变得好说话了,变得不再动不动就和我生气了。

"也不是什么大事。"冉青庄语气淡淡的,"明天是我爸的忌日,我下午要去墓园祭扫。"

啊,那确实也不是什么大事。

犹记得我爸刚死那几年,每逢清明冬至我妈都要给他烧纸。但不是纸钱,而是不知道哪里来的公猪低价绝育阉割的小广告,一张接着一张,边烧还要边骂,让他好好享用,不要客气。

所以我对父亲的忌日没有好印象,由于是海葬,也没有去祭扫过。

"那这样,我们先吃饭,吃好饭我去趟医院,很快就好,然后我们再去墓园,祭扫完就回来。"我掰着手指一一确认事项。

"你去医院做什么?"冉青庄问。

我顿了顿,随口扯了个谎:"我的过敏药没了,去开一些以备不时之需。"

他没有起疑，点点头，转身进了浴室，算是认同了我的安排。

翌日上午，我同冉青庄一道坐船前往崇海。吃饭的地方是我选的，就在我看病的医院附近，吃好饭走过去也就十分钟。

南弦得知我要带着冉青庄来吃饭并没有显得很惊讶，但在冉青庄中途去上厕所时，他凑过来用一种半是戏谑半是认真的语气问我现在是不是冉青庄的小弟。

我差点一口茶水喷到他脸上，呛咳着用纸巾捂住嘴，为他的异想天开感到不可思议。

"当然不是。"我说，"我们就是……朋友。"

南弦啧啧两声，满脸不信："那你刚刚点单一会儿问他吃不吃辣，一会儿问他喝不喝茶？每上一道菜都要催他多吃，就差上手给他剥虾，你对我这个朋友都从来没有这么热情过。"南弦拿起筷子点着桌上的一道虾，用着刻意到极点的谄媚语气道，"你是不是不爱吃虾啊？我看你都不怎么动筷。要不要给你另点啊？"

他绝对是夸张了，我哪有这样。

"人家特意送我过来的，帮我省了不少工夫，多关照关照不也是应该的吗？而且你我都是老相识了，你放屁说梦话的样子我都见过，还要我这么客气地给你剥虾？"

南弦双手环胸，凝视我良久。

我端起茶杯喝茶，并不惧他的观察。

"行吧。"半晌，南弦似乎是放弃了，"不是就不是。他这样的，我反而有些担心你会吃亏。"

我觉得非常好笑："我真的不是……而且我们是朋友，我能吃什么亏？"

冉青庄回来时，我们的话题都换过几轮了。

"我下个月有假，打算和同事去岛上玩一玩。"南弦道，"不知道上次那个阿咪小妹妹还在不在。她人挺有趣的，要是还在，我就再请她当一次我的 Lucky Girl，蹭蹭她的好运。"

我一怔，差点要维持不住笑脸。

不在了，早不在了，或许这会儿尸骨都被鱼啃干净了。

我低头喝茶，掩饰自己的情绪，没接南弦的话。

"这些女孩流动性很大，你到时找找看吧，不一定找得到。"整顿饭话都很少，除非问到他才会回答的冉青庄，这会儿却突然开口了。

南弦愣了愣，随即莞尔："嘻，萍水相逢，找不到就找不到吧。"

吃完了饭，一叫服务员结账，才发现冉青庄已经买好了单。

回到车上后，我一直试图把钱转给他，让他打开手机，他都没理我。

"今天你已经浪费时间专程送我过来和朋友见面了，我请你是应该的，你怎么还把单给买了？"这不就变成冉青庄既免费当了我的司机，还请我白吃一顿？

"你手机打开，把码给我，我扫一下。"我将他放在置物格的手机递过去。

出停车场正好就有个红灯，驾驶座旁的车窗方才付停车费时被冉青庄放下了，一时还没升起来。他左手撑着额头，肘部支在窗框上，另一手搭在方向盘上，闻言瞥过来一眼，看了几秒，又收回去。

"你是不是还没我的联系方式？"红灯转绿，车辆重新起步。

自从重遇那天问他要联系方式，结果把屏幕都给摔裂了后，我就不强求这些了。平时陈桥会告诉我他在不在岛上，几时回来，有什么要事也可以让陈桥代为转达，其实没什么影响。

"自己打开。"

不等我回答，冉青庄顾自报出一串数字。

我迟疑地收回手机，输入六位密码，顺利地将他的手机解锁了。

"打开了。"我也不敢随意进行下一步操作，就怕会错意，又成了自以为是。

"……存我的手机号。"冉青庄明显顿了顿。

我听出他咬字已经开始微微不耐烦，赶忙用他的手机打我的电话，迅速存好了号码。

看着手机通讯录里的"冉青庄"三个字，不知道为什么，心里感觉有些酸楚。

"那我能不能……顺便加一下你的好友？这样以后转账方便一些。"我开始得寸进尺。

他只回了我两个字："随便。"

然后我就把能加的都加了一遍，完了还将自己的手机密码告诉了他。这样有来有往，才算公平。

冉青庄将车停到路边等我，因着事先有预约，看诊还算顺利。吴大夫问过我情况，稍稍调整了处方，给我换了一种效力更强的止痛药。

我这个病，都保守治疗了，医生能做的也有限。拿了药，我一边整理着单据一边穿过病号楼下的小花园，打算回车上与冉青庄会合，一抬头，看到前方有两个人。一个穿着白大褂，推着轮椅；一个穿着竖条纹的病人服，被医生推着。

那坐轮椅的可能有三十多岁，看得出人很高，骨架很大，但或许是生病的缘故，瘦得都有些脱相，面色也很差。花园里姹紫嫣红，他却显得兴致恹恹，毫无心情欣赏，一直阴沉着脸，眼里没什么光彩。

而推着他的那个医生有一张白净面孔，长得十分俊秀，脸上始终挂着轻柔缱绻的微笑,耐心地像哄小孩那么哄他。

"傅慈,你看,池塘里的鱼都过来了。"

手里的袋子掉到地上,我跟被一块千斤巨石砸中脑门似的,晕头转向,眼冒金星,除了惊惧地看着眼前的人,脑海里一片空白,再做不了别的。

两人听到动静一前一后看过来,那医生本只是随意看一眼,过了几秒像是想起什么,又细细打量起我来。

"季……柠?"他眯了眯狭长的眼,已经将我认出来了。

而我,也早在第一眼时就认出他了。

"林笙……"我气若游丝,宛如幽魂。

怎么会是林笙,怎么会是他?

他不是出国了吗?为什么回来了?

林笙走过来,替我将地上的袋子捡了起来。

"好巧,没想到能在这儿遇上。"

盯着那只修长白皙的手,我僵硬地接过袋子,慢半拍才想起要回话。

"啊,是,好巧……"

八年过去,林笙好似已经完全忘记我曾经做过的事,对我就像对一个再普通不过的老同学。客气,但不热络。

比冉青庄的态度好了不是一星半点。

"你看起来脸色不好,是身体不舒服吗?"他双手插在白大褂的兜里,询问道。

"小毛病,有些感冒而已。"我下意识地收紧了拎着袋子的手。

"哦,你……"林笙刚想再说些什么,口袋里的手机就响了,他看了一眼,马上接起来,"好……知道了……我马上回来。"

挂断电话,他抱歉地朝我笑了笑,表示自己这会儿有急事要先走一步，然后掏出一张名片给我，让我有事打上面的手机号就好。

"傅慈，你是现在跟我回去，还是等会儿自己回去？"林笙回头问向轮椅上的男人。

男人在我和林笙说话时，一直专注地盯着面前波光粼粼的水面，毫无声息又死气沉沉。林笙问他，他也没有马上给出回应，好似在周身设了屏障，自动将所有外物屏蔽。

直到林笙无奈地提高音量又叫了一次他的名字，男人才眼睫轻抬，朝我俩这边看过来。

"滚。"他薄唇开合，音发得十分标准。

林笙并不生气，笑嘻嘻地举起双手，转身就要离去。

低头看了眼手里的名片，再抬头，林笙已经走出去好几米。

"等等！"脑子还没想好要做什么，脚跟嘴就先动了。

我追了两步，叫住林笙。他转过一丛矮灌木，回头看向我，带着些疑惑。

我犹豫着，还是问出口："你还记得冉青庄吗？"

怪不得今天冉青庄突然就把联系方式给我了，原来一切自有天定。老天早就安排好了，让我充当一支502胶水，黏合他们破裂的友情。

我千方百计想要补偿冉青庄，可再多物质上的补偿，又怎么比得上这个？

林笙闻言，表情立时变得有些淡漠："我还在想你什么时候会问呢。"

只是几步路，几句话，他的态度便与方才天差地别，语调依旧轻柔，声线却陡然冷下来。

"你也报复过了，还想怎么样呢？"

我怔怔地看着他，从兜里掏出手机的动作都顿住了，觉得错愕，又似乎……没那么错愕。

奇怪，我以前明明和他接触不多，只是通过冉青庄才对他有零星的了解，为什么一点不惊讶他会有两副面孔？

"他还很记挂你。"我想了想，又补了句，"还留着你以前的赠物。"

"谁，冉青庄吗？"林笙挑眉，随即一副了然的模样，"你们现在关系很好？"

我抿了抿唇，口袋里，摩挲着名片的手指指腹迅速出了层汗。

"没有。"

"当年的事，是我不对……"手指紧握成拳，名片一点点被我揉烂。

明明对冉青庄可以那样轻易说出口的忏悔，换到林笙面前却如鲠在喉，要一个字一个字挤出来。

我知道自己不该这样，当年他和冉青庄一样是受害者，是我的一念之差害了他们八年。他是什么样的人不重要，冉青庄重视就够了。我要有身为"重要道具"的自觉，要做的只是弥补当年造成的错误。至于对方值不值得……并不是我需要思考的问题。

而且作为受害者，他对我这种态度也是合情合理的，像一开始那么友善礼貌才不正常。

"好了，做了就做了。既然是自己决定做的，就别一副好像别人逼你的样子。"林笙打断我的话，重新拉开彼此的距离，往后倒退着，"让冉青庄别记挂我了，之前的事我都忘了。"说完，他冲我摆摆手，潇洒地转身离去。

我往前踏了一步，想再追，又觉得没必要，最后还是收回脚，原地站了会儿，转身继续朝之前的方向行进。

"你是他之前的朋友吗？"

路过那个坐在轮椅上的男人，他忽地开口，声音里透着一股艰涩与喑哑。

我停住脚步，回身看向对方。

男人一只手撑在轮椅扶手上，托着下巴，静静地望着池塘里悠然摆尾的鱼儿。他好似扎根在岸边的一棵树，虽然外表依旧高大挺秀，内里却逐渐枯败，行将就木。

若非此地就我和他两个人，我都不敢相信他会开口和我说话。

"你是……"

结合林笙临走前说的话，我对眼前男人的身份多少有了些猜测。

"是我先问你的。"他朝我睨过来，哪怕病骨支离，也强势依旧。

"不是，"我说，"我们只是高中校友。"

他收回目光，继续看鱼。

我以为他和林笙是朋友关系，但看来……好像又不是？

我们不过是萍水相逢的陌生人，说了两句，再没什么好说的，我向他微微颔首后，继续顺着小道往前走去。

经过一个垃圾桶时，我掏出兜里已经被我揉烂的名片，将上头的手机号存进手机，随后将名片扔了。

回到车里时，冉青庄将椅背放低，枕着胳膊，打开天窗，正一边听音乐一边发呆。

见我回来了，他坐起身，调直椅背，关上天窗，将音乐声也调小。

"对不起，等久了吧？"说着，我系上安全带。

"还好，没有很久。"冉青庄发动车子，缓缓地驶出停车位。

话几次到嘴边，不知道该怎么出口。

林笙回来了，你要不要见见他？

我有他的联系方式，你打个电话约他出来吃饭？

要不再观望观望吧……

冉青庄目前的状态也不太适合处理琐事，再者他们来日方长，还有大把时间可供挥霍，晚几天重逢也不妨碍什么。

想明白了,心也定了。就着和缓的音乐,我打起瞌睡,不一会儿就睡着了。

太阳悬在中天,操场上满是热烈的加油声。

我坐在观众席的角落,晾着受伤的腿和手,远远望着一个个冲过终点线的长跑选手,心里满是羡慕。

我要是和他们一样厉害就好了,这样刚刚的比赛也不至于输得那么窝囊……

垂下眼,见膝盖还在流血,我撑着前排座椅站起身,一瘸一拐地往医务室走去。

轻轻推开医务室的门,一股淡淡的消毒水的味道扑面而来。

冉青庄倚在窗边,听到动静回过头来,嘴里还咬着一根巧克力棒。

他本来还有些漫不经心的表情,在见到我狼狈的模样后骤然一变,将手中的巧克力棒丢到一边,马上跑过来扶住我。

"你怎么回事,摔了吗?"

他扶我在床上坐下,仔细翻看我的手腕,又检查了下膝盖上的伤,道:"还好都是皮肉伤,不严重。你怎么这么不小心?"说着,他熟练地从铁皮柜里取出急救箱,拖了把椅子坐到我面前,开始替我处理伤口。

每次他用蘸了生理盐水的纱布擦拭我的伤口,我都要忍不住缩一下手,疼得五官扭曲。

"我接力的时候摔了一跤,害我们班输了……"

冉青庄牢牢握着我的手腕,不允许我退缩,问:"输给哪个班了?"

"三班。"

"你看我等会儿给你赢回来。"

他语气轻松,仿佛他说赢就一定能赢一样,完全没把别的参赛者放在眼里。

我不由得觉得好笑："你赢了也不是我们班的分数啊！"

"敌人的敌人是朋友，你懂不懂？"他清理完伤口，用棉签小心涂上碘伏，再贴上创可贴，接着继续处理我的膝盖。"还好手伤得不严重，万一骨折了怎么办？不擅长的东西就不要去碰，让擅长的人去做就行……比如我。"说到最后一句，他抬头冲我笑了笑。

午后的阳光明媚炙热，哪怕透过玻璃照射到皮肤上，久了也会生出一种好似要被烫伤的错觉。

我蜷了蜷手指，问："你又低血糖了吗？"

"没有，就是偷懒。"他坦坦荡荡地道，"最近每天都有人送我早餐，不知道是哪个女生，多亏她，我好久没有低血糖了。"

我睫毛一颤，因为疼痛，膝盖不受控制地往旁边避让。

冉青庄握住我的膝弯，将受伤的那条腿夹在他两腿间，下手更轻了几分。

"快了快了，再忍忍。"他轻轻吹了吹我的伤口，叫微凉的风带走些许痛楚。

我盯着他垂落的睫毛，又问："你怎么知道是女生？"

他闻言唇角隐隐勾起："男的送我香蕉奶、红豆面包？有毛病吗？"

他很快给我处理完了膝盖上的伤，这时外头正好来人让他准备一下，说一百米跑的比赛马上要开始了。

他起身往外走，走到一半又回来将桌上那包吃了一半的巧克力棒扔给我。

"吃甜的心情会变好。"

我望着他离去的背影，直到再也望不到了，低头看着怀里的巧克力棒，抽出一根放进嘴里咀嚼。

好甜……

浓郁的甜化在唇齿间，流进四肢百骸，五脏六腑似乎都要被这甜同化。

心情的确……感觉变好了一点。

第 十 五 章

樱花

我骤然惊醒过来,发现车已经熄火,车内独剩我一人,而冉青庄不见踪影。

环顾四周,车子停在一个露天的停车场里,不远处可以看到墓园的门头。我下了车,漫无目的地往里走,思绪和记忆还有一部分停留在梦里。

原来冉青庄真的替我包扎了伤口,他还说要替我把分数赢回来,还把自己的巧克力棒给我吃,要我心情好一点……

想起越多,我越觉得自己卑劣不堪。运动会是高二的事,就算高三我俩因为小黑和兆丰渐行渐远,我怎么就能那样对他呢?

为了钱?为了保送名额?为了他不再搭理我?

我竟然为了这些东西向学校告发他……

如果能穿越时空,我真想回到八年前,撬开那时候的季柠的脑壳,看看肿瘤是不是早就在里头生根发芽了,不然怎么能做出这么丧心病狂的事?

犹记得冉青庄被开除后,学校里的人谈论起他,语气总是不太好。那些人带着嬉笑,带着嘲讽,当花边新闻一样到处疯传他的种种劣迹。

他们将他当作笑柄，诬蔑他本来就是学校的毒瘤，不仅自己腐烂生蛆，还要带坏林笙。

替他说话的声音不是没有，但很快就被淹没在茫茫人海中。

分明林笙也是当事人之一，可大家好像下意识地把所有的错都归到冉青庄一人身上。老师是，家长是，同学还是。

他们往他身上泼脏水，将他塑造成人人喊打的妖魔鬼怪，说他蛊惑人心，说他一无是处，说他秉性奇差。

而造成这一切的，是我，都是我。

可能是没睡好，我走着走着就感到有些喘不上气，心口处一抽一抽地疼，好似犯了心疾。

难道是癌细胞扩散到脏腑了？

揪着胸口的衣物，我缓缓走到一旁，在路边花坛狭窄的边沿上坐下。

蜷缩着，静坐了片刻，待那疼痛一点点消失，我长长地吁了口气。抬起头，茫然地环顾周围，发现自己不知不觉走到了墓园深处。

由于并非清明或冬至，虽说是周六，但墓园里的人并不多。偶尔路过一两个人，都会好奇地朝我这边看上一眼。

我若无其事地起身，随便找了个方向继续深入。寻找冉青庄之余，也仔细看起墓碑上的字。

有的人寿终正寝，有的人英年早逝。有的人孤孤单单，有的人一家三口齐聚。

不知我死后会葬在哪里，我妈会不会也把我的骨灰撒进海里？

现在一个墓好像挺贵的，撒海里其实也没什么不好。环保，还省力。

实在找不到人了，我掏出手机翻出冉青庄的号码，犹豫了许久，最终还是按了下去。

铃响三声，对面接了起来。

"你在哪里？"不等冉青庄开口，我先一步问道。

他沉默了一会儿，反问我："你在哪里？"

搜寻片刻，找到路旁一个标志牌，写着"5-23"。手机紧贴耳畔，我报了坐标，乖乖地等待对方指示。

"往前走，看到 8-12 左转。"

冉青庄说完并没有即刻挂断电话，我也就一直举着手机与他保持通话。

走了三四分钟，我终于看到 8 区的指示牌。

"我找到了！"

加快步伐小跑着转进小道，我远远地就看到一名穿着驼色长风衣、戴着时髦墨镜的年轻女人与我相对走来。

她的头发极短，短到甚至只能称之为板寸，下颌小巧，嘴唇丰润饱满，戴着夸张的金属耳环。短短一段十来米的路，到我们擦身而过，哪怕她戴着墨镜，我仍能感觉到她持续的"注视"。探究的，好奇的，还有些警惕。

这注视太过莫名，我不由得停下脚步低头检查了一下自己周身，看有没有沾到什么奇怪的东西。

"季柠？"

兴许是见我迟迟不到又不出声，冉青庄忍不住在手机那头叫我的名字。而没贴着手机的另一只耳朵此时也听到了他的声音，我连忙应声，不再去管那个奇怪的风衣女人，朝冉青庄所在的方位快步走去。

墓园里每座墓旁都种着一株小小的塔柏，全被修成棒棒糖的造型。有的人家祭扫完毕，会将带来的花插在上头，乍一看，还以为是柏树开了花。

我就是在目光扫过这样一株"开花"的塔柏时，找到了冉青庄。

他听到声响转过头,见是我,将耳边的手机收进兜里,又看向面前的墓碑。

我同样收了手机,走到他身旁。

冉铮的墓是一座合墓,一块大碑上分了三小块,最左边是冉铮,当中空着,再过去是冉青庄的爷爷奶奶。

墓前点着两支红烛,放了一小瓶白酒,三颗苹果。香炉里青烟袅袅,墓上的照片都显得模糊了。

同样是宽眼皮,深眼窝,五官硬朗,鼻梁挺拔,冉青庄长得很像他爸爸,只是照片上的冉铮看着年纪要再大一些,气质更成熟,目光也更沉稳。

"我奶奶说不想离我爸太近,死了也成天替他操心,当中就隔了一个。"冉青庄盯着墓中间那块还没刻字的空碑,平静地道,"这是留给我的。"

虽说在活着时就买好墓碑,或者亲人落葬时顺便把合墓买了,这种操作都是常有的事,但冉青庄的语气让我格外不舒服,就仿佛……他已经随时随地准备好躺进这小小的墓穴,比我还要坦然地面对死亡。

我抿了抿唇,抽出三支长香,就着蜡烛点燃,朝墓碑拜了三拜。

叔叔,虽说素未谋面,但我已久闻您的大名,再过不久我们或许就要在下面碰头了,先提前打个招呼,到时再登门拜访。

您在下面缺什么就跟我说,我到时候看能不能带给您。您生前没怎么管过冉青庄,死后起码要有个做爹的样子,好好保佑他,叫他无病无灾活到老。

心中默念完,将香插进香炉,直起身时,冉青庄与我交错着弯下腰,把一根点燃的烟摆放在了冉铮的墓前。

凝目伫立片刻,直到烟在风中燃尽,香烧到一半时,冉青庄转向我,朝来路抬了抬下巴,道:"走了。"

回到墓园主道上，我与冉青庄并肩行在一地细碎的光影间，谁也没说话。

和缓的风吹过面庞，不知是谁家在烧纸钱，鼻端全是呛人的烟味。

冉青庄比我高许多，腿自然也比我的长。他闲庭信步地走着，我若不刻意追赶，久了就会落在他后面一大截。

"你在车里怎么不叫醒我？"我加快步伐追赶上去。

冉青庄双手插兜，看着前头的路，懒洋洋地道："你是什么还在喝奶的小朋友吗？到哪儿都得跟着？"

哪里就到哪儿都跟着了？都到门口了难道还能不进来吗？总是要讲礼数的……

我双唇嗫嚅着，想替自己争辩，又不知道除了"我没有"这种苍白无用的话还能怎么回复，最终只得选择闭口不言。

行到停车场，冉青庄说自己要抽根烟，让我先进车里。我看到不远处有间小卖部，就问冉青庄要不要喝水。

"矿泉水就行。"说着他从口袋里掏出烟和打火机，朝角落的垃圾桶走去。

小卖部虽小，但货品丰富，除了祭扫用的香烛鲜花，饮料零食一样不少。

我拿了两瓶矿泉水去结账，路过零食货架，眼角扫到架子上摆放的熟悉的红色包装，不由得停下了脚步。

最后结账时，除了两瓶水，还多了一盒巧克力棒。

在车上又等了两分钟冉青庄才回来，他一坐下，我就将手里的巧克力棒递了过去。

他皱着眉往后让了让，我追着送到他嘴边。

219

他看清是什么，有些错愕，抬眸与我对视，但也没有张嘴的意思，似乎与我僵持住了。

"好吃的。"我像是哄小孩子，"吃了……心情会好。"

"我看起来心情很差吗？"冉青庄问。

这让我怎么回答呢？我就没见他心情好过。

我只能道："吃了会更好。"

他毕竟要开车，不可能一直跟我这么僵持下去，思索片刻，颇有些心不甘情不愿地咬住了巧克力棒。

我满意地收回手，又取出一根塞进自己嘴里。

冉青庄发动引擎，但没有立刻驶离停车场。迅速将巧克力棒吃完，他拿起杯架上的矿泉水连灌了好几口，似乎是要冲散嘴里的甜腻。喝完了水，他这才拉下手刹，驶出停车位。

他这模样不像在吃喜欢的零食，简直跟被逼服毒自尽一样。

我动作微顿，不确定地问："你……不喜欢吃吗？"

冉青庄往我这边瞥了一眼，略有些嫌弃地道："你真的是小朋友吗？多大了还喜欢吃这种东西。"

我怔然，垂下头，呆望着手里的红色纸盒。

他忘记了……

他或许记得那天的比赛，记得在医务室偷懒，记得我狼狈地出现在他面前，他好心地替我包扎，但他不记得巧克力棒的事，也不记得和我说过吃甜的心情会好。

真可笑，我竟然以为从生灰的犄角旮旯里找回遗失的记忆，自己就可以通过一盒巧克力棒与冉青庄取得共鸣了。

结果人家根本就不记得这事。我这边心心念念，他那头莫名其妙。

我真的……永远学不乖，永远在自以为是。我怎么会觉得，他就一定也会记得呢？

转动着手里吃剩一截的巧克力棒，我忍不住唇边泛起苦笑。

如果我今天没想起来，这盒巧克力棒就真的谁都不记得了，彻底消失在这世间，好像从来没有存在过一样……

还好我都想起来了。冉青庄忘了就忘了吧，只要我记得就好。

一般商场、乐园之类的场所，总喜欢搞一些周年庆来吸引消费者，合联娱乐城也不例外。

二十周年庆之际，合联娱乐城广邀社会各界人士，在岛上的酒店宴会厅召开了一场别开生面的庆祝酒会。与会人员除了传统的明星、媒体人，也不乏一些新兴产业的年轻企业家。

同之前金夫人生日宴那样的家宴不同，这次晚宴虽一样隆重，但明显商业气息更浓，金家父子来了一会儿就都走了，金夫人则是连面都没露。

现场倒也有乐队助兴，只是并非古典管弦乐队，而是一支近来正当红的流行乐队。

这样的周年庆酒会，本来是与我没什么关系的。但金辰屿前两天忽然找到我，说坂本寻了个中意的人像摄影师，会在今天上岛，参加完周年庆酒会后，就可以给我拍摄。

对方是个在国际社会上都十分有名的华人摄影师，叫杨已，得奖无数，擅长拍人物。无论男女明星都以被他拍摄为荣，但他本人更爱拍未经雕琢的普通人，认为通过摄影使人物呈现动态无法比拟的故事性，才是人像摄影师存在的意义。

杨摄影师工作繁忙，档期排得很满，据说坂本也是通过一些门路才让他空出了一天，而金辰屿为了让他的价值最大化，顺带邀他参加了周年庆的酒会。

摄影棚搭在酒店会议室内，杨已说想与我在拍摄前见个面，沟通一下细节，这样有助于他更好地做准备工作。时间有限，我俩只能在酒会现场见面。也因此，我才会出现在这本与我无关的酒会上，见识那些我从前只在电视上见识过的男男女女。

杨已应酬完了不断拥过来跟他打招呼、套近乎的各路人马，终于在宴会厅一角与我见上面。

他一上来，就摘了我的眼镜。

"对嘛，你还是不戴眼镜比较好看。"杨已上下打量着我，评估着我。

从我答应成为坂本的"画布"起，我的身体就不再只属于我，所以对于杨已这样轻慢的行为，我也看得很开了，并没有表示不满。

"等会儿就别戴眼镜了。"杨已说着，将眼镜丢还给我。

重新戴上眼镜，世界复归清明。我的眼镜度数不算高，只有三百度，不戴也不至于什么都看不见，只是会很模糊。有想过一劳永逸地去做激光手术，知道要好几万元后便放弃了。

说是"沟通"，其实不过是杨已单方面的观察。他拉着我转了两圈，捏着我的下巴转过来转过去地看，甚至还一根根地检查我的手指。

"听说你是个拉大提琴的，手的确很漂亮。"他评价道。

我有些别扭地抽回手，对他的肯定表示了感谢。

验完了"货"，杨已带着助理就离开了，说先去准备，过半小时左右再让人来叫我。

我一个人晃荡在酒会现场，什么人都不认识，只是满场乱转，像个无家可归的孤儿。

挑了些水果，再拿一杯橙汁，我去到相对没那么吵闹的露台，寻了张空桌坐下。

今晚天气晴朗，星星一粒粒点缀在夜空，看着格外多，风不疾不徐地吹着，显得很温和。

不知道冉青庄现在在干什么。

玩着手机，我犹豫着要不要给他发信息，又觉得自己若只是因为无聊给他发信息，这种行为本身也很无聊。

他说不准这会儿正忙着呢，突然收到信息，以为我有什么要事，结果一看我问他在干什么，一定会把我拉黑的。

不过自从加了他好友，我还没跟他说过话呢。转给他的钱他也没收，第二天又原封不动地退了回来。

要不问问他今天回不回来？

输入框里的文字删了又输，输了又删，来来回回，最后也没按下发送键。

"季先生，杨摄影师那边已经准备好了，特地让我来叫你过去。"耳边突然响起的人声吓了我一跳，手一哆嗦，最后输入的那条信息便发送了出去。

我慌乱地正想撤销，发现那头冉青庄已经正在输入中。

　　什么事？

他怎么回得这么快？

"季先生？"

我抬起头，冲来人不好意思地笑笑："带路吧。"

我站起身，随侍应生装扮的年轻男人一路出了宴会厅，乘坐电梯前往酒店最高层。

电梯里，我靠着厢壁，盯着冉青庄发过来的那三个字，苦思冥想该怎么回复。想了几个又统统推翻，不是觉得这不合适，就是觉得那不合适，反正哪儿哪儿都不合适。

侍应生走出电梯，我也跟着走出去。他一边在前头带路，一边往后头看我有没有跟上。我琢磨着回复，走得很慢，所幸酒店走廊宽敞明亮，没什么起伏，也不怕走着走着被绊倒。

侍应生在走廊尽头一间大开的房门前停下，示意我朝里走。

　　我等会儿就要拍照了，可能会拍到很晚，怕回来吵到你。

走进房间的同时，我终于整理好文字，按下发送键。

大门在我身后合拢，我抬起头，发现自己身处一间巨大的复式套房内，灯光昏暗，装饰豪华，看着并不像是拍照的地方。

正要转身询问那名带我来的侍应生，从背后猛地扑上来两个身材健壮的男人，一人扭住我一条胳膊，将我脸朝下粗暴地按在地上。

手机摔出去，滑进茶几底下，没有在厚实的地毯上发出任何声响。

"想候你落单的时机真是不容易。"

这声音……

我吃力地抬起头，就见区可岚穿着条银色的丝绒长裙，手里拿着杯海水蓝的鸡尾酒，赤脚从楼梯上走下来。

她脸上的伤已经完全好了，只是胳膊上和裸露的小腿上留下许多还未消退的疤，呈现淡淡的粉色，头发仍然是长发，但看上去似乎是假发。

"区小姐……你想做什么？"身后两个人比我高大许多，轻轻松松就能压制住我，我现在别说动，就是稍微呼吸用力点，胳膊都像是要被撕裂一样地疼。

"做什么？"区可岚坐到沙发上，优雅地跷起一双长腿，"没什么，就是找你玩玩。"

我心中一凛，直觉今晚自己情况不妙，只是想不明白她一个金尊玉贵的大小姐,为什么总喜欢和我们这种小角色过不去。

她有本事倒是去候金辰屿落单的时候啊!

"那天你看到我被孔檀带走,是不是觉得心里很痛快?认为我活该?"区可岚语调越轻柔,我心中越是感到不妙。

"没有……区小姐,我没有那么想过……"我忍着痛求饶,"您放过我吧,那天的事我都忘了,我什么都没看到……"

这简直是天降横祸,比孔檀绑我那次还要冤。

"你放心,我不会对你怎么样的。你现在是坂本的宝贝,弄坏了你,我可要吃不了兜着走。"区可岚拈起酒杯里的红樱桃,放进口中吮吸,接着咯咯怪笑起来。

也不知道她是吃了什么药还是刺激受大了,我总感觉她精神状况不太对劲,有点疯疯癫癫的。

"但……不教训教训你,我又实在咽不下这口气。你这么一个小虫子,这么一个低贱的东西,也配看我笑话?"

还来不及松下一口气,心又提到嗓子眼。

"你知道吗?这世上实在是有许多种方法,既可以让人痛苦,又不留任何伤痕。"说罢她摆了摆手,下一秒,我就被身后的两个男人拖了起来。

眼镜在方才我被按在地上时就有些滑脱了,一站起来,没走两步便掉落到地上,被我踉跄着一脚踩碎。

我一路被押进浴室,来到浴缸旁。浴缸里盛满清水,一旁的水龙头还在源源不断地涌出水。

那两个男人揪扯着我的头发,迫我跪下,不由分说地按着我的后脑将我的头没进水里。

我疯狂挣扎,气管呛进冰冷的水,眼前全是口中吐出的气泡,肺里的空气越来越少。

区可岚的确没在我身上留疤，她会在我快要到达极限时，让手下拎我起来，赐我呼吸两口珍贵的空气，然后重复之前的动作，周而复始，对我实施可怕的水刑。

我渐渐没了力气，挣扎越来越微弱，本来只是半只脚踏进棺材的人，现在整个人都快躺进去了。

区可岚对我此时的模样颇为满意，叫手下拖我出浴室，把我跟条死鱼一样丢在了地上。

我趴伏在那里，全身只剩下呼吸的力气，连动一动手指都困难。

"听说你背后的文身特别神奇，会跟随体温变化。"区可岚在我面前蹲下，五指插进我的头发里，用力提起我的脑袋，笑道，"我给你准备了好东西，来嘛，好好表演给我看。"说着她将一口辛辣的酒液灌进我的嘴里。

我呛咳着，感到一股火焰从嗓子眼一路往下，到达胃部，接着很快觉得热起来。但这热又不同于酒精产生的活血作用，太快，也太猛。

区可岚忽地哈哈笑起来，拍手道："真的变了，蛇和兔子不见了，都成了花……怪不得坂本这么重视这幅作品，神奇，太神奇了……"

她的声音由远及近，像是要走近了细看。

尾椎处突然抵上一样金属质感的东西，轻易压过体表的热，让我清晰地感受到了它的冰冷。

我不自觉地挺了挺腰，紧绷起浑身的肌肉，连呼吸都战战兢兢起来。

她是说过不会在我身上留伤痕，但她现在精神都不正常了，说的话又有几分可信？

"我从小就知道我爸爸是谁，但我不明白我为什么不能叫他'爸爸'。我妈这么吩咐我，我也就听她的了……"随着区可岚的话语，冰冷的触感缓慢地顺着脊椎往上攀爬，"有一次，我实在忍不住，在大庭广众之下叫了他爸爸。当着所有人的面，我妈直接过来扇了我一巴掌，把我带了下去。那时金辰屿的表情,我一辈子都不会忘记。"

"为什么呢?同样是他的孩子,我不能叫他,不能认他,只能做一个无名无分的私生女。"她恨意切齿地说着。

睫毛不住轻颤着,我闭上双眼,恐惧已经达到顶点。

"我妈跟了他二十多年,二十多年啊!比一条狗都忠心,什么都不要地跟着他,还给他生了孩子。结果他为了生意,为了钱,让金辰屿那么对我们!"她情绪逐渐激动,歇斯底里起来,"他就是要让我死心,绝了我的念头,让我认清自己的身份!可他有没有想过,如果让金辰屿坐上他的位置,我和我妈还有活路吗?"

她肆无忌惮地朝我这只小虫子尽情发泄着长久以来积攒的不满,抱怨父亲的不公、冷酷与绝情。

"这些年我在国外替他打理生意,做得也很好啊,他为什么不多看看我呢?"

她也不想想为什么要给她支到国外,不就是怕她和金辰屿起冲突吗?她可好,自己上赶着回来送把柄,自以为挑了个软柿子捏,结果一脚踢到铁饼,把整条腿都给废了。

金斐盛放任金辰屿将她交给纱希处理,一方面或许是为了生意;但另一方面,我想也是想给她点教训,叫她长长脑子,学会谨慎行事。可没想到教训得有点过,刺激了她大小姐的自尊心,她学不来勾践的卧薪尝胆,只好学陈后主的醉生梦死。

无论是心智、城府还是心计,她都比不过金辰屿,金斐盛会将当家位置交给儿子,再正常不过。

她要是做了合联集团新首脑,以她小心眼的程度,别说金辰屿性命不保,怕是金元宝和金夫人都有性命之忧。

忽然,楼下响起一道开锁声,随后便是大门被撞到墙上的巨响。压制着我的两个男人动作随即停下，看向区可岚，等待她下一步指示。

"区可岚，出来！"伴随着上楼的脚步声，冉青庄的声音出现在外头走廊，逐渐清晰。

区可岚脸上不见惊慌，甚至带着点兴致勃勃，对准房门，在冉青庄步入的一瞬间，眼睛眨都不眨地准备行动。

"不要！"我睁大双眼，大脑一片空白，挺起上身，几乎要挣脱那两个男人的束缚。

所幸，冉青庄并没有倒下。

他在进门的瞬间便看到了区可岚拿凶器对准自己，以极快的速度闪身避过后，不给区可岚任何反应的时间，冲上去两招招呼在她的腕关节上，一气呵成地夺过凶器并将它丢出门外。

区可岚痛呼一声，捂着手腕跌坐到地上，脸色惨白。

都到这时候了，两个男人毕竟是区可岚的手下，知道轻重利害，松开我直接朝冉青庄冲了上去。

冉青庄对区可岚或许还留了余地，对他们就完全下手狠辣，毫不手软。

我被连番惊吓，又受药效影响，见到冉青庄没事放下心来后，扯下自己嘴上的领带便彻底没了力气，半趴在床上，只有一双眼能动。

"幺哥没事吧？"陈桥他们听到动静冲了上来，见到屋内情况又都聚在门外，不敢随意进来。

冉青庄没空理他们，三两下干趴区可岚的一个手下，扯着另一个人的头发就往墙上撞。

"是我平时太好说话是吗？让你们一个个欺到我头上？"手臂肌肉鼓起，手背因为用力暴出青筋，他恶狠狠地道，"我的人也敢碰？啊？！"

那人被撞得晕头转向，很快头破血流，口齿不清地开始求饶："幺哥……不是我……我都是听区小姐的……都是她让我们做的……"

冉青庄拎着男人的头发，将他的脖颈往后折，形成一个人体不太舒服的角度，同时往我这边看来。

我湿着头发，没穿上衣，浑身瘫软，皮肤还透着不正常的粉色，任谁看了都能觉出不对。

冉青庄脸色愈加冷沉，问男人："你们给他喂了什么？"

男人脸上流着血，含糊地道："是区小姐……区小姐给他喂了樱花，说要看他的文身有多神奇，刚才还让我们……还让我们……"

最后三个字，他说得格外轻，但冉青庄显然是听到了。

他愣了片刻，脸上一点点凝结成霜，将男人掼到地上，随后仿佛发了魔怔，四下寻找合适的武器，拿起一样又放下，最后找到了一座细长的铁质落地灯——底座与灯杆是沉重的铁块，撤掉灯罩，完全就是一把异形长锤。

他试了试，终于觉得称手，一步步拖着走向男人，不急不缓，游刃有余，手上滴着血，整个人好似凶神临世。

"你动了吗？"他问得很轻。

对方艰难地向后方蠕动着，害怕得声音都在发抖："幺哥，你饶了我，都是区小姐让我做的……"

"你动他了吗？"冉青庄充耳不闻，逐字逐句又问了一遍。

终于理解了他的意思，男人疯狂地摇头："没有，我没有……幺哥，我真的没有！"

那急迫地想证明清白的模样，就差指天发誓了。

冉青庄垂眸看他半晌，似乎在分辨他话的可信度，看得男人瑟瑟发抖，不断重复着"没有，我真的没有"。

终于，冉青庄放过他，视线转向一旁仍坐在地上的区可岚。

区可岚捧着受伤的手腕，并不惧与他对视："看什么？就是我做的。我给他喂药，还让人把他的头按进水里，看他痛苦挣扎我就开心。怎么样呢,你要为他报仇吗?杀了我啊,你敢吗?!"

冉青庄缓缓走向她,每听她说一句话,下颌便愤怒地绷紧一分。他完全沉浸在怒火中,理智全失,任凭冲动控制身体。

当他面无表情地举起手中的落地灯时,区可岚不避不让,甚至还在激他。

"来啊!"

"幺哥,不要!"

门外陈桥等人纷纷惊呼出声,我也跟着惊呼。

"冉青庄……冉青庄……"我强撑起身体,急急叫着冉青庄的名字,随即无力地翻滚到地上。

再抬起头,发现冉青庄被我吸引了注意力,已经朝我这边看来。

我姿势别扭地匍匐在地,仰头望着他,没有多余的话,只是叫他的名字。一遍又一遍,宛如一只从巢穴跌落,急切呼唤双亲的雏鸟。

不要做这样的事,你和他们不一样。

你不是滥用暴力的人,身体不该被愤怒支配。

我没有事,你不要生气了……

两相对视,他似是被我叫回了神,剧烈喘息着,高举起的落地灯虽然还是落下了,却是落到一旁的空地上,发出一声沉闷的巨响。

看向区可岚,他嘱咐门外陈桥等人:"去别的楼层再开一间房,送季柠过去,你们在门口守着,除了我任何人不准进屋。再派个人告诉杨先生,人找到了,但今天恐怕不能再拍照,让他另外安排时间。陈桥,去请华姐过来。"说完,他转身走向我,扯下床上的床单披在我身上,将我从地上扶起来。

我站立不稳。

"我走不动……"

冉青庄低啧一声,啧得我心头一颤,以为他是不耐烦。

门外小弟不确定地问道:"幺哥,等会儿华姐到了怎么办?"

冉青庄没有丝毫停留地带着我往前走,只是简洁有力地交代:"让她等。"

我蜷缩着没有力气,以至于连怎么下的楼,坐电梯后进了另一间房都没什么印象。

第十六章
积雪初融

一谈到"性",总是要引得一帮人闻之色变,似乎它是毒蛇猛兽,是污泥浊水,大太阳底下说了,就要即刻化为灰消散。

学校里教授的生理知识只是浅谈即止,并不会细讲。有时候越是朦胧,就越是引得人想探究;越是神秘,就越是让人想要知道背后的故事。

小妹上小学三年级那会儿,也不知怎的,班级里突然流行起探索男女之事,众人开始互相传阅租借来的言情小说和漫画,而小妹也是其中的一员。

那会儿我高二,快要放暑假了,天气逐渐闷热。那天我好像是快要下雨,便早早收拾东西回家,没多练琴。

看着空旷寂静的教室,自从冉青庄不再每天放学准时来空教室报到,我进门出门时都会很不习惯,觉得少了点什么。

回到家里,妈妈在厨房做饭,我放下琴去小妹屋子想检查她的作业,一进去就见她趴在那里,聚精会神地看着什么。

小妹对各学科功课向来是持消极态度,抄写之类的还好,解题类的能要了她的命,经常做着做着就哭了,还要被妈妈骂。她一反常态这么认真，我就觉得其中有异。我悄悄上前一看，她果然不是在做作业。

她在津津有味地看一本少女漫画，连我靠近都没发现。

"看什么呢？"

我突然出声吓了她一跳，她手忙脚乱就要藏书，转头一看是我，惊魂未定，却是松下老大一口气。

"哥啊，你吓死我了。"她拍着胸口，看一眼门外，"我以为是妈妈呢，被她看到就完蛋了。"

"原来你知道。"我与她年龄相差许多，她一出生就没有爸爸，妈妈对我们又十分严厉，纵使这个家变成这样并不是我的错，我仍然会对她生出诸多愧疚。

我妈总说我过于溺爱她，我自己也承认，可溺爱就溺爱了，她一个小姑娘，总要娇惯一些的。

"哥，这个可好看了。"小妹将打开的漫画呈到我眼前，入目便是男女主情到浓时滚作一团，在床上深情拥吻的画面。

我盯着画面中男主人公结实流畅的腹部肌肉，别扭地按下漫画，道："好了，放起来，别被妈妈发现了。"

她吐吐舌头，将漫画书塞到床垫下。

本以为万无一失，谁想这天吃完了饭，我妈突然要给小妹换床单，一下子就发现了那本漫画书。

她翻了两页，怒不可遏，将书撕成两半摔到地上，质问小妹为什么要看这种乱七八糟的书。

小妹吓得面色惨白，一句话也不敢说。

这样下去，一顿打她肯定是逃不了了。

"是我，我买给她的。"我将小妹挡在身后，将事情全揽到自己身上。

"你买的？"我妈眯了眯眼，明显不信，抓着卷起的皮带指向小妹，问，"白菱歌，你说，这书哪里来的？"

小妹毕竟年幼，当即承受不了压力，哇哇大哭起来。

"妈妈，我错了，我真的错了……"

我妈被她哭得也像是崩溃了，眼眶通红，眼里却没有泪："你总是这么说，你们总是这么说！"

我不知道她口中的"你们"是谁，是我和小妹，抑或还有爸爸。

她高高举起皮带，眼看要狠狠抽下，我赶忙冲过去抱住小妹，替她挨了一鞭。

隔着夏季校服，皮带重重地抽在肩胛骨上，疼得人眼前发黑。

"为什么总是不听话？啊？这些是什么东西？这跟学习有关系吗？"妈妈一下又一下挥着皮带抽打在我身上，怒骂道，"你们爸爸就是不三不四的人接触多了才会死成一个笑话，你们也想学他是吗？"

"你们才多大就看这种东西？是不是想气死我？"

小妹号哭着，紧紧抓着我的衣服，害怕得瑟瑟发抖。

"妈妈……不要打了……不要打哥哥……"她抽噎着，似乎想要去阻止妈妈，才动了动胳膊就被我按着脑袋又护进怀里。

"龙生龙，凤生凤……老季家的种，我怎么培养，还是像他们家的人……"

我捂住小妹的耳朵，闭上眼，默默忍受背脊上连续生出的剧痛。

"龌龊！"

"下流！"

黑暗中，哭声渐渐消退，唯余我妈深恶痛绝又掷地有声的喝骂声。

我是劣种，所以无论如何矫正，我总是脱不开骨子里的龌龊与下流，只是一个疏忽，便会犯下不可饶恕的罪。

睁开双眼，从窗帘缝隙透进来的一缕阳光正好照射在我的眼皮上，刺得我眉骨都在疼。

我挡住眼睛,从床上坐起来,发现自己浑身赤裸,周围环境也很陌生。

环视周围,房里只有我一人,按揉着太阳穴,记忆缓慢回笼。杨已,酒会,区可岚,然后是冉青庄……

我跪在床上,上身前倾,一头栽倒在柔软的被子里,将脸深深埋入其中。

门外突然响起敲门声,我瞬间噤声,接着便听到陈桥的声音。

"柠哥,你醒了吗?"

我连忙下床到处找衣服。

"来了!"我快速从衣橱里翻出酒店浴袍穿上,给陈桥开了门。

"我听到动静就知道你醒了。"他将手里的袋子提到我面前道,"衣服、手机,我都给你送来了。"

这可真是解了我的燃眉之急。我谢过他,接过袋子,看了眼里头的东西,抬头又问他:"你有枪吗?"

陈桥吓了一跳:"没有。"

我有些遗憾地"哦"了声,转身往浴室走去。

陈桥跟在后头,关了门,小心翼翼地压低声音问:"柠哥,你要去找区小姐报仇啊?"

没有,我就是想给自己一枪。

不等我回答,陈桥接着道:"华姐知道她又闯了祸,连夜就把她送出岛了。大公子好说歹说才让那个姓杨的摄影师再多留一天,憋了一肚子火结果找不到人,差点跟华姐闹翻。"

区可岚敢对自己人动手,怕是再难回来了。金辰屿到如今已不会动她,但如果她日后想不开要主动招惹,那就另说了。

"冉……冉青庄人呢?"掏出袋子里挂着柠檬吊坠的手机看了一眼,

235

还好屏幕没碎，就是电量所剩无几。

给冉青庄发完消息后我就中了区可岚的圈套，与外界失去了联系。想想也知道，我平白无故失踪，杨已那边迟早是要发现的。

最后一条信息之后，冉青庄给我打了五个电话，应该就是得知我不见了的消息，到处找我呢。

"大早上就在大公子和华姐间两头跑，么哥现在和那个摄影师在一块儿，协助他做准备工作呢。大公子说不放心别人，让他盯着这事。"陈桥道。

我点点头，让他随便坐，自己进了浴室洗漱。

好不容易换好衣服，吹干头发，我边扣着袖子上的扣子边走出浴室，见陈桥正从餐车里往外端菜，满满一桌子，起码也有八道菜。鲍参翅肚，样样都是大补之物。

"怎么叫了这么多，我们两个吃不完吧？"

我起得晚，此时已是十一点多，但算上早饭这量也有点过了。

"我们两个？"陈桥端上最后一道例汤，摆到我面前，道，"不是啊，这些都是给你准备的。么哥说你要多补补……"

我一口汤才咽下，闻言汤呛进气道，咳得昏天黑地，眼泪都咳了出来。

推开会议室的大门，阳光充足的室内，正在谈话的冉青庄和杨已同时看过来。

"你没事就好，不然坂本先生说不好要迁怒于我了。"杨已上下打量我道，"我的时间有限，晚上就要赶往另一个城市，现在就开始吧。"

毕竟还算比较隐私的部位，我也不是专业模特，考虑人多了容易紧张，杨已直接清了场，只留下冉青庄。现场只剩他，有时候就需要他做一些助理的活,调整下灯箱位置,或者拉扯一下我的衣摆。

身后不断传来快门声,我庆幸于不需要拍摄正面,不然我怕是没法好好摆出自然的表情。

"奇怪,怎么都是花?"杨已疑惑不已,"不是说体温正常时能看到蛇盘花兔吗?蛇呢?兔子呢?你是在发烧吗?"

我微微偏头道:"没……我去外面吹个风就好。"

"不用,我出去吧。"冉青庄从灯箱后走出来,淡淡地扫我一眼,对杨已道。

杨已并没有叫别人进来,冉青庄离开后,屋里只剩我和他二人。

"要不要喝水?"他从后头递过来一瓶没开封的矿泉水。

"谢谢。"我从他手里接过来,拧开喝了两口,慢慢平复心情。

大概过了两分钟,杨已吃惊地"啊"了声,朝我的脊背连按快门,道:"真的显出来了,蛇和兔子!"

我将手中的矿泉水瓶滚到一边,知道已经差不多了,松了松肩膀和脖颈,道:"开始吧。"

杨已说我背上的文身图案已经很花哨,背景尽可能简单就好,所以背景幕布选用的是纯白色,只在两旁各加了盏使画面不至太冷的暖色补光灯。

"好了,把衣服脱了甩到一边去,再站起来把裤子脱下来点,不然蛇尾巴拍不到。"伴着快门声,杨已道。

我按照他的吩咐,脱了衣服,又解开裤子稍稍往下拉了些,露出骶骨。

"要是能拍你坐在凳子上拉大提琴,或者你像恋人一样搂着大提琴躺在地上,照片一定会更好看,也更有故事性,可惜坂本先生不需要。"杨已哂笑道,"每个人都想要自己的作品更完美,这大概就是人性吧。"

的确，就像我完全不想要我的大提琴陪我拍这种照片一样，这可能就是人性吧。

坂本需要的不过是能呈现他作品细节的完美高清照，基本没有拍摄难度，很快杨已就拍完了。

"都不知道为什么非得我拍。"杨已低头看着相机屏幕，要我穿好衣服过去看一看。

我就是个摆件，光是摆姿势就好，哪有什么置喙的余地？杨已翻了几张，我都觉得没什么区别，点头反复说着"不错""挺好"。

杨已当然也不需要我的认可，他放大文身的每个细节，最后停留在我腰部的兔子和蛇身上，问："你知道你背上这幅文身的寓意吗？"

我摇了摇头，表示并不清楚。坂本一开始连文的是什么都没告诉我，怎么会特地跟我解释寓意？

我只是"画布"，是不需要知道那么多的。

"蛇、花、骷髅，这三样在文身里是十分常见的素材，但死去的兔子不多见，还是被蛇缠绕的兔子。坂本说，兔子代表纯真。"杨已指着画面里的兔子和蛇道，"智慧从纯真的枯骨中诞生。"

"那……山茶花呢？"

"山茶在日本又被称为'椿'，由于凋谢时并非一片片凋零，而是整个花萼连同花冠一起掉落，被认为是一种颇具气节又凋谢得十分壮烈的花。"杨已调出一张满背红色山茶花的照片道，"一般……暗喻死亡。"

死亡……倒也很符合这幅作品的基调。

拍摄完毕，与杨已道别后，冉青庄亲自驱车将我送回了红楼。

在车上时，我思绪混乱，也没多注意他的身体状况。等到了电梯里，空间更小了，他又站在我前头，一咳嗽我就注意到了，回想起来，才发觉他在车里……不对，在拍照的时候就开始咳了。

"你……你是不是着凉了？"

"没有。"说是这样说，电梯门开的同时，他又用拳头抵在唇间低低咳了两声。

什么没有，这明明就是生病了啊！

我急急追出去，感受了下他的体温。

还好，不是很烫。

家门近在咫尺，但考虑到里头还装着监控器，讲话不方便，有些话我只能与他在走廊上说。

"昨天……对不起。"我盯着他指尖的纹路，不敢看他。

指尖微动，冉青庄似乎想收回手。

"比起对不起，你是不是更该和我说谢谢？"

哦，对。谢谢……谢谢肯定是要说的，冉青庄帮了我好大的忙呢。我长这么大，除了小时候我妈给我把屎把尿，也就他这样照顾我了。

我抬起头，乖乖地对他小声说了句："谢谢……"

他看了我片刻，回道："不客气。"

轰轰烈烈的那天，在我俩一来一往的"谢谢""不客气"中，就这样轻描淡写地揭过了。

进了屋，冉青庄说自己有些累，要早点休息，让我没事别吵他。

我答应着，等他房门一关，就打电话给楼下餐厅，问他们有没有姜汁。

"姜汁？有生姜，可以叫厨房给您鲜榨一杯。"

我谢过对方，让他尽快给我送来。

十五分钟后，门铃响起，我叫的特制生姜汁到了。

厨房也是非常实诚，榨了满满一大杯，还是滤去残渣的。

我怕这一杯太厉害，倒进锅里煮开后，盛出三分之一到杯子里。

端着小半杯姜汁，我敲响冉青庄的房门，等了片刻，没听到里面任何动静。我有些担心，更用力地敲了一次，还是没动静。

他不会晕了吧？

也管不得他会不会生气，我直接拧动门把推门而入。

冉青庄拉着遮光帘，卧室内伸手不见五指，还好我那房间与他的格局相同，开关在同样的位置。

按下开关，灯光乍亮，床上的一坨小山动了动，冉青庄将脸深埋进被子里。

好了，我可以确定，他没有晕，刚刚就是不想给我开门而已。

抿了抿唇，我走到床边，将杯子放到床头柜上，轻轻拉了拉冉青庄的被子。

"我问厨房要了些姜汁，喝了再睡好不好？"

他就跟只倔强的牡蛎一样，打定主意缩在自己温暖的壳里，谁也别想把他挖出来。

"就一小口……"我坐在床沿上，软言哄劝着，拿出了幼时哄小妹喝药的耐心，"我加了糖的，不难喝。"

终于找到可以撬动的缝隙，我扒拉着，最终将冉青庄的脑袋从被子里扒了出来。他闭着眼，眉心微微拧起，也不知是身体不舒服，还是因为我的聒噪。

我摸了摸他的额头，确认他没有发烧，放下心来。

"你喝了我就不吵你了。"

隐隐地，我好像听到他叹了口气。他探出手，随后睁着一双毫无睡意的眼，从床上坐起身。

"拿来吧。"他嗓音含着一点沙哑道。

我赶忙将床头柜上那杯姜汁递给他，他嫌弃地嗅了嗅，眉头蹙得更紧了，我以为他不肯喝，正要再哄，下一秒却见他干净利落地仰头一口吞下。

他重新躺回被子里，赶人道："行了，出去吧，别烦我了。"

我站起身，给他整理了下被子，掖紧了不让风进去，随后便出去了。

冉青庄一觉睡到半夜十点才醒，起了见我还在客厅看电视，有些意外地挑了挑眉，问我为什么还不睡。

我打了个哈欠，关了几乎听不到声音的电视，自沙发上起身，摇摇晃晃地往自己卧室走。

"冰箱里有粥，我怕你醒了不知道……"

走到房门口，身后的冉青庄突然叫住我。

"季柠……"

我回过身，他又好似不知道接下来要和我怎么说，目光复杂地看着我，就这样长久地静默下来。

"怎么了？"我被他看得心头打鼓。

"……谢了。"他终于启唇说完，留下呆愣的我，转身进了厨房。

原地站了会儿，我跟个程序错乱的机器人一样，同手同脚回到卧室，还算冷静地关了房门，然后顺着门板缓缓滑坐下来，抱着膝盖开始傻笑。

冉青庄……会跟我说谢谢了？

他刚刚竟然谢我了……

那是不是说明，他快原谅我了？

不说高中的事，就说昨晚那事，换作我，我都不确定第二天能继续跟对方做朋友。

可冉青庄甚至为此染了风寒，我于情于理都应该照顾他，他不迁怒于我就算了，竟然还因此感谢我……

我掏出手机，只觉得自己脑子里有很多情绪充溢，很多话语交织，化成文字,却只是简简单单的一句话。

  南弦,你相信这个世界上有天使吗?

  南弦正好也没睡,回得很快,先是发来三个问号,又问我:"你是要跟着你妈信仰上帝了吗?"
  我颤抖着手,完全不管他发了什么,问了什么,自顾自继续。

  我相信。

  南弦发来更多的问号,显然被我弄得一头雾水。
  他真好。
  我不再理睬南弦,将手机按在心口,后脑抵着门,心里不住地想着。

第十七章

格格不入

　　岛上吃喝玩乐一应俱全，却没有配眼镜的地方。我虽然少了眼镜也不至于什么都看不清，但总是不太方便，周六就又同陈桥一道出岛去了市里。

　　我去眼镜店，陈桥去隔壁银行办理业务，说是要给在老家的奶奶和妈妈打钱过去。

　　"柠哥，晚上有空不？请你吃饭。"陈桥往常都是大大咧咧的，说这话时却显出一些符合他年纪的腼腆。

　　"请我吃饭？你过生日吗？"也不对，之前他给我看过腰上的文身，说是文的生日，好像不是这个月份的。

　　"不是。"他挠挠头，嘿嘿笑道，"是我升职了，以后能跟着大公子干更多大事了。我能有今天多亏了你和幺哥，就想请你们吃个饭。"

　　也是上了岛我才知道，他们这种社团竟然还有严格的晋升制度，一级一级的，看资历、看贡献，轻易无法越级。要不是冉铮有护主大功，冉青庄也不能年纪轻轻就成了集团干部。

　　"我也没帮你什么，怎么是多亏我呢？这段时间我还要谢谢你对我的照顾，天天来回接送我，应该是我请你才对。"无功不受禄，陈桥存点钱也不容易,我就不想让他破费。

陈桥看出我的心思,直言道:"因为你这个任务完成得好我才升职的啊!哎呀,不花什么大钱,我带你们去一家特别绝的大排档,便宜又好吃。去嘛,我难得请一次客的。"

他都这样说了,再者知道不用花很多钱我也放下心来,便点头答应了,让他去办业务,自己则进了眼镜店。

陈桥心情大好,咧着嘴一边挥手一边叮嘱我:"我很快过来找你,你别乱跑啊!"

出了两次事后,我现在走到哪儿几乎都有人跟着,仿佛三岁小童,受到全方位的严密保护。

"好。"我无奈地与他道别。

陈桥升职怎么也算喜事,我配好眼镜,填完快递地址,见旁边有卖太阳镜的,样式新潮,很适合陈桥这样的小年轻,就想给他买一副作为他请客的回礼。

挑了几副都觉得不错,一时难以选择,便拍下来发给了冉青庄,让他挑一副。

第二副。

等了几分钟,冉青庄给了回复。

那就第二副吧。

叫营业员包起来,没多久陈桥办好业务,推门进来与我会合。

"柠哥,你还要买啥东西吗?我们从这边过去可能要一个多小时。"陈桥看着手机上的时间道。

"不用了,我们走吧。"拿好袋子,我没立即给他,打算吃饭时再给他个惊喜。

　　对陈桥，我一直观感复杂。他年纪不比小妹大几岁，小妹还在学校里读书，他却已经早早在社会上讨生活。

　　明明就跟旁的小孩子没两样，阳光爱笑，也没有暴力倾向，偏偏要学人加入社团，到现在也不敢跟亲人说自己到底在做什么。

　　有一次他跟家里人打电话，我听他用浓重的乡音告诉他奶奶，自己在一家公司做司机，天天开车接送老板娘。

　　羞于启齿，说明他也知道自己走的不是正道。

　　有了阿咪的前车之鉴，我总是想劝他不要再待在狮王岛上，试试去做些别的，又怕太过直接惹他反感，毕竟我们也不过才认识两个多月而已。

　　罢了，各人有各人的活法，我自己都离不了岛，上不了岸，又怎么去劝别人上岸呢？

　　也不知怎么的，周六高架上都堵，堵了整整两小时，等我和陈桥到吃饭的大排档时，冉青庄已经到了，同桌的还有陈桥的室友，那个看起来老实憨厚的麻薯。

　　"你们总算到了，我花生米都要三回了。"麻薯说着叫来服务员点单。

　　"这不是堵车嘛，渴死我了。"陈桥粗粗用茶水洗了洗杯子，给我和他自己倒上凉茶。

　　我坐到冉青庄身边，小声问他："你们等很久了吗？"

　　冉青庄剥着花生，道："没有，我也就比你们早十分钟。"

　　服务员很快拿来一纸菜单让我们勾选，麻薯接过直接给了冉青庄，冉青庄看也不看，下巴往我这儿抬了抬，道："给他。"

　　麻薯一愣，马上反应过来，把菜单递到我面前。

　　"柠哥请！"

我讪笑着接过菜单，问过陈桥和麻薯有没有忌口的，点了几道热推的菜，又点了条上次和南弦吃饭时冉青庄吃得比较多的鱼，一数五道大菜了，便叫来服务员将菜单还给对方。

"再来两瓶冰啤！"陈桥追加道。

服务员确认好菜品，放下沙漏，直接从冰箱里拿出两瓶啤酒给我们这桌开了。

麻薯把杯子里的凉茶泼了，给自己和陈桥满上，又举着酒瓶对冉青庄道："等会儿吃完饭叫代驾吧？今儿个高兴，幺哥，你也喝点？"

不等冉青庄回答，我先一步捂住他的杯口道："不要冰的，他感冒呢。"

麻薯看了看我，又看向冉青庄，像是等他拿主意。

我也看向冉青庄，冲他讨好地一笑，道："喝常温的吧，常温的也一样。"

冉青庄将一粒花生丢进嘴里，对这方面没有什么坚持。

"随便。"他道。

我忙招手让服务员又送了两瓶常温的啤酒过来。趁冉青庄不注意，对面陈桥暗暗从桌下伸出一只手，朝我比了个大拇指，等冉青庄看向他，他又飞快地把手放下。

我取过脚边的纸袋给了陈桥，说是给他的礼物。

他受宠若惊，一边说着"怎么还给我买礼物呢"，一边笑着打开了袋子。

"钱是我付的，礼物是你幺哥选的。"我说。

陈桥戴上墨镜，笑着冲我俩抱拳道："谢哥哥厚爱！"

之后吃饭陈桥便一直戴着墨镜，架在头顶上，没摘下来过。

兴许是离了岛，大家都比较自在的缘故，一顿饭吃得十分尽兴。

"阿咪也真是的，说走就走，也不打个招呼……本来她在的话，今天也有她一份的。"吃着吃着,陈桥也有些微醺,摇晃着酒杯突然提起阿咪。

我夹菜的手微微一顿,过了会儿才若无其事地送进嘴里。不管是南弦还是陈桥,吃饭时都提起了她,由此可见,阿咪真是个惹人喜爱的姑娘,总是让人忍不住挂念她。

"她说不定是找到好男人回老家结婚了,你操这心干吗?"麻薯吐着鱼骨头道,"做她那行毕竟也不是长久之计。"

"那就祝她幸福了。"陈桥遥遥向半空敬了一杯,"希望有机会再见。"

我微微抿了口茶,岔开话题:"你们……都是怎么加入合联集团的?"

"没文化啊,就想混口饭吃。从小我就不学好,整天打架惹事,然后别人就介绍我进公司了,说适合我这样的。我一看,还真挺适合的,自由,都是兄弟,还包吃喝。"陈桥直白道。

"我和菠萝仔差不多,也是别人介绍进来的。"麻薯可能也是喝多了,红着面颊,一反常态,语气强硬道,"我是个孤儿,从小没有家,狮王岛就是我的家。那些说狮王岛不好的,根本不了解狮王岛。他们算什么?他们知道个屁!谁要跟狮王岛过不去,谁就是跟我过不去,谁跟我过不去,我就弄死谁!"

陈桥搂着他的肩,与他碰杯,志同道合地大骂着那些"他们",扬言要一个个弄死。

这时节崇海已经很暖和,照理我不该觉得冷,可当陈桥他们高喊出"弄死他们"时,我仍不自觉地打了个寒战。

那不是外在体感带来的冷,而是从心脏蔓延至全身每根血管、每个毛孔的一种冷。寒意透骨,令人生惧。

他们如果知道阿咪已经死了,或许会为她感到难过,替她惋惜。但要是他们知道阿咪是因背叛狮王岛,背叛金辰屿被处死的,会不会不仅一点都不为她感到伤心遗憾,反而觉得畅快呢?

我不敢问,也不可能问。总觉得,答案不会是我所希望听到的。

我忍不住去看一旁的冉青庄,他手肘支在桌面上,指间夹着烟,眼皮微垂,呼出的烟雾缭绕在他周身,使人很难看清他眼底的情绪。

周围是嘈杂的人声,头顶是蛛网一样的串灯,鼻端萦绕着各种烟酒饭菜的味道,置身于这样热闹的环境,他却显得很孤独。他看起来好像谁也接近不了,谁也无法理解,什么都不在乎,什么都抛下了。

仔细想想,岛上人人叫他"幺哥",可真的能与他建立联系的,似乎一个都没有。

感受到我的目光,他抬眼看来,与我对视片刻,又先一步移开。

"喝!"

好似要反驳我内心对他的揣测,他直接举起酒瓶,加入陈桥他们,粗犷地一口气喝光了瓶子里剩下的酒。

他喝得太快,以至于酒液顺着唇角漫过喉结,都要流进领子里。我见状抽过纸巾,他用力放下酒瓶。

他取过纸巾,拭去脖子上的酒液。

我捻了捻湿润的指尖,给他夹了一块鱼肚子上的肉。他起初没有动,后来我再看碗里,他不知什么时候就给吃掉了。

酒足饭饱,陈桥叫人来买单,冉青庄起身去洗手间,我急急跟着去了。

大排档的洗手间在店里,要穿过厨房,十分狭小简陋,里面就一个马桶外加一个洗手台。冉青庄进门后,我直接跟在他后头挤了进去,反手锁了门。

他错愕地看向我,不明白我这是做什么。

"你急你先来。"他作势要去开门。

我先一步挡住门,后背抵在门上:"你是……怎么习惯的?"

他动作一顿:"什么?"

洗手间本就逼仄,两个成年人一站,转身都很困难,他有意拉开一些距离,但收效甚微,还是与我贴得极近。

"你之前说过,我如果不愿意走,就只能习惯。那你呢?你是怎么习惯的?"隔着门板,可以听到外头厨师颠勺爆炒的声响,明明在一个空间,又好像不在一个空间,里头太静了,静到我甚至都能听到冉青庄的呼吸声。

"你把我堵厕所里,就为了问这个?"他难以理解地看着我。

我被他说得有点窘迫,解释道:"因为之后……之后我们都没有独处时间,回岛上到处都是人,还有监控器……"

我越说越小声,反思自己是不是太小题大做了,毕竟就算不能两人独处,这个世界上有样东西叫作手机,还是可以发信息问的。

但转念一想,万一手机也不安全呢?金辰屿既然能想到在我们的住处装监控器,就能监控我们的手机。

所以……还是这样最稳妥。

"是因为阿咪吗?陈桥他们的话,让你想到她了?"冉青庄直击重点,一下子挑明症结所在。

我垂下眼:"她没有做错任何事……"

警方通过她提供的线索将腐败的官员绳之以法,她没有做任何需要让她付出生命代价的错事。相反,她做了件好事,天大的好事,她不该受到那样的待遇。

"背叛即死,规矩如此。"冉青庄的语气冷静又冷酷,"我知道你看不惯这些,但你不是来改变他们的,记住你自己的身份,记住你是来做什么的。"

记住我的身份,记住我是来做什么的。

我是季柠,一个大提琴演奏者,一个癌症病人,一个忏悔者;我来是教小少爷大提琴的,是来工作的,是来赎罪的。

我无法改变一座岛上人们的思想,我只能努力让自己不被改变。

"我明白了。"眼前闪过方才冉青庄寂寞的身影,我道,"你是不是也总是这样提醒自己?"所以看起来才会如此孤独,如此格格不入?

他扫了眼被我拽着的手,挣开了,放回原位,并没有回答我的问题。

"你问完了吗?问完能不能快点出去?我还憋着尿呢。"他顿了顿,微微眯眼,露出一言难尽的表情,"难道你想看我尿?"

那些满溢的,又或是失落的情绪暂时一扫而空,我一愣:"没……没有没有!"

我慌忙转身要走。

"等等,我有话要对你说……"背后的冉青庄叫住我,欲言又止。

我回过头,等他继续。

冉青庄思虑再三,还是直言道:"季柠,你能不能收敛一下,不要老是对我动手动脚?"

第十八章

菠萝之殇

我一直对他动手动脚？

有吗？

怀着这一疑问,我开门出了洗手间。

外头正好过来一名上厕所的食客,见我出来了就想要进去,被我及时拦住了。

"不好意思,里面还有人。"

对方闻言满脸古怪,看了看厕所的方向,又看了看我,站在原地没再动。

回去路上海浪有些大,船颠簸得厉害。我被颠得很不舒服,开始闭目养神。

船体的摇晃加上刚吃完饭容易犯困,不知不觉就睡着了,再醒来发现自己头枕在冉青庄肩上,而船已经要靠岸了。

我连忙坐起身,十分忐忑,瞥了眼不远处睡得四仰八叉的陈桥和麻薯两人,小声冲冉青庄道:"我不是故意的……"

冉青庄见我醒了,什么也没说,活动了下肩膀,始终眉心轻蹙,瞧着很不舒服的样子。

我抬了抬手,想给他按按,忆起不久前他才说过不要对他动手动脚的话,又生生忍住了。

他既然不想跟我有肢体接触,那我还是不要讨嫌了。

冉青庄几个都喝了酒,哪怕在岛上也不好开车,陈桥一早联系了人来接我们。

车是七人座的,还算宽敞。一上车,冉青庄与司机打过照面后便双手环胸,靠在座椅上假寐起来。

陈桥坐在副驾驶座上,可能是在船上睡过一觉的缘故,在车上显得很精神,一直在和司机说话。

司机真名不知,外号"大胡子",脸上毛发浓密,下巴连着腮黑乎乎一圈,两条眉毛也快连在一起,倒也名副其实。

大胡子道:"听说你小子升职了,现在也是个小队长了?"

"还好还好。"说着还好,但陈桥语气间的嘚瑟之意都要溢出来了。

"以后发达了可别忘了兄弟。"

"那一定,忘了谁也不能忘了你啊!"

社团内部结构呈金字塔型,金斐盛是老板,也就是教父,下面是他的儿子金辰屿,被称为小老板。金辰屿往下,便是集团的元老及核心人物,如区华、孔檀、冉青庄之流,是金家最锋利的爪牙,也是他们饲养的"头狼"。

头狼作为指挥,下头又是以他们为顶端呈现的金字塔结构,分为中队长、小队长、普通职员。组织看似松散,实则严密。底层很难知道高层的决策,真正重要的生意,教父也只会交给自己最信任的属下。

陈桥晋升小队长,只是他在合联集团迈出的第一步,此后他只要仍在这条道上浮沉,便会一路朝着中队长和"头狼"进发,若干年后,说不准会成为像孔檀那样的高级干部。

　　车里没有开灯,只是靠着外头映射进来的一点朦胧月光与车灯照明。前头陈桥的小半张侧脸被微光烘托着,显得格外稚嫩,跟个孩子似的,我简直不能将他与那个毒蛇孔檀放到一块儿比较。

　　四人下了车一道进入电梯,陈桥快到自己楼层才像是突然想起什么般"啊"了声,回身对我道:"柠哥,这两天我得带队出个差,先让麻薯跟着你。你放心,麻薯很可靠的,开车特别稳。"
　　"你去哪里出差?我怎么不知道?"我还没开口,一旁的冉青庄突然出声。
　　陈桥双手食指在自己嘴巴前面打了个大大的"×",道:"幺哥,你知道规矩的,这个我不好说。"
　　本来我以为,这些道上的是最没规矩的,可渐渐地又发现,这里到处都是规矩,行差踏错一步,不小心坏了规矩,说不准就要万劫不复。
　　冉青庄不再询问,电梯门打开,陈桥戴着我给他买的那副墨镜,冲我俩帅气地比了个"回见"的手势,与麻薯一道下去了。
　　臭美。
　　我笑着挥挥手,与两人说再见。
　　"自己注意安全。"向来冷言少语的冉青庄一改往常硬汉作风,竟然贴心叮嘱陈桥,叫我们三人都有些意外。
　　眼看电梯门就要合上,陈桥这才回过神,笑得格外灿烂。
　　"好嘞!"他大力挥着手,直到电梯门完全闭合。
　　轿厢里寂静下来,我见冉青庄长眉紧锁,一副忧心忡忡的模样,有心调笑两句,缓解气氛。
　　"我们好像送孩子远行啊!"我说。

冉青庄闻言眉头并未舒展，横过来的眼神就像在看一个神经病。

我一下子闭嘴，知道他不喜欢这个形容，识相地没有再多说什么。

麻薯如陈桥所说，车开得很稳，人也可靠，从来不迟到，只是与我话很少，始终保持着客气又疏远的态度。

陈桥走的第三天，我正纠正金元宝的握弓姿势，金辰屿突然到访，什么也不说，只是坐在一旁听着。

我紧张，金元宝比我更紧张，拉了两个音就不干了，让他哥赶快走。

"你不是说要练好曲子拉给我听吗？怎么我坐在这儿你就练不好了？"金辰屿嘴角噙笑，优雅地端起一旁小几上的红茶杯轻抿了一口。

"你走开啦。"金元宝跑去拉他的胳膊，将他往门口拽，"我要你听的时候会通知你的，没让你听你自己不要过来！"

整个金家，不，整座狮王岛，恐怕也只有这位小少爷敢对金辰屿这么说话了。

"行了行了，你别拽我，茶都泼出来了。"金辰屿小心维持着平衡，将茶杯送回小几上，回头就冲着他弟弟的脑袋一顿揉搓，把金元宝揉得尖叫不已。

"你等着，我要告诉爸爸你欺负我！"金元宝双手护住自己的头发，气得脸都红了，活像只炸毛的小猫。

"你还告状啊？你多大了还老是找爸爸给你出头？"金辰屿轻轻弹了弹金元宝的额头，笑道，"我就在你面前，你自己不会找我报仇啊？"

金元宝捂住被他弹痛的额头，噘着嘴，眼眶微微湿润。

我怕小少爷哭起来一发不可收拾，就想做和事佬，劝一劝这兄弟俩。不想还未开口，金元宝一声大喝，炮弹一样冲向金辰屿，扑上去就咬他的胳膊。

"哎，你怎么还咬人呢？"金辰屿嘴上说着，脸上却并未见几分恼色，也没有急着挣脱。

就像……在陪一只换牙期的小奶狗戏耍，所有的扑杀啃咬，都在容许的范围内，不过是为了它长大后能更好地捕获猎物所进行的一种训练。

金元宝紧咬牙关，口水沾湿了金辰屿的袖子。

正在这时，门外冯管家忽然匆匆走进来，弯腰凑在金辰屿耳边说了些什么。金辰屿脸上笑容一顿，几乎是顷刻间眼神便冷下来。

他提着金元宝的后领将人扯开，随手拿纸巾擦了擦袖子，站起身道："好了，不跟你闹了，好好和季老师学琴，我下次再来看你。"

小少爷跟跄着向后跌坐到地上，胡乱抹了抹嘴，吐掉嘴里的纤维，仰头朝金辰屿做了个怪脸。

"你不要来了，再来我还咬你！"

金辰屿看着是真有急事，连招呼也来不及和我打，转身就大步走了出去。

我一直不知道出了什么事，直到下了课，我一如既往地背着大提琴走到大门口，却迟迟不见麻薯的身影时，心中才觉出不安。

照理我不该将这么小的两件事联系在一起，麻薯可能是因为不小心睡着了才没有及时赶到，金辰屿也可能是因为相熟的哪位官员又落马了才面色骤变。可不知怎么，冥冥之中似乎有种第六感，牵扯着我的思绪，让我控制不住地往最糟糕的方面想。

是冉青庄出事了吗？他的身份被发现了？还是孔檀又要搞事情？

我慌乱地摸出手机，正想给冉青庄拨去电话，麻薯的车姗姗而来，停到了我面前。

他快步下车，替我将琴放到后备厢，低着头，音色古怪地说了句：

"抱歉,柠哥,我来晚了。"

我见他鼻头微红,眼底也全是血丝,一坐定便忍不住追问:"出什么事了?"

车辆缓缓驶出,麻薯一面开车,一面眼泪又止不住地落下。

他好歹也是个堂堂七尺男儿,忽然哭得跟金元宝似的,叫我如何不心慌?

"到底怎么了?"我拧着眉,又问了一遍。

"柠……柠哥……"他哽咽得语不成调,最后车也开不下去,只好打了双闪停到路边,"菠萝仔,死了。"

仿似落下一道惊雷,我愣怔半晌才反应过来他是说陈桥死了。

一切都太突然,震惊压过了所有情绪,我只觉得不可思议。

他说的陈桥,是前两天还在和我们一起吃饭的陈桥吗?是那个活泼开朗,第一回见面就介绍自己叫菠萝仔,让我管他叫菠萝的那个陈桥吗?

"怎么……"我一开口,才发现自己嗓音嘶哑难辨,只得清了清嗓子,再次尝试,"怎么会?"

"具体的……我也不清楚,只知道他……他负责押送一批货物去北方,结果被条子盯上了。他们设卡拦截他,要他停车……他没停,开车冲出了公路,后来……"麻薯涕泗横流,哭得不能自已,"后来车子失控,他就连人带车翻下了悬崖。"

麻薯在一旁哭了许久,我坐在副驾驶位上,没有催促他,任他尽情发泄悲伤。

可能有十多分钟,哭声才渐渐小了,麻薯抹了抹脸,重新发动引擎。

"总有一天,我要弄死那些臭警察,替他报仇!"他脸上悲痛尚在,咬牙切齿地一拳击打在方向盘上,带着令我心惊的恨意。

回到住处，我仍像做梦一样，没有什么实感，总感觉陈桥是在和我开玩笑。只要我放松警惕，他下一刻就会从房屋的哪个角落跳出来大叫"Surprise!"（惊喜）。

然而左等右等，房子里安安静静的，没人出来。

这世界就这样少了一个叫陈桥的年轻人……

我以为他比我小，合该比我长寿才对，可世事难料，他竟然比我这个得病的都要短命。

我才……给他买了新墨镜呢。

如果早点劝他脱离金家，离开狮王岛，结局会不会好一点？

我那天应该劝他的。

晚饭没什么胃口，我叫了餐厅的送餐服务，随便吃了两口面便吃不下了。

我盲目地不停转换着电视频道，反复数次，最后选定一档喜剧综艺节目，本想转换心情，结果根本笑不出来。

我缩在沙发上打着瞌睡，直到深夜听到门锁响动，一下子清醒过来。

冉青庄推门而入，与我四目相对。在门口停驻片刻，他什么也没说，走进来将外套脱在沙发上，随后转进浴室。

水声持续了一小时，我见他迟迟不出来，有些担心，去敲了门。

"冉青庄？"

里头没有回复，我猜跟之前给他送姜汁那次状况差不多，他听到了，但就是不想理我。

我直接推门进去，门一开，便被里头翻涌的水汽与浓烟呛得不受控制地咳了两声。

冉青庄赤着脚，屈起一条腿，颓然地靠墙坐在地上，身旁落了不少烟灰和烟屁股。

他抬头看向我,薄唇间徐徐吐出一口白雾,分明没有任何话语,眼底干燥,眸光清亮,奇怪地,我却有种他马上要撑不下去的错觉。

他的身体充满力量,他的意志坚不可摧,但他确实已经筋疲力尽,无法再继续人前的伪装,所以只好用这样笨拙的方式,躲在这个唯一没有监控器的空间里,暂且偷得半晌的喘息。

我反手关了门,走到他面前,问:"你还好吗?"

长久地待在浴室里,他头发上都带了点潮意。他夹着烟,就这样仰头看着我,一句话也不说,就这样直直地、一眨不眨地看着。

重遇以来,我见过各种各样的他,愤怒的,冷漠的,不屑的,孤独的,却还没有见过他这副样子。

他看起来好难过……

心脏抽紧了,我犹豫片刻,还是决定不顾他的告诫,蹲下身。

他手举在半空,指间仍然夹着未燃尽的烟。

久久,他语带沙哑地开口:"车里根本没有货……金辰屿拿他做诱饵,他就那样傻傻的,为了一只空箱子送了命。"

要不是就在我耳边,他的声音几乎要被水声掩盖。

"你问我是怎么习惯的?"

"我没有习惯。"他说,"我永远习惯不了。"

可能有好几分钟,我们就这样沉默着,耳边只有连续不断的水声与轻浅的呼吸声。

我不敢开口,甚至不敢太用力地呼吸,生怕惊动了这只好不容易袒露脆弱,在我面前卸下心防的巨兽。

有那么一瞬间,我想叫他离开这里,离开金家,张了张口,又不知道该用什么立场、什么身份劝他。一个室友?一个有过节的老同学?想想都觉得可笑。

而且……如果他真的有另外一个身份，那个身份还与金家对立，那他如今选择的一切便不单单是他自己的选择。

渐渐地，我们各自都退后了一些。

视线交错的刹那，我注意到他眼底的微红，以及那双眼眸更深处的复杂莫测的东西。但就像是阳光下光影交错的湖面，你很难透过层层涟漪看清水下的东西，我也很难看清他。

而只是眨眼的工夫，那些东西就都不见了，他移开视线，看向别处。

"出去吧，我没事……"在短暂的失态后，他又恢复了往日的模样，好似那些不确定、迷茫，都随着刚刚的发泄被重新定义、再次稳固。

见他情绪有所改善，我稍稍放下心来，起身准备离开。

"我给你热杯牛奶，你等会儿出去喝了，睡觉会好一些。"

他没有说好，也没有拒绝，从烟盒里抽出一支烟重新点燃。

我做好了他不会碰那杯牛奶的准备，但第二天醒来，餐桌上的牛奶不见了，杯子则被清洗干净重新挂了起来。他最后还是听话地喝了牛奶。

那之后没两天，金辰屿被警方传讯协助调查，然而不到十二小时，在集团律师的熟练操作下，他又毫发无损地回到岛上。

崇海本是各种势力盘踞的城市，可通过多年的厮杀整合，如今便只剩下金家这一支。南弦说，"狮王岛"原先不叫狮王岛，因为金斐盛自认成了兽中之王，才改叫了狮王岛。

如此也能看出他的自负。

随着金家日益壮大，警方对他们的严密盯守从未停歇。但因为金家行事谨慎，又替死鬼众多，就算偶尔抓到一条有用的线索展开调查，也只是伤其皮毛，不能毁其根本。

两方胶着着，金家两代人靠着二十多年的经验积累，早已摸出应对警方的一些策略。

陈桥的死，并没有带来任何改变，岛上始终风和日丽，金家依然稳如泰山。

又过了两天，我和冉青庄一道去了陈桥的老家，给他家人送抚恤金。

照理我不用去，但我总念着与陈桥相识一场，想为他最后做点什么。

去之前和冯管家请假，冯管家闻言长长地叹了一口气，让我只管去。

"我和他虽然不熟稔，但偶尔在门口碰上了，他总会热情地跟我打招呼，是个有礼貌的孩子。"冯管家唏嘘道，"没想到啊，这么年轻……"

"他本来可以不用死。"只要配合检查，什么事都不会有，哪怕货柜是满的，查出了违禁品，他一个小喽啰，最多去坐牢，哪里就用死？

冯管家摇摇头，道："我伺候金家大半辈子，看着大公子长大，只能说，他某些方面更胜其父啊！"

记得陈桥死那天，进来给金辰屿传消息的正是他，他多少应该也是知道其中内情的。

这话明面上听着像是夸金辰屿，可仔细一琢磨，又像在说他心狠凉薄。

"再过两年我也退休回老家了，希望能平平安安地活到那会儿吧。"说完这话，冯管家背着手，沿着走廊慢步离去。

陈桥的老家在距崇海五小时车程的一个小乡镇里，起初都是公路，越到后头路越窄,进他们村的时候,就成了崎岖的土路。

我们是近中午出发的,到的时候已经是傍晚,天将暗未暗,风卷着沙土刮到脸上,眯得人眼都睁不开。

村里大部分人家都是两层的小楼房,但陈桥家只有一层,几间屋子连在一起,外墙贴着彩砖,低低矮矮的,屋顶甚至还晾晒着来不及收起的玉米、腊肉。

陈桥的母亲四十来岁,皮肤因常年在阳光下劳作而粗糙暗红,我们进门时,她呆愣愣地坐在一张小椅子上,眼里已经没有泪。身旁有个十几岁的小姑娘,头上别着白花,跪坐在蒲团上,一边往身前的铜盆里烧纸,一边低头抹着眼泪,看长相,应该是陈桥的妹妹。

还有一些人,胳膊上戴着黑袖章,分不清是陈家的亲戚还是村里的乡亲。

陈桥的遗像摆在厅堂尽头的方桌上,似乎是张证件照,头发是黑的,笑得也收敛。

我与冉青庄分别给陈桥上了香,抬头隔着烟,注视着照片里不再灵动的双眼,"陈桥死了"这一认知多日来第一次真正直观又迅猛地袭向我。好像是大梦初醒,不得不认清现实,让我呼吸都有点窒塞。

留下冉青庄与陈家的那些亲戚交涉,我出了屋子透气。附近正好有两个在外头抽烟闲聊的村民,小声说着陈桥家的事。

"可怜啊,一早没了老公,现在连儿子都没了。"

"老太听到消息立马就不行了,这两天都起不来床,不知道会不会跟着一块儿去……"

"陈桥这小子也是命不好,给人开车都能开沟里。"

"听说是疲劳驾驶,你说说……这找谁说理去!"

两人没聊多久,抽完烟便进屋去了。

陈桥家院子里养了些鸡崽,不知道是不是有几天没人喂了,饿得不停地啄我的鞋子,赶了几次都不走。我索性也不赶了,任它们啄着,它们啄得无趣,就又自己散开了。

等了十来分钟,冉青庄由一名中年男性送了出来。

"谢谢谢谢,我替他妈妈谢谢你们。"他紧紧握着冉青庄的手,脸上是真切的感激。

我走近了,对方便转而来握我的手,同样的说辞,同样的感激。

他们不知道陈桥是为了一只空箱子死的,也不知道金辰屿,不知道合联集团,甚至连什么是狮王岛都不知道。他们只知道陈桥给人开车,死于疲劳驾驶,公司现在派人送来丰厚的抚恤金,已经仁至义尽,没有什么可以怨怪的地方了。

他们这一生都将被蒙在鼓里,不明真相。

实在说不清,这是一种幸,还是不幸。

天色已经晚了,吃过饭再往回开,到崇海都要半夜,若要坐船,就更晚。思量过后,冉青庄开车到了镇上,打算休整一晚,第二天再走。

镇上只有一家旅馆,开了有些年头了,房间不算小,但只有大床房。

大床房就大床房了,总比没地方睡好。

可能是心情还没有完全平复,我躺在床上久久难以入睡,盯着黑黝黝的天花板,脑海里全是陈桥,陈桥的母亲,陈桥的家人,还有那两个村民的话。

"你睡了吗?"我睡不着,就想找冉青庄聊聊天,但又顾及他今天开了长途,正需要休息,因此只敢很小声地问,怕他睡着了被我吵醒。

身旁的人动了动,像是翻了个身。

"没有。"

我侧过脸,在黑暗中看向他。旅馆的窗帘是普通的单层窗帘,不含遮光布，因此外头的光线很轻易便能透进来。微微弱弱的，刚好够我看清他的侧脸轮廓。

"为什么……金辰屿要故意设计诱饵？"

我一直在想这件事。放诱饵这种行为本身就能说明很多问题，金辰屿故意设置了一个假的货箱去诱导警方，把真的藏匿了起来，又或者根本没有真的，那他难道早就知道消息会被泄露吗？

"因为他一直怀疑身边有内鬼。"冉青庄的声音自黑暗中响起，"他事先放出假消息，让内鬼以为真的有一批货等着运到北方，等警方盯上了那批货，又故意派出陈桥他们假意运送，诱导警方追缉。从头到尾，不过是他设下的圈套。"

我心中一凛，不由得紧张起来："那这次的事……不就……不就坐实了内鬼的存在？"

冉青庄没有否认："以前只是怀疑，现在彻底确认了。"

我不明白他为什么还能这么冷静，微微撑起身子，语气有些着急："那内鬼还不快逃？"

他静了半晌，极低地笑了一声："除非他一个个杀光身边的人，不然内鬼还没这么容易被揪出来。现在逃……不是前功尽弃了吗？"

我多少能猜到他的回答，但真的听到了，还是觉得怅然若失。

"所以他不会逃。"我说。

"他不会。"

"被抓住了怎么办？"

这次他停顿的时间更长了，过了片刻，满不在乎地吐出三个字：

"那就死。"

我不明白他怎么能这么轻易地说出"死"这个字眼，它刺痛了我的神经，挑动着我濒临崩溃的情绪。

"不要这么说。"我心里头有些怨他出言无忌，语气都不免加重了，

"难道你……内鬼在这世上就没什么留恋的吗?"

冉青庄不再言语。

咬了咬唇,我重新躺回去:"算了,不聊这个了,睡吧。"

我背过身,仍是睁着双眼,压根睡不着。

过了不知多久,在我以为冉青庄早就睡去的时候,黑暗中再次响起他的声音。

"选他,就是看中他没有留恋。狮王岛或许危机四伏,但他……无路可退。"

第十九章

小丑云

一夜辗转，翌日一早，吃过早餐，不打算再停留，我和冉青庄准备出发回崇海。

"你在这儿等着，我把车开过来。"冉青庄叮嘱过后，拿着车钥匙离去。

小旅馆门前的道路人山人海，沿街都是叫卖声。我听着声音热闹，随意扫了一眼，发现鸡鸭鱼肉一应俱全，甚至还有卖水果糕点锅碗瓢盆的。

"那是赶集，在你们大城市里没见过吧？"老板娘正在吃早饭，见我好奇，端着碗到门口跟我解释，"就是好多人赶到一块儿，每天都在不同的地方卖东西，今天这里，明天那里，就叫赶集。今天正好轮到俺家门口这条街，明天这些人就去别的地方了。"

原来如此。

不远处忽地传来一声炸响，香甜弥漫开来，是新的一炉爆米花出了膛；一个高壮大汉两肩各扛着一大袋新鲜白菜，嘴里嚷着"让一让，让一让了"，从旅店门口大步走过；老太太推着辆小车停在卖麻花的摊位前，车里白茸茸的一团，定睛一瞧，是只白色的小狗。

熙熙攘攘，车水马龙，鱼盐满市井，布帛如云烟。这里或许不如崇海繁华，倒也别有一番热闹景象。

当我抱着一袋爆米花坐上车时，冉青庄的视线在我怀里的塑料袋上停留了两秒，随即又移开，没说什么便发动车子沿着拥挤的道路缓缓前行。

"吃吗？甜的。"我举着爆米花凑到他唇前。

冉青庄这次张口特别快。

从袋子里再捡起颗爆米花塞进嘴里，甜蜜的滋味自口腔化开，可奇怪的是，我的脑海里并没有出现多少关于爆米花的评价。车里的广播突然响起，我心脏猛地一跳，手指都插进爆米花里。

"巧克力棒、爆米花……看来你是真的喜欢吃这些。"一名白胡子老汉赶着两只羊从车前经过，慢慢悠悠的，也不急。冉青庄索性挂了空挡等他，顺便打开了车载广播。

其实我不喜欢。以前我爸还活着的时候，倒是经常给我买糖果饼干这类零嘴，后来他不在了，小妹出生，我妈恨不得一分钱掰成两半来用，这些华而不实的东西自然是要舍去的。舍得久了，也就不会想再捡起来。

买巧克力棒，买爆米花，不是因为喜欢，不过是记着冉青庄忘记的那句话，想他能开心一点。

我知道自己不讨他喜欢，便只能寄希望于别的东西来让他的心情好一些。

但以上这些，我都无法说出口，也不需要说出口。

"嗯，很喜欢。"我说着，又塞了颗爆米花给他。

回崇海的公路有一段没什么车，两旁都是荒草地，太阳高照着，前方起起伏伏看不到头。恍惚间,有种天地间只剩我们这辆车,只剩眼前这条路,可以一直顺着路开下去,开到世界尽头的错觉。

我按下车窗,灼热的风吹进来,噪声一下子变得很大,加上车内的音乐,让听到彼此的说话声都十分困难。

吹着风,我忽然转向一旁的冉青庄,用正常的音量道:"我们不要回去了。"

他听不清楚,扫了我一眼,疑惑地蹙起眉,大声问:"什么?"

我们不要回去了,就这样沿着这条路随便去到哪里,然后找个地方住下来。每天可以去赶集,可以买甜甜的爆米花,可以为了一斤猪肉和老板讨价还价……那里没有人认识我们,没有人知道合联集团,不会有很多危险,也不用担心随时随地被沉海。

想得很多,可望着冉青庄的侧颜,那些天马行空的想象又全都堵在喉咙口,怎样都没法顺畅地说出来。

那是连做梦都会嫌离奇的情节。

我们一起亡命天涯,不管金家,不管狮王岛,不管明天会不会死,不管亲人会不会着急……除非我们两个现在马上双双失忆,不然绝无可能。

靠回椅背,升起车窗,车内瞬间安静不少,只余轻快的音乐声。

那些被狂风吹动的蠢蠢欲动、呼之欲出,再次蛰伏,躲进连我自己都找不到的幽暗角落。

"没什么。"我轻声说着,"就是想问问你,还有多久的路?"

冉青庄看了眼车上的时间,道:"大概还要三小时,你可以睡一会儿。"

我的确觉得困倦,但不是因为小旅馆的环境,主要是昨晚冉青庄说完那话后,我实在难以入眠。

也不知道他是以为我睡着了才说的那话,还是确实就是说给我听的。毫无留恋，已无退路。短短两句话，震得我脑子里乱七八糟的，竟然一时不知道要怎么回他。想要直截了当地问他是不是内鬼，又觉得这不是我该知道的事，最后也只能背对着他，一声不吭地装睡。

　　结果就是失眠到凌晨，天快亮才迷迷糊糊入睡。

　　调低椅背，我双手环胸稍稍眯了会儿，迷迷糊糊竟然也睡着了。再醒来时，已经身处一个加油站，冉青庄手里握着油枪，正在给车子加油。

　　看到不远处有厕所，我伸展着有些酸痛的筋骨下了车，与冉青庄打过招呼，往那边走去。

　　厕所环境还算干净，放完了水，我走到洗手台前，见镜子中自己面色苍白，眼底布满了血丝，一副憔悴的模样，多少有些被吓到。

　　真不知道还能撑多久……

　　我摘下眼镜放到一边，弯腰洗了把脸醒神，没怎么注意，水顺着脖颈滑到了衣襟里，湿了一小片。

　　我没有管，粗粗擦拭脸上的水珠，戴上眼镜后离开了厕所。

　　冉青庄已经加好油在一边等着，我打算再去便利店买两瓶水，敲了敲车窗，问他有什么要带的。

　　他抬头看了眼便利店的方向，从钱夹里抽出张一百的给我："红豆包，谢谢。"

　　我没接："红豆包用不了这么多钱。"

　　十块都嫌多了。

　　他将那纸钞更往我面前递了递，道："剩下的你想吃什么自己买，路上就不再停了。"

　　已经快要十二点，也该吃午饭了。

　　我"哦"了声，点点头，拿着那一百元进了便利店，买了两瓶水，两个红豆包,路过零食货架,又加了两条巧克力和一袋水果硬糖外加一个饭团。

拎着袋子回到车上,冉青庄拿出自己的红豆包,拧开水安静地吃起来。

快速吃完后,他抽纸擦了擦手,抬头看我一眼,给我也抽了一张。

"啊,谢谢……"

我以为是自己把饭团吃到了嘴角,接过纸抹了抹。

他不轻不重地"啧"了声,像是嫌弃我笨手笨脚,一把夺过我手里的纸巾。

"你是去厕所洗了个头吗?"

"刚刚……洗了把脸。"

"你……"他顿了顿,移开眼,丢掉手里的纸巾,没有继续说下去,好似在斟酌用语。

过了会儿,他斟酌完了,复又开口:"我们的确做了许多在别人看来很要好的事,但那是形势所迫,逼不得已。我说过的,无论是真是假,我都不需要你对我的任何帮忙。"

然后他直视我,一字一句地道:"我们不可能成为朋友,永远不可能。季柠,你最好不要有什么误解。"

他语气决绝,带着恶狠狠的意味,表情也一点点变得冰冷起来,仿佛光是想到我对他有什么企图,就恶心得不行。

我一下愣住,有点接不住话。

而不等我说什么,车辆再次发动,行驶到公路上,两边景色已从荒芜过渡到逐渐有住家楼房,预示着我们离狮王岛越来越近,也离平和安逸越来越远。

南弦之前就觉得我讨好他，冉青庄现在也觉得我是，偏偏我还没什么有力的证据证实自己不是。

怎么解释呢？说自己其实快死了，所以良心发现想在生命最后的几个月为从前犯下的错赎罪？

没法这么说。

"我……"直到到达崇海，冉青庄将车交给泊车小弟，我们俩一前一后走在狭长的码头上，我才终于找到合适的机会开口，"……我知道我们不可能做朋友。"

冉青庄停下步伐，回头看向我。

海风腥咸，吹得我外套下摆不住地在风中翻飞，头发也扑到脸上，遮挡了视线。

"你讨厌我这样的人，我知道。放心，我不会误会的。"我走近他，抬头冲他笑笑道，"演戏嘛，我懂的。"说罢不管他的反应，独自往前头走去。

虽说两人没吵起来，但多少有些尴尬。我怕自己多做多错，上船后便避免与冉青庄接触，不同他挤到一起，坐得离他很远，回到住处也是直接进屋，一句话都没有多说。

当天晚上，我又梦到了高中运动会的事。

艳阳高照的午后，篮球场边全是围观的人，冉青庄高高跃起，仗着身高优势，跟堵墙似的一个盖帽将对手的灌篮阻止。两人落回地上，球被冉青庄一捞，到了他手上。随后根本不给对手反应的时间，他再次跃起，重重地将球灌进篮圈。

整个篮板都在颤抖，那气势太过震撼人心，当他落回地面时，离他最近的那名球员甚至下意识地退了一步，露出惧怕的神情。

我扶着墙，远远地看着他，心中有些说不清的情绪翻涌，既替他高兴，又觉得羡慕。

冉青庄像颗蓝色的太阳，靠近之前，只会以为他是冷的，可一旦靠近，就能感受到他身上源源不断的热量。那热量不仅让他变得耀眼，成为焦点，也感染着身边的人，使他们变得灼热。

我永远也无法成为像他那样的人，我甚至连一颗星子也不是，更像是清朗夜空中的一朵云，永远缩在角落里，无法发光，成不了主角，更无人在意。

"他是不是很帅？"

我吓了一跳，忙转过头，就见林笙背手站在我身后，正笑吟吟地注视着我。

看冉青庄比赛看得太专注，我竟连他什么时候靠近的都不知道。

"嗯……"我点点头，毫不避讳地承认了冉青庄的帅气。

林笙闻言笑容更大了一些，瞥了眼我的膝盖，道："你受伤了？"

我不自在地动了动已经被冉青庄处理妥当的那条腿，再次轻轻"嗯"了声。

我和他本身就没有太多交情，上次说话还是我托他还伞给冉青庄那次，算不上朋友，最多就是眼熟的陌生人。他突然找我说话，我受宠若惊不至于，诧异却是有的。

人际交往本来就是我的短板，面对不熟悉的人，我的话一向很少。不是冷漠，只是不知道要如何妥帖地回复，害怕一不小心说错话反倒让对方不适。

"我也觉得他很帅。"林笙礼貌性地询问了下我的伤势，下一句话又回到冉青庄身上。

"他很擅长运动。"我说。

说话间，哨声响起，比赛结束，周围一小簇人欢呼起来，其余人则垂头丧气。

冉青庄说到做到，果真将三班打得落花流水，一场三对三的比赛仿佛成了他的个人秀，在场上出尽风头。

与队友碰拳庆祝后，冉青庄穿过人群往场下走去。

汗水成串地自他鬓角滑落，他脸上、脖子上全是汗，领口一圈都湿了。

他大口喘息着，一屁股坐到观众席上，撩起T恤下摆粗鲁地擦了把脸，露出的小腹肌肉紧实，相当有料。

怎么都没人给他送水啊？他出这么多汗，一定要及时补充水分的……

我扫了眼场边，迟迟不见有人给冉青庄送水，忍不住皱了眉。

低头看了眼自己受伤的膝盖，我回头对林笙道："我……我去趟小卖部。"

他笑着点头，与我道别。

小卖部离操场不算远，但对受伤的我来说，那是一段非常恐怖的距离。走到那里时我又看了眼自己的膝盖，发现原本已经凝结的伤口再次渗出了一点血。

咬了咬牙，我没多做休息，买完水就一瘸一拐地往冉青庄所在的观众席赶去，想尽快将水送到对方手里。

然而还未等我走近，越过人群见到的一幕便让我不自觉地停下了脚步。

冉青庄仰头大口大口喝水，林笙坐在他身旁，一边看着他笑，一边替他扇风解热。不知道聊了什么，冉青庄忽然哈哈大笑起来，一拳捶在林笙肩上。两人看起来异常熟稔。

他们才是一类人……

一个宛如太阳，一个好似月亮。而我，只是一朵像小丑一样的云。

虽然三者同样是在天上，但云和那些星星其实离得很远很远，远到这一生都没办法缩短哪怕一丁点的距离。

握着水的那只手垂落身侧，瓶身压着掌心的伤口，生出一阵绵绵的刺痛。

我拖着脚步转身朝相反的方向离去，路遇一个刚跑完一百米的低年级学生，将水送给了对方。

物以类聚，人以群分。像冉青庄这样的人，眼里自然只会看到和他一样的发光体。他会想和林笙做朋友，实在是再正常不过的一件事。

他没有道理不喜欢的。

就像飞蛾会被光吸引，我们也总会被那些优秀的人吸引。他会看到他的光芒，这是迟早的事。可以说是一种命中注定，也可以说是一种缘。逃不开，挣不脱，在看到对方的第一眼就已经写好了结局。

我是被痛醒的。

剧烈的头痛在短时间内将睡意一扫而空，我在床上不断变换着姿势，试图减轻痛苦，但都无济于事。

最后我只能蜷缩在被子里，徒劳地从口中发出疼痛的低吟，连动一动手指的力气都没有。

不知道过了多久，可能有十分钟，也可能只有两分钟，那股折磨我的剧痛才渐渐消失。

从床上坐起身，我发现自己背上冒出薄薄的一层汗，连睡衣都微微汗湿了。

梦里的一切还很清晰，连膝盖上的伤痛都因为现实中的疼痛而变得格外真实。

天边已经泛起鱼肚白，我扶着额，下床给自己倒了杯温开水，喝完了躺回床上想继续睡，但怎么也睡不着了。

我拿出手机，翻到通讯录里林笙的名字，盯着看了两分钟，又放下了。

手机屏幕朝下,扣在床上,我翻了个身,整张脸埋进被子里,头脑彻底放空。

算了,太麻烦的事暂时还是不要想了,感觉脑容量快不够了。

第二十章
开拓新路

那之后的几天，我和冉青庄的相处很微妙，介于僵硬与尴尬之间。

当然，僵硬的是我，尴尬的也是我，冉青庄其实没什么变化，一如既往地冷淡，早上出门，很晚才回来，一般和我碰不到头。

岛上氛围变得紧张起来，安检更严密，巡逻更勤快，也不允许随意离岛了。如果一定要离岛，需要说明离岛缘由，两人一组行动，变相地互相监视。

不是没有人抱怨，结果就是直接被孔檀关小黑屋里审问，关了三天，出来后人都傻了，让做什么做什么，再不敢随意置喙大公子的决策。

"大公子也是为了大家好，内鬼一天不除，岛上一天不能安宁。"麻薯和我说这些时，全然没有觉得有任何不妥，甚至还责怪那人太不懂事，"这种人就该好好查查，不然谁知道他有没有问题？"

陈桥出事后，麻薯彻底接替他的工作，开始日常接送我上下课，充当我在岛上的生活助理。

与陈桥不同，麻薯几乎将金家、将金辰屿当作自己的信仰，全然认可对方的每个决定，不会质疑，也不容别人质疑。

我和他总是话不投机，往往没聊两句就开始出现分歧，渐渐地就不怎么聊了。

也是到这时我才意识到，我从上岛就开始接触的冉青庄与陈桥，虽然外表很像那么回事，但内在与那些真正的社团成员并不如何相似。麻薯才是典型的门徒走狗，而岛上大部分人，都是他这样的。

上完了课，照例陪小少爷用下午茶。我一边吃点心一边听小朋友说些奇奇怪怪的日常烦恼，虽然大都很让人摸不着头脑，但也别有一番乐趣。

"哥哥说，有小偷想偷东西，所以要好好派人看住。"金元宝晃着两条小短腿，一口咬下叉子上的蜜瓜，得意地道，"但他们不知道，他们都拦不住我，我有秘密通道，可以去任何地方。"

岛上防卫升级，城堡里自然也不遑多让，安保人员多到几乎要用"拥挤"来形容。

我一个外人无所谓，金元宝却很烦恼，觉得人多了很不自在。

因为不想让一大帮人跟着，他甚至半夜会利用自己房间的秘密通道偷偷跑到厨房偷东西吃。

他把这种行为当作一种冒险，为从未被人抓获感到自豪，并乐此不疲。

"偷东西？你知道……小偷想偷什么吗？"我尽量问得随意。

记得金夫人生日宴那天，冉青庄半夜无故出现在城堡附近，惊动了孔檀，这才误闯入我的房间。合情合理地推测，他是想偷偷潜进城堡里。而这种情节放到电影中，不是为了刺杀就是偷盗。基于冉青庄的隐藏身份，我更倾向于后者。

加上上次阿咪事件中，我一透露出城堡密道的消息，他就显出异常的兴趣。十有八九，有一样非常重要的东西，他知道在哪里，但没办法拿到。

拿到了……说不定这一切就能结束。

"不知道啊，哥哥没告诉我。"金元宝咬着勺子道，"但应该是在书房吧？书房好多好多人看着呢，平时我都不能随便进去，被爸爸知道会被他骂。"

书房？倒不是个令人意外的地点。

做决定只用了两秒，我将身体往前倾了倾，轻声问："元宝，练琴是不是很没有意思？"

金元宝略微迟疑，不敢看我："我喜欢老师，但练琴是挺没意思的，和我一开始想的不太一样。"

我笑了笑，提议道："那以后，我们不要练琴了，用那个……"我指了指右侧墙壁上遮挡着密道入口的巨大油画，"来玩捉迷藏吧？但你不好告诉别人，要是让第三个人知道，老师就不能再待在岛上了。"

要是让第三个人知道，我就只能去沉海了。

小男孩眼睛一亮，兴奋地道："老师是说，我们偷偷进密道玩捉迷藏？不上课了？"

我点点头："嗯，不上课了，你不喜欢，我们就不上了。"

我没有深想，也阻止自己深想，怕一想就会胆怯，就会退缩。

阿咪和陈桥的死一次比一次更明确地提醒我这座岛的恐怖之处，这是座会吃人的岛，在这里人命如草芥，亡者没有姓名。

我不想冉青庄最后也成为这座岛的食粮，折在这片深黑的海中。

我必须做点什么。

如果可以摸清城堡中的密道，说不定会对他有帮助。

既然已没有退路，便只能努力披荆斩棘，拓出一条前路。

深夜,我听到外头的动静,知道是冉青庄回来了。

他有个习惯,回来第一时间要洗澡。我等了会儿,确定他已经进了浴室,才推开卧室门出去。

屋子里都是监控器,实在很不方便,所幸浴室里还有一块净土,不然真不知道两个人要怎么沟通。

我开门进浴室时,冉青庄正在脱衣服,感受到气流的一瞬间他便停下动作,目光犀利地射向我。

被大型食肉动物瞄准的惊惧感扑面而来,我被钉在原地,心脏重重一跳,几乎要跃出胸膛。

但很快,在看清是我后,冉青庄那满身紧绷、蓄满力道的肌肉便一点点化开,眼里的杀意也急速消退。他微微拧眉,脱掉衣服,露着精壮的上身,转身打开了淋浴房的花洒。

他一言不发,靠到墙上,耐心地等着我自己开口解释,同时从裤兜里摸出烟盒,在我面前吞云吐雾起来。

后脊抵住门板,我掌心汗湿,一时不知如何开口。

就这么僵持了半支烟的工夫,冉青庄先忍不住了,将烟灰抖落到马桶里,打破沉默道:"什么事?"

我暗暗握了握拳头,走过去,凑到他面前,用极小的声音问:"你确定这里没有任何窃听或者监控设备是吗?"

他没有说话,只是点了点头。

这事内容太过敏感,就算得他确认,我仍然不敢大声,只将身体更挨向他,用着接近气音的音量道:"如果……如果我被金辰屿当作内鬼抓住,你有办法和我撇清关系安然脱身吗?"

冉青庄闻言半眯起眼,露出一点迷惑的表情。

"你想做什么?"

"我和你是多年未见的老同学,这些年我们从来没有见过面,你完全不知道我除了乐团的工作还有另一个身份。我从一开始就在利用你，对你所有的讨好，不过是想从你身上套取合联集团的内部消息。"我继续说，"或者也不需要解释，让他们查，毕竟我很清白，这些年又的确和你没有交集，从我这边是查不出任何东西的。你只要咬死了说不知道我想做什么，他们就没办法动你。"

他没有管我在说什么，只是用另一只手一把攥住我的衣襟，将我拽向他，嘴上一味地重复："你想做什么？"除了咬字更重，其余都没有变化。

我姿势别扭地仰头注视他，都到了这个地步，也打算打开天窗说亮话。

"我会想办法把密道地图画给你，有了它，你就能更方便地行事了。"

冉青庄终于把我说的话前后关系理顺，怔了片刻，松开我的衣襟，随后将烟头丢进了身旁的抽水马桶，很快给出答案。

"不需要。"他一口回绝，靠回墙上，"我说过的话你为什么总是不听？你把密道地图画给我？怎么画？自己走一遍？上次没被人发现是你运气好，你觉得你次次都有这样的好运吗？"

我已经将各种可能都想过一遍，他说的我当然也想到了。

"我会很小心，不牵连你，如果被人发现，我就说是在陪小少爷玩游戏。我之前就经常陪他玩捉迷藏，秘密通道也确实是他主动告知的，他们要是不信，最糟糕的结果不过是我被拉去喂鲨鱼，你还是可以全身而退的。"

"你不许去。"冉青庄根本没有考虑我在说什么，只是全然否定，一点不松口。

他若是说自己还有别的打算也就罢了，如今这样，倒像是无意中被我正中了他的下一步计划。

他十有八九也想到了从密道入手，却一直不得其门而入，正束手无策，我突然主动请缨了。照理这是天赐的好机会，他却没有办法心安理得地让我涉险。

我抿了下唇，没有和他争论的打算："我已经决定了。"

金辰屿的确没法——杀光身边的人来清除内鬼，但他仍然可以通过各种排除法将冉青庄这只隐藏在身边的耗子抓出来。一切不过时间早晚的问题，或许是今天，或许是明天，他总是会暴露的。越待下去就越危险，金辰屿不揪出内鬼绝不会罢休，这甚至已经紧迫到了争分夺秒的地步。

冉青庄额角青筋浮现，怒瞪着我，连声音都不自觉地提高："不行！你给我马上走，明天就离开这里！"

我笑起来："嗯，等我做完这件事就走，一定走。"

他完全不明白我怎么还能笑出来，简直快被我气死了。

"季柠！"

我怕他声音太大，外面也会听到，忙制止他。

"我不要紧的，你可以尽情差使我，利用我，让我帮你做事，没有关系的。"我轻声道，"你忘了我是怎么对你的吗？我为了一点奖学金害你退学，害你和林笙退学，我就是个卑鄙小人，你有什么好顾忌的？"

"记住你是来做什么的，记住你是谁。"

冉青庄浑身一震，咬牙道："你可能会死。"

"我不在乎。"仔细想想，这或许也是老天的安排。设计好让我得病，让我们重遇，让我在最后为他做点什么，好赎那过去的罪。这件事就必须由我做，其他人都不行。这是宿命，也是必然。

"那你在乎什么？"

我抬眼与他对视，望进他漆黑的眸子里，那里酝酿着浓烈的情绪，好似被汹涌的暗潮席卷，终于从内部开始瓦解的冰面，寸寸龟裂，不复以往的平静。

"我在乎你最后能不能活着。"

我只当是我们已经说好了,说明白了,冲他微微笑了笑,转身就要走。

才到门口,胳膊再次被拽住。

番外

0417

冉铮每次都是来去匆匆。

冉青庄的记忆里,父亲很少笑,也不大跟他说话。每次冉铮回家,奶奶都会做一大桌好吃的,冉铮会边喝酒边询问他们的近况,奶奶对他总是有说不完的话。

他一般只会待两三天,随后在奶奶的骂声中收拾行李再次离家。

"你到底要混到什么时候?你不为我这个老婆子想想,也要为你儿子想想吧?他长这么大,你尽过做父亲的义务吗?"

"你别老是不说话,我怎么养了你这么个儿子……"

"真是来讨债的啊……"

无论奶奶哭闹还是打骂,冉铮总是走得很坚决。冉青庄那会儿八岁不到,还很小,不是很懂事,只觉得每次见到冉铮,奶奶事后都要难过好久,就不大想要他回来,甚至和奶奶说过不想要这个爸爸了。

奶奶闻言红着眼,抱着他直流眼泪。

"造孽啊。"

冉青庄那会儿不懂"造孽"是什么意思,但猜得出应该不是什么好词。

后来，家里的小土狗小宝不见了，他陪着奶奶到处寻找，周边的马路、小区都找遍了，一无所获。

两天后，那只看到谁都摇尾巴扭屁股，长着黄色斑点的小狗，半夜被人抛回了他家院子。第二天一早，他在奶奶惊恐的尖叫声中醒来，迷迷瞪瞪地起床走到院门口，只来得及看清院子中央有团血色的东西，就被奶奶一把推进了屋。

"造孽啊……"奶奶拉起窗帘，锁了院门，坐在桌边，嘴里一连说了好几遍。

冉铮闻讯赶回来，一进屋，先是看了冉青庄一眼，大手抚过小小的脑袋，什么话也没说，去到奶奶面前。

"这事我来处理。"冉铮站在自己母亲身前，声音很沉，"我不会让人动你们的。"

冉青庄躲在门口，悄悄地看着，不知道发生了什么，但大概也明白一定是出了什么不得了的大事。

奶奶坐在桌边，抬头看着冉铮，抿着唇看了会儿，忽然起身给了冉铮一巴掌。

冉铮一动不动，眼里没有惊讶，也没有恼怒，甚至连眼皮都没抖一下，似乎早就等着挨这一巴掌。

奶奶从衣柜里寻了块旧毯子，冉铮拿着去了院里，再回来时，怀里裹了包东西。

冉青庄被奶奶护着，按着脑袋不让他多看。但当冉铮抱着那东西经过时，他仍能闻到透过层层包裹散发出的浓浓腥臭味，就像一块放了很久很久的肉。

奶奶应该也闻到了，将他的脑袋更往怀里按了按，又小声地说了句："造孽。"

冉铮留下了一个信封，里头大概有三万块钱，第二天就又消失了。

那之后,他们家再没养过狗,奶奶也再没提过小宝一句,哪怕她真的很喜欢那只从小养大的小土狗。

对于冉铮的恨意,应该也是从那时萌芽的吧。冉青庄不喜欢这个只会给奶奶带来哀愁和眼泪的父亲,也不喜欢每次他出现后就变得沉重的家庭氛围。

读书后,冉青庄慢慢懂事,开始明白冉铮到底是个什么身份,明白为什么对方总是不回家,为什么家里的狗会无故被杀。对冉铮的憎恶与日俱增,他开始不叫"爸爸",如果对方回家,他就躲开。

冉铮应该是感觉到了,但他从未试图缓和父子关系,一如既往地来去匆匆,只留钱,不留一句废话。

有没有父亲对他来说都没差别。冉青庄是这样认为的。他为有这样一个父亲感到羞耻,很多次开家长会,老师问起他的父母,他都谎称他们死了。

然后,冉铮就真的死了。

冉青庄十二岁那年,一天放学回家,发现家门口多了两个陌生人。

"别啊,老太太,我们就是好意,您把卡收着吧……"

"是啊,铮哥一定也想你们过得好一点的。"

奶奶挥舞着扫帚,边打边骂:"滚啊!都给我滚远点,谁稀罕你们的臭钱!别再来了,脏了我的地儿!"

两人穿着一身黑,人高马大的,却被个老太太追打得边躲边退,狼狈不堪。

最后实在没办法了,两人丢下银行卡,抱头钻进了停在门口的黑色轿车里。

"密码是铮哥生日,您有事随时吩咐……哎哟,那我们走了。"捂着被飞天扫帚击中的眼睛,黑衣人驾车逃也似的走了。

两人走后,奶奶这才发现放学回家的冉青庄。她一下愣在那里,似乎不知道要如何解释方才的一切。

"回来啦。"她牵起唇角，笑得十分勉强。

冉青庄捡起扫帚走向她："他又怎么了？"

他已经从刚刚的对话中听出来了，那两个人跟冉铮是一路的。

老太太动了动唇，弯腰捡起地上的银行卡，让他进屋再说。

冉青庄在后头看着自己奶奶消瘦佝偻的背影，只觉得对方转瞬间就老了好几岁，分明也才六十多，瞧着却像七八十了。

老太太在桌边坐下，将那张卡放到桌上，盯住它长长地叹了口气。

"奶奶？"冉青庄觉出不对，走到他奶奶跟前，语气中多了几分忐忑。

"青庄啊，以后……这个家就只有咱俩了。"老太太红着眼睛，泪水顺着不再平滑的面颊流淌而下，"你爸不会再回来了。"

冉青庄虽然讨厌自己的父亲，总跟人说他死了，但当这天真正到来时，却有些愣怔。

记忆中那只总是充满烟味的手掌，再也不会抚摸他的头顶。奶奶不用再期盼他的消息，又怕得到他的消息。这个家也不会再因为一个人的到来那样喜悦，又那样痛楚……

那一晚他没有睡着。他对冉铮的感情，远比自己以为的要复杂。

因为冉铮，冉青庄从很小就定了自己的梦想——要做一名警察。要做一名除暴安良的警察。

奶奶说他很像冉铮，他总是反驳，不想自己身上有一丁点和冉铮沾边的地方。冉铮助纣为虐，为虎作伥，做的是令人不齿的勾当，他怎么可能和他像？

但后来，他在高中惹了事，连累了家里，还要他奶奶给他擦屁股。那一刻他又觉得，他果然是冉铮的种。

奶奶因为他的事犯了病，躺在病床上身体一日不如一日。他守着她，看着她面容渐渐枯槁，没人知道他心里有多痛苦。

如果奶奶没生冉铮就好了，这样他就不会出生，这样……奶奶说不定会过得更幸福。

"奶奶可能没办法……陪你太长时间了……"老太太吃力地抬起胳膊，摸了摸孙子的脑袋。

冉青庄抓住她瘦骨嶙峋的手掌，努力压抑着悲伤："医生说了，只要好好休养就会好的，您别自己吓自己。"

"我走了以后，你就……就把我跟你爸……葬在一起……我得看着他……"老太太好像没听到他的话，顾自说着，"我得看着……我……我想他了……"

冉铮活着时，她从未向对方吐露过自己的"想念"；冉铮死后，她也不曾对冉青庄流露出一丝诸如想念冉铮的情绪。

她同冉青庄一样，对自己这独子感情复杂。明明曾经对他那样寄予厚望，那样引以为傲，到头来他却自甘堕落，成了人人惧怕，避之唯恐不及的社会毒瘤。

她怨他，恼他，不明白他，但又不可否认地深爱着他。

"我得问问他……怎么就走歪了……"老太太吃力地说着，"怎么就走歪了……"

她不停地念叨着，翻来覆去说这几句话，似乎平生执念，只此一件。

老太太大病了一场，没过几日，身体竟然慢慢好了起来，甚至可以自己下床走动。除了身形依然消瘦，她就像完全康复了。

冉青庄放下心来，以为苦尽甘来，以为劫难终于过去。

可老天好像以玩弄他为乐一般，一切"好转"，不过是想要在他最无防备时给他致命一击。

他和林笙的事被学校发现，学校为了安抚林笙父母，将他做劝退处理。而与此同时，奶奶再次倒下，而这次……她再也没有起来。

短短的时间里，他从充满希望，到一无所有。

但他还是不认命！

他卖了房子，明知不可能有结果，仍然报考了警校。

不成功就不成功，被刷下来就被刷下来，起码他试过了，努力过了，不会再有遗憾。

警校的选拔严格而谨慎，毕竟这不仅是在选一个职业的学徒，也是在选这座城市，乃至这个国家的守护者，最可靠的钢铁骑士。

冉青庄通过了笔试、体能测试，还有心理测试，经过层层选拔，成了最后的入选者。

但在做背景调查时，他毫无疑问地被刷了下来。

"你应该知道你为什么不能通过。"穿着制服的考官看着他，手里翻着一沓资料，"抱歉，你不适合这里。"

冉青庄垂着眼，半晌没有说话。

只能走到这里了……也好，总比没有争取过强。

"谢谢，打扰了。"他起身，转身离开了那个小房间。

冉青庄以为，不切实际的追梦之旅到此结束，他终要回归现实。可不承想，一个月后，江龙骏找到了他。

"我是罪案调查局反黑处处长江龙骏，你叫我江叔叔就好。"他做着自我介绍。

冉青庄检查了对方的证件，虽然不知道对方为什么来找他，但仍是客气地请他到屋里坐下，给对方倒了茶。

"你跟你爸爸很像。"江龙骏吹着滚烫的茶，看着冉青庄的眼神满是怀念。

"您认识我父亲?"冉青庄自然而然地想到最合理的那一种可能,"您抓过他?"

江龙骏像被水烫到一样呛咳起来,好半天才笑着道:"认识确实认识,但我跟你爸爸认识的过程,可能跟你想的有些出入。"

"出入?"冉青庄皱眉。

"听说,你想当警察。"江龙骏没有再回答相关问题,他放下杯子,脸上慈和的笑容敛了一些,瞧着有些严肃。

冉青庄没有隐瞒,也没管他是从哪里"听说"的,很干脆地点了下头。

"是。"

"为什么?"

"我要做跟冉铮不一样的人,我要肃清罪恶,将那些罪犯全都丢进大牢!"

江龙骏凝视着他,目光复杂:"要做……跟你爸不一样的人?"

冉青庄觉得对方有些奇怪,无论是看他的眼神,还是表情,都很奇怪。那种悲伤和心痛,就像他说了多荒谬的话,可难道他说错了吗?

那样一个人,他连身体里流着对方的血都觉得肮脏,又怎么可能想要成为和他一样的人?

"我现在可以给你一个机会,一个成为警察的机会。它可能充满危险,可能会很辛苦,可能到最后,你也得不到官方的承认。"江龙骏站起身,正色道,"但你可以像你所说的,肃清罪恶,将罪犯全都丢进大牢。你,愿意吗?"

冉青庄直直与他对视,没有问任何问题:"我愿意。"

只要有第一句话就够了,其他的一切,都不在冉青庄的顾虑里。

江龙骏听了他的话,眼里闪过一丝伤感,但更多的是欣慰。

"有你这句话，我就知道自己没有找错人。"他从外套内侧口袋里掏出一张卡片给了冉青庄，"你收拾一下行李，三天后到这个地方报到。记住，不要告诉任何人你的去处。"

冉青庄看了眼卡片上的地址，甚至不在他所在的城市。

江龙骏走后，他立马上网检索了对方的名字。屏幕上跳出来许多新闻报道，上头附着照片，确实是刚才那人无疑。

冉青庄攥紧了拳头，将那张小小的卡片紧握在手心。到这会儿，他才生出一点迟来的惊喜。

依照约定，冉青庄抵达了江龙骏给他的地址所在——一座训练基地。

冉青庄提着行李跟着来接他的人穿过操场时，还能看到一些人在远处整齐划一地操练。

射击、搏击、武器知识……冉青庄在那个基地待了两年，一直用的化名，他不知道别人是不是，他从来没有问过。

经过两年的严格训练，江龙骏宣布他考核合格，给了他一个任务。

"还有机会，你可以拒绝。"江龙骏将秘密档案袋轻轻拍到冉青庄胸口。

冉青庄没有一点迟疑地接过，拆开，抽出了里头的绝密文件。

"如果拒绝，两年前我就不会来。"他看得很快，一目十行，当文件翻到下一页，视线扫到一个熟悉的名字时，他的呼吸微微一窒。

"我的任务，和狮王岛有关？"他手上的是合联集团的一系列信息，包括狮王岛的布局、集团内几个高层人员的信息和金家几人的资料。高层人员信息里，他看到了冉铮的名字。

之前，他只知道冉铮是被人开枪打死的，但并不知道其中内情。他一直以为冉铮是死于帮派火并，或者是仇家报复。看了这份档案才知道，原来冉铮是为了救金斐盛的儿子死的。

想不到，冉铮在合联集团还算数得上名号……

"我要你潜进这里，去到金斐盛的身边，成为他的心腹，替我们传送情报，助我们捣毁这个罪恶之源。"江龙骏一指戳在文件上，沉声道，"你愿意和你父亲一样，背负骂名，承受白眼，为了心中公义，为了那些无辜的人，做一名警方的卧底吗？"

冉青庄愣愣地看着他，脸上一片茫然。大脑就像被人用巨大的钟摆狠狠撞击，充斥着"嗡嗡"的声响，以至于他什么都无法思考。

荒唐。在那嗡嗡声逐渐退去后，荒唐的情绪充满了他的身体，他莫名其妙地笑了起来。

"您在说什么？冉铮……卧底？"他嗓音干涩，喉咙口紧得发疼。

江龙骏的脸上再次出现那种让他看不懂的哀伤。

"你父亲的资料，我们都已经销毁了，但他确实是一名警察。当年政府为了反黑下了大力气，他是第一批被送进黑道卧底的警察之一，我是他的联络员……"

冉青庄的指尖掐进了手中的文件里："您无须编这样的谎，我也会接受任务的。"

冉铮怎么可能是警察？这太可笑了。那个冉铮，那个男人……他最痛恨的那个人，他心目中最糟糕的父亲……怎么可能？

"为了不让最亲近的人遭遇危险，哪怕在冉铮死后，他的真实身份也不能公开。这是他成为卧底的那一天就知道的事，也是今天我要告诉你的事。"江龙骏道，"当年你们家应该收到过一张卡，里面除了合联集团给的抚恤金，还有一笔'保险费'，那是政府发放的烈士抚恤金。你要不相信，可以去查。"

冉青庄知道那张卡，但因为里头的都是"脏钱"，他奶奶从来没用过，后来卖房子搬家，他也不知道塞到哪儿去了。

"计划细节改天再聊,你先下去休息吧。"江龙骏看出他受到的冲击不小,没有再刺激他,而是给他时间慢慢消化。

那一晚,他整夜失眠,只要一闭上眼,脑海里就全是冉铮生前的模样。

江龙骏没必要用这种事骗他。他心里很清楚,这不是对方的作风。

太可笑了。

他一直想要做个与冉铮不一样的人。到头来,兜兜转转,冉铮才是那个他真正想成为的人。

黑暗中,他将手伸向天花板,在昏暗的光线下,打量着自己的手掌。

他可以做到吗?做到冉铮也没有做成的事。

五指渐渐握紧,有过短暂迷茫的意志再次聚拢成一面坚不可摧的盾牌,映照在冉青庄深不见底的瞳孔中。

可以。他能做到。他要完成冉铮未完成的事,他要继承他的遗志,扳倒合联集团……

江龙骏本以为冉青庄会失落几天,毕竟冉铮的事确实不是谁都能接受得了的。但没想到的是,第二天冉青庄便重新站到了他面前。

他背脊挺得笔直,脸上的表情无比坚毅,用洪亮的声音告诉江龙骏,他会完美完成指派给他的任务,他会成为和他父亲一样的无名英雄。

江龙骏看着他,恍惚中像是看到了当年的冉铮。

"注意安全……"江龙骏拍了拍冉青庄的肩膀,用难以自抑的哽咽嗓音,说出了他自己都觉得可笑的四个字。

然而,这已经是他能想到的,对冉青庄最好的叮嘱。

至此，冉青庄成了警方的一名卧底，利用冉铮的儿子这一身份，顺利潜进了危机四伏的狮王岛。

他做得很好，有冉铮为他铺路，他很快成了合联集团最年轻的干部。

这些年，他受过许多伤，遭遇过无数危险，也面对过不少诱惑，但心中的信念始终不曾有一丝动摇。因为他知道自己是什么人，知道他来自哪里。

每个进入合联集团的人都需要在身上文上一组数字，这是个不成文的规定。很多人会文生日，会文对自己有意义的日期，而冉青庄文的是他进入合联集团那天的日子——4月17日。

这是一个分界线，是他给自己上的枷锁。他需要时刻记得自己的身份，每次面对镜子，都要知道镜子里的那个人，不是真正的他。

冉青庄猛地睁开眼，从长久的噩梦中醒来。

他已经很久没有梦到过去的事了，冉铮，奶奶，还有那些艰苦的训练……他翻了个身，在曚昽的晨光中，看到了睡在他旁边的季柠。

"选他，就是看中他没有留恋。狮王岛或许危机四伏，但他……无路可退。"

他想起自己睡前与季柠的谈话。

陈桥死了，下一个又会是谁？

手掌迟疑地伸向季柠，对方似乎睡得并不安稳，眉头轻轻皱着，不知道是不是也做了什么噩梦。

指尖隔着空气描摹着对方的眉眼，即将触碰到时，季柠似有所感地颤了颤眼皮，没有醒，翻了个身。

面对背对着自己的季柠，冉青庄整个人就像凝滞了一样，半抬着手，好一会儿没有动静。

片刻后,他缓缓握拳,深深看了一眼季柠的背影,收回目光,转向了与季柠相反的方向。

选他,是看中他没有留恋。

他不能有留恋,他不可以有留恋。

图书在版编目（CIP）数据

秉性 / 回南雀著 . -- 上海：上海文化出版社，2023.2
　　ISBN 978-7-5535-2678-2

Ⅰ．①秉… Ⅱ．①回… Ⅲ．①长篇小说－中国－当代 Ⅳ．①I247.5

中国国家版本馆 CIP 数据核字（2023）第 011422 号

© 中南博集天卷文化传媒有限公司。本书版权受法律保护。未经权利人许可，任何人不得以任何方式使用本书包括正文、插图、封面、版式等任何部分内容，违者将受到法律制裁。

出　版　人：	姜逸青
责任编辑：	郑　梅
监　　制：	邢越超
策划编辑：	柚小皮
特约编辑：	张春萌
营销支持：	文刀刀　周　茜
版式设计：	李　洁
封面设计：	Laberay
内文排版：	百朗文化

书　　名：	秉性
作　　者：	回南雀
出　　版：	上海世纪出版集团　上海文化出版社
地　　址：	上海市闵行区号景路 159 弄 A 座 3 楼　201101
发　　行：	中南博集天卷文化传媒有限公司
印　　刷：	北京中科印刷有限公司
开　　本：	640 mm×915 mm　1/16
印　　张：	19
字　　数：	237 千字
印　　次：	2023 年 2 月第一版　2023 年 2 月第一次印刷
书　　号：	ISBN 978-7-5535-2678-2/I·1029
定　　价：	49.80 元

如发现印装质量问题，影响阅读，请联系 010-59096394 调换。